아라포 현자의 이세계 생활일기

6

Kotobuki Yasukiyo

코토부키 야스키요

벨라돈나

크로이사스

츠베이트

세레스티나

쿠티

레나

쟈네

이리스

코토부키 야스키요 지음

JohnDee 일러스트

김장준 옮김

Contents

프롤로그 아저씨, 호문쿨루스 배양을 시작하다

사신(邪神)— 한때 세계를 뒤흔들고 만물을 파괴했다는 존재.

어디선가 홀연히 나타나 일격에 산을 날려 버리고 바다를 가마솥처럼 끓게 만들며 대지를 갈랐다고 구시대의 전설로 전해지지만, 그 정체는 아직 비밀에 싸여 있다.

당시 번영한 문명은 돌연히 이 세계에 나타난 정체 모를 존재에게 공격당했고 방어에 힘쓴 국가들은 모조리 멸망했다.

문헌에 따르면 구시대에는 과학 문명이 발달했다고 한다.

아니, 정확하게 표현하자면 마도 문명일까?

4신이 나타난 것도 마침 이 종말기다.

4신은 멸망 직전인 인간들에게 이세계에서 영웅을 소환하는 마법진을 하사했다.

민중은 남은 기술을 총집결해 각지에 영웅 소환 마법진을 만들었으나, 성공한 곳은 단 한 군데뿐이었고 나머지는 모두 사신의 공격을 받아 햇병아리 영웅들과 함께 소멸했다. 지금 유일하게 현존하는 소환 마법진은 메티스 성법신국의 대신전 지하에 남은 것뿐이다.

사신 전쟁 당시 구시대 문명이 소환 마법진을 몇 개나 만들었는지는 확실하지 않다.

분명한 점은 갑자기 이 세계로 소환되어 아무것도 모른 채 죽어간 수많은 사람이 있었다는 것뿐이다. 이런 고차원의 마법을 누가 처음 발명했는지도 수수께끼다.

　기록상으로는 500명 가까운 이세계인이 있었으나, 싸움이 끝날 때까지 살아남은 사람은 단 세 명뿐이다. 기록에 남지도 못하고 사라진 이세계인을 포함하면 과연 얼마나 많은 사람이 소환되었을까······.

　영웅은 【용사】라고 불리며 사신을 봉인하는 힘을 가진 신기를 들고 싸웠다.

　그 신기는 사신을 봉인할 때 파괴됐지만, 4신교 신자들은 그것을 복원해 민심을 모으며 대두하기 시작했다.

　남은 구시대 사람과 타 종교 신자들 사이에는 알력이 발생했고, 결국 세계는 두 세력으로 갈라져 자신들만의 나라를 세웠다. 물론 싸움을 바라지 않는 자들도 있었다.

　각지에 소국이 난립해 다투고 멸망하고 병합되는 역사 속에서 세상은 이윽고 현재의 형태로 수렴되었다.

　동쪽에 있는 거대 제국, 중앙의 종교 국가. 그리고 그 대국 주변에 점재하는 소국들.

　솔리스테어 마법 왕국도 그런 소국 중 하나다.

　솔리스테어 마법 왕국은 비교적 신생 국가에 속한다. 전신이 된 나라는 존재하지만, 그 나라는 백성을 핍박하는 폭정 때문에 쿠데타가 일어나 전복되었다.

　마도사를 우대하는 나라가 된 이유는 마도사가 쿠데타에 많은 공적을 남겼기 때문이었다. 그래서 마도사 가문이 권력을 등에 업은 부패 국가가 될 뻔한 적도 있었다.

　하지만 최근 국가 내정 개혁을 통해 마도사도 실력주의로 변하기 시작했다.

국가 방위를 맡은 기사단과 마도사단의 마찰도 완화되어 차츰 조직적인 협력 체제가 구축되는 추세다. 그 방안을 제시한 사람은 학생들이라고 한다. 우수한 젊은이가 있는 이 나라의 앞날은 밝다고 할 수 있겠다.

이성적이고 총명하며 다각적 시각을 가진 젊은이는 언젠가 이 나라를 지탱하는 큰 반석이 될 것이다.

필자는 그 점을 기쁘게 생각한다.

~산토르 신문 사설【역사는 반복되지 않는다. 항상 변화할 뿐】
에서 발췌~

제로스는 신문을 덮고 미간을 꾹 눌렀다.

"아니, 왜 사신 전쟁 이야기에서 미래를 짊어질 젊은이 예찬으로 바뀌지? 소환된 용사 이야기는 어디 갔어? 이런 졸문을 잘도 실었군."

작업 도중에 시간이 남아서 신문 사설을 읽었는데 내용은 실망스러웠다. 흥미를 끄는 내용도 있었지만, 그 외에는 얻을 게 없는 내용이었다.

이건 사설이라기보다 잡설에 가까웠다.

"과학 문명이라……. 이세계인, 영웅— 정석대로【용사 소환 마법진】이라고 불러야 하나? 흥미로운 내용은 있었지만, 문맥이 안 맞잖아. 음, 혹시 이 사설을 쓴 사람…… 동류인가?"

사설에 관해 여러 생각이 들었지만, 그것 말고는 관심을 끄는 기사는 없었다.

기껏해야 시간을 때우는 정도였다.

"아무렴 어때. 슬슬 시간이 됐나?"

방 안에 액체가 끓는 소리와 뭔가가 조용히 회전하는 진동음이 울렸다.

플라스크나 비커 따위가 책상을 가득 메웠고 약그릇에는 빻은 조합 재료의 찌꺼기와 액체가 흐른 자국이 남아 있었다.

이 방 자체는 신축이라고 해도 될 만큼 깨끗했지만, 천장은 검게 그을렸다.

마치 무엇이 폭발한 흔적 같기도 했다.

현재 제로스는 플라스크에 담긴 진녹색 액체가 규정량에 달하는 순간을 기다리고 있었다.

그때, 삐이이익 하는 요란한 기계음과 함께 회전음이 멈추고 제로스는 뒤쪽에 있는 기구를 돌아봤다.

그 기구는 몹시 조잡하게 생긴 원심 분리기였다.

"흠…… 끝났나 보군. 어떻게 됐으려나?"

제로스는 원심 분리기 뚜껑을 열고 시험관 두 개를 꺼냈다.

하나는 액체 안에 작은 빛 알갱이 하나가 떠 있었고 다른 하나에는 색색이 빛 알갱이가 빼곡히 들어찼다. 이것을 본 제로스는 난감한 표정을 지었다.

"와…… 이게 다 뭐야? 왜 이렇게 많이 나왔지? 어느 인자를 써야 할지 모르겠어⋯⋯."

　원래는 한쪽 시험관처럼 알갱이 하나가 떠 있어야 했지만, 두 번째 시험관은 그 알갱이가 너무 많았다.

　하나만 있으면 되는데 이렇게 밀집하면 어느 것을 골라야 할지도 고민이 되었다. 선택한 인자에 따라서는 이상적인 형태가 되지 않을뿐더러 까딱 잘못하면 엄청난 괴물이 되고 만다.

　"카에데 양 머리카락에서 추출한 정령 인자는 괜찮아. 문제는 【사신석】에서 추출한 인자지. 꽝을 뽑으면 키메라가 될 텐데 이걸 어쩐다⋯⋯."

　지금 하는 작업은 호문쿨루스를 만들기 위한 인자 추출이었다.

　【인자】란 생물적 DNA와는 다른, 영적 DNA라고 볼 수 있다.

　이 인자에는 원시 생태 정보가 남아 있어, 드물게 태고의 기억이나 경험이 미미하게 기록된 경우도 있었다. DNA와 비슷하지만, 어디까지나 영적인 물질이므로 보존할 수 없고 추출한 후 한 시간 정도 방치하면 흩어져 사라진다.

　정령 인자는 다른 인자와 결합할 수 있는 근원적인 영질체(靈質體)였다. 다른 개체의 인자를 조합하면 정보 인자를 만들어 내고 그 개체를 재구축할 수 있었다. 이론상 생물의 혼을 쓰면 죽은 자를 재생할 수도 있다고 하지만, 현재 그러한 행위는 금기로 치부되었다.

　만약 죽은 자를 재생해도 정령 인자를 조합하는 시점에서 그것은 인간이 아니었다. 아예 다른 생명체로 변질되기 때문이었다. 그 원인은 촉매 중 하나인 【변마 씨앗】이었다.

【변마 씨앗】은 【맨 이터 비스트 카피】에게서 채취되는 씨앗이고, 완전히 씨앗이 되기 전의 것을 사용하면 호문쿨루스가 키메라가 되어 버린다.

【맨 이터 비스트 카피】는 많은 생물을 잡아먹고 체내에 여러 인자를 축적한다. 그리고 그 일부를 【변마 씨앗】에 심어 먹이를 잡기 위한 병사를 양산한다.

그래서 이 실험에서도 조금이라도 다른 인자가 섞이면 당연히 마물이 탄생한다.

'【변마 씨앗】에 다른 인자가 들었을지 안 들었을지는 도박이란 말이지. 이것도 운에 맡겨야 하니까 상반신이 인간이고 하반신이 호랑이인 아저씨가 나오면 어쩌냐……. 사신한테 죽는 거 아니야? 딴에는 여신이라니까…….'

고대 로마풍 갑옷을 입고 하반신이 호랑이인 험상궂은 아저씨가 소름 돋게 몸을 꼬고 『앗훙~♡』하며 윙크하는 무시무시한 모습이 머리를 스쳤다.

하지만 실패하면 처분하면 그만이라며 더 생각하지 않기로 했다.

호문쿨루스는 살아 있지만, 제작자의 혈액을 매개로 계약이라는 이름의 목줄을 채우기 때문에 주인에게 거역하지 못했다. 정확하게 말하면 혈액을 매개로 한 마법식으로 일종의 저주를 거는 거지만, 사신에게도 효과가 있을 거라는 보장은 없었다. 결국 만들어 보지 않고는 아무것도 알 수 없었다.

"그나저나…… 정말로 뭘 고르지? 어휴, 왜 이렇게 인자가 많아? 이상하잖아. ……고민되네."

전승에서 사신은 많은 생물을 잡아먹고 그들의 능력을 자기 힘으로 썼다고 한다.

만약 전승이 진실이라면 어마어마한 인자를 보유했을 것이다.

그리고 지금 이곳에 있는 시험관에 인자가 가득 찬 것을 보면 전승은 아마 사실 같았다.

'제대로 된 인자를 알 수 있으면 좋겠지만, 이렇게 많으면 마물 인자가 훨씬 많지 않을까? 암컷 트롤이면 어떡하지? 심지어 저주받았다고 하니까 이상한 악영향이 나올지도 몰라. 이럴 줄 알았으면 케모 님 말을 들어 둘걸.'

【사신석】은 작은 조각에 불과했지만, 평생 저주받을 것 같은 독기를 뿜던 터라 어떻게든 정화하여 주위에 영향을 끼치지 못하게 막았다. 마법 내성이 무식하게 높은 아저씨가 아니었다면 진작 죽었을 것이다.

정화 작업에만 나흘이 걸려 인자 추출까지 꽤 오랜 시간이 걸렸다. 서두르는 일은 아니지만, 호문쿨루스의 육체를 구성할 시간도 필요하므로 가능한 한 일찍 시작하는 편이 나았다.

게다가 인자 자체가 오랜 기간 독기에 노출된 점을 고려하면 어떤 영향이 있을지 알 수 없었다. 호문쿨루스가 완성돼도 이상이 있을 가능성이 컸다.

참고로 케모 님이란 【케모 러뷰#】이라는 이름의 유저며 같은 【섬멸자】의 일원이었다. 그는 동물 귀 하렘을 만들고자 매일 호문쿨루스 제작에 빠져 살았다.

#1 케모 러뷰 「케모」는 동물, 짐승을 뜻하는 일본어 「케모노(けもの)」를 줄인 것.

특수 이벤트로 던전 제작 기능을 얻어 그 스킬로 만든 것이 던전이 아니라 동물 귀의, 동물 귀를 위한, 동물 귀뿐인 하렘이었다.

아저씨도 자주 도우면서 알게 됐지만, 호문쿨루스 배양은 꽤 어렵고 잘못하면 성가신 몬스터를 만들어 버린다. 뭐, 경험치는 짭짤했지만…….

'유독 큰 인자는 패스. 뭔가 안 좋은 느낌도 들고…… 케모 님이 그러다가 실패했었어. 중간 크기로 할까? 아니, 안전하게 좀 더 작은 인자를…….'

고민하면서도 시험관을 흔들며 안에 든 인자를 헤집고 작은 것을 골라 스포이트로 뽑았다. 그것을 주사기에 넣어 정령 인자에 주입했다.

한 번 시행하면 돌이킬 수 없는 단판 승부치고는 조심성이 없었지만, 고민해도 별수 없으니까 강행할 수밖에 없었다.

과연 무엇이 나올까? 확률 낮은 도박. 하지만 호랑이를 잡으려면 호랑이 굴로 들어가야 한다.

"음…… 변화가 없어……. 뭐지? 이상하네."

정령 인자에 다른 인자가 들어가면 빛이 파란색에서 은색으로 변해야 했다.

하지만 그럴 조짐조차 보이지 않았다.

고개를 갸웃거리며 고정대에 둔 시험관을 들여다봤다.

―번쩍!

그 순간, 마치 섬광탄이라도 터진 것 같은 강렬한 빛이 발생했다.

"눈이…… 눈이이이이이이이이이이이이이……!"

15

완전히 기습이었다. 아저씨는 사냥꾼에게 달려든 순간 함정에 걸린 몬스터처럼 꼴사납게 바닥을 나뒹굴었다.

인자 결합은 성공했지만, 매서운 반격을 정통으로 받아 버린 아저씨였다.

"아…… 눈머는 줄 알았네. 시간차 공격으로 나오다니……."

눈이 회복된 아저씨는 지하 창고 입구에 걸린 잠금을 풀었다.

호문쿨루스 배양기는 지하에 있고 지하로 가는 문은 퍼즐 상자처럼 일정한 순서를 거치지 않으면 열리지 않았다. 이 신중함은 지구에서 생긴 버릇이었다.

원인이 무엇인지는 이제 와서는 설명할 필요도 없으리라.

슬라이드 퍼즐 같은 판을 여러 번 움직이면 바닥에 설치된 문이 열린다. 해제하려면 총 73번이나 움직여야 하고 안쪽에 철판을 넣어 쉽게 부술 수도 없었다.

아저씨는 그 자물쇠를 능숙하게 움직여 걸쇠를 하나씩 풀었다. 모든 잠금이 풀리자 퍼즐 조각이 한곳에 모이고 그 뒤로 손잡이가 나타났다.

그 손잡이를 잡아당겨서 문을 열었다.

양손에 시험관과 플라스크를 들고 계단을 내려가 지하 창고 가장 안쪽으로 갔다.

목제 문을 연 곳에는 강철 배양기가 있었다.

이미 안에는 배양액을 채워 놓아 이제는 인자를 품은【변마 씨 앗】에 자신의 혈액을 뿌리기만 하면 끝이었다.

인벤토리에서 액체에 잠긴【변마 씨앗】을 꺼내서 메스로 살짝 가 르고 그곳에 방금 만든 합성 인자와【정령 결정】파편을 심었다.

【정령 결정】파편은 모래알만 한 크기지만, 이것이 나중에 마물 마석 같은 것으로 변한다. 하지만 그게 사신이라면 어떻게 변할지 미지수였다.

아저씨는 세계 지도 같은 마법진을 펼치고 그 위에【변마 씨앗】 을 올려놨다. 그리고 나이프로 손가락을 살짝 베어서 나온 피를 【변마 씨앗】에 골고루 발랐다.

그러자【변마 씨앗】에서 마법진이 발동해【주종(主從)의 주박】이 라고 불리는 마법이 부여됐다.

"어디 보자…… 드디어 배양기가 나설 차례인가? 동물 귀 캐릭 터가 아니면 좋겠는데……."

아저씨는 동물 귀라면 넌더리가 났다.

수인이 싫다는 뜻은 아니었다. 단순히 동물 귀 호문쿨루스 제작 을 수없이 돕고 재료를 모으던 지옥의 반복 작업이 생각나기 때문 이었다.

'동물 귀…… 제발 동물 귀만은 아니기를…….'

기도하면서 배양기 위에 있는 원통 뚜껑을 열어【변마 씨앗】을 넣고 플라스크에 든 액체를 부은 후 뚜껑을 닫았다.

배양기 안에 있는 액체가 빛나고 호문쿨루스 배양이 시작됐다. 작은 창으로 희미한 빛이 흘러나왔다. 이렇게 되면 이제는 기다리기만 하면 된다.

'……아니, 잠깐만? ……이러는 편이 더 좋지 않을까?'

잠깐 생각에 빠진 아저씨는 무슨 의도인지 다시 뚜껑을 열어 【사신 혼백】을 배양기에 넣었다.

사신 혼백은 빛을 내면서 녹기 시작했고, 그 빛은 호문쿨루스가 될 【변마 씨앗】에 심은 【정령 결정】 파편으로 흡수되었다.

예정대로라면 통상 호문쿨루스 제작과 마찬가지로 몸이 형성된 후 혼을 불어넣을 계획이었다. 하지만 제로스는 생각했다. 호문쿨루스와 사신의 제조법이 과연 같을까? 완성된 육체에 사신 혼백을 사용하면 그건 그냥 빙의가 아닐까?

그렇다면 정화 마법으로 인해 사신이 소멸해 버릴지도 몰랐다.

'일찍 넣으면 몸과 빨리 적응할지도 몰라. 이제는 급성장하지 않기만 바라자.'

걱정거리는 많았지만, 전례가 없는 이상 직접 부딪쳐 보는 수밖에 없었다.

"그럼…… 다음은 이건가? 다 됐을까?"

옆에 있는 작은 수조 속 액체에는 천 같은 것이 잠겨 있었다. 이리스의 장비이자 현재 강화 중인 【강철 나비의 매직 드레스】였다.

같은 계통의 장갑도 들었는데 전에 비하면 배색이 고와 고급스러움이 더해졌다. 더불어 방어력도 현격히 상승했지만, 그래도 금속제 장비에 비하면 내구력이 낮았다.

천 계열 장비의 방어력을 올리려면 이렇게 특수한 액체에 담가 코팅해야 했다.

제로스가 하는 일은 섬유에 금속이나 마물의 체액을 섞은 액체를 스며들게 해서 장비 내구력을 올리는 작업이었다.

갑옷이라면 녹여서 다른 금속을 섞기만 하면 되지만, 의류 장비라면 그럴 수가 없어서 귀찮았다.

쉽게 말하면 천연 염색 비슷한 작업이었다. 문제는 냄새였지만……

'설마 실제 장갑 염액이 이 정도로 냄새가 지독했다니……. 마물 체액을 썼으니까 당연하다면 당연하지만, 꼭 생선 썩은 내 같아…….'

장비를 강화하는데 건어물 가게 주인이라도 된 기분이었다.

냄새의 정도는 달라도 아무튼 고약했다. 숨쉬기가 괴롭고 코가 비뚤어질 것 같았다. 지독해도 너무 지독했다.

그 냄새나는 액체에서 이리스의 장비를 꺼내서 다른 액체가 담긴 수조로 옮겼다. 흔히 【결합액】이라고 불리는, 섬유에 포함된 물질을 섬유와 결합하는 액체였다.

이 액체에 담그자 악취가 차차 사라지고 부드러운 향기로 변했지만, 잠시 후에는 그마저도 무취로 변했다. 어떤 화학 반응 같았다.

손빨래하듯이 문지르고 장비에 장갑 염액이 스몄는지 확인하는 작업을 오랜 시간 반복했다.

'그러고 보니 이런 장비는 칼에 베이면 어떻게 되지? 상식적으로 생각해서 골절 정도는 입어야 하지 않나? 천으로는 충격을 완전히 막을 수 없을 텐데…….'

갑옷이라면 타격, 참격을 어느 정도 견디겠지만, 천으로 이루어진 장비는 그런 공격에 취약했다.

게임이라면 얇은 천 로브로 참격을 맞아도 대미지를 거의 안 받겠지만, 현실 세계에서는 말이 안 됐다. 갑옷도 장갑 두께와 강도가 방어력에 직결하므로 마법으로 가공해 내구력을 높인들 결국 단순한 물리 공격에 대미지를 받아야 정상이었다.

칼날은 막아도 물리적인 충격은 그대로 신체로 전해질 것이다. 즉, 로브는 마도사의 정통파 장비지만, 실전에서 쓰기에는 방어면에서 허술했다.

'민첩하게 움직일 수는 있겠지만, 문제는 방어야. 머리에 화살이 꽂히면 그대로 골로 가잖아…….'

【페어리 로제】와 싸운 후 이리스는 근접 전투 스킬을 열심히 연마했다.

새삼스럽게 생명의 위기를 인식했기 때문이라고 제로스는 생각했다. 죽이지 않으면 죽는다는 위기감을 가지지 않으면 절대로 용병으로 살아갈 수 없을 것이다.

'그래도 사람을 죽일 수 있을지는 별개의 문제지만……. 이건 가르칠 방법이 없어. 범죄자를 잡아 와서 죽여 보라고 할 수도 없는 노릇이고…….'

사람을 죽일 각오를 하지 못하면 이 세상에서 살아가기는 어려웠다. 이 세계에서 가장 무서운 것은 일정한 습성을 지녀 예상하기 쉬운 마물이 아니라 지혜를 가진 인간이었다.

제로스는 적으로 판단한 자를 죽이는 데 망설임이 없었다. 설령 그것이 인간일지라도. 실제로 죽인 적이 있으니까 이미 정신적으로 일탈했다. 심지어 살인에 아무런 감정도 일지 않았다.

이리스도 페어리 로제 사건으로 자신의 안일함을 인식한 모양이지만, 아직 사람을 죽인다는 게 어떤 의미인지 제대로 이해하지 못했다.

세상에는 직접 경험하지 않으면 모르는 지식이 분명히 존재했다. 그렇기에 그것을 알려주기란 어려웠다. 게다가 지구의 윤리관이 몸을 지키기 위한 살인을 거부하는 것 같았다.

살인에 익숙해지라고는 말할 수 없었다. 하지만 죽이지 않으면 자기 몸은 지킬 수 없었다.

'일단은 인식한 것만으로 만족할까……. 아는 사람이 죽으면 꿈자리가 뒤숭숭해. 그렇다고 너무 기대도 곤란하고 말이야. 실패하지 않으면 배우지 못할 텐데 어떻게 하지?'

이리스는 이 세상 사람에 비해 강했다. 그 강한 힘이 판단력을 흐리는 것도 아마 사실이었다.

원래 이 세상 사람이었다면 성장 과정에서 몸으로 위험을 느끼고 배웠을 것이다. 자연적으로 몸을 지킬 필요성을 실감하기 때문이었다.

하지만 전생자는 이 세상을 게임처럼 인식하는 경향이 강해 죽음에 둔감했다. 어쩌면 자신이 죽지 않는다고 생각할 가능성도 부정할 수 없었다.

'현재 이 세계에서 살아남은 전생자가 몇 명이나 있으려나? 앗, 그러고 보니 용사도 있다고 했지. 그 사람들도 몇 명은 죽지 않았을까?'

어디서 소환됐는지 모르지만, 위험으로 가득한 이 세계에서 오래 살아남았을 거라고는 생각하기 어려웠다.

이미 희생자도 있을 것으로 예상하지만, 타국의 사정인지라 그쪽 정보는 얻을 수 없었다.

아저씨는 어디서 정보가 굴러 들어오면 좋겠다고 가볍게 생각하면서 이리스의 장비를 행주처럼 짰다. 세탁기라도 만들까, 하고 딴생각도 하면서…….

그러고는 장비를 바구니에 담아 햇볕에 말리려고 지하 창고를 나갔다.

어둠 속에서 유일하게 빛을 내는 배양기 안에서【변마 씨앗】은 태아의 형태로 변화해 있었다.

그 태아에 박힌 정령 결정이 은은한 금빛을 내기 시작했다.

지하 창고를 나간 아저씨는 호문쿨루스의 성장 속도를 확인하지 않았다. 그로 인해 배양 육성 시간이 여느 때보다 빠르다고 깨달을 때까지는 조금 더 시간이 필요했다.

 ## 제1화 적반하장 복수자

"츠베이트……. 최근 생제르맹파 연구동에 여자들이 몰려간다고 들었는데, 뭐 아는 거 있어? 우리 파벌 여자들도 연구동 앞에서 줄을 선다고 해."

디오는 책상에 펼쳐 놓은 지도를 보면서 최근 들은 소문을 이야기했다.

"아, 크로이사스가 또 이상한 걸 만들었어. 그걸 여자에게만 판 다고 들었어."

츠베이트는 대략적인 사정을 알았지만, 너무 어이없는 일이라서 무시했다. 그 물건 때문에 위슬러 파 여자가 모두 연구동에 진을 치는 사태가 일어나고 말았다.

생제르맹파는 【여성 호르몬 강화제】를 약화해 실험적으로 판매 하여 검증 중이었다.

한편, 【초강력 풍유약】은 희석해서 사용해 본 결과, 효과가 일시 적으로 있는데 그친다는 사실이 판명됐다.

분명히 가슴은 커지지만, 샘플의 랭크에 따라서 효과 시간이 변 하며 마지막에는 원 상태로 돌아와 버렸다. 그런 이야기를 동생 크로이사스에게 들었을 때, 츠베이트는 솔직히 머리가 아팠다.

쉽게 말해 원액으로 거유가 되면 영구 지속되지만, 조금이라도 희석하면 효과에 제한 시간이 생기는 영문 모를 물건이었다.

그래도 원하는 사람이 많아 지금은 불티나게 팔린다는 소문이었다.

여담이지만 【성별 전환약】의 원리는 끝내 판명되지 않았다. 이 세계는 의학이 발달하지 않았고 모든 것을 마법과 신의 기적이라 는 말로 정리했다.

지금은 만들 수 있다는 사실만 증명됐을 뿐, 의학적인 원리는 현 재 연구 중이었다. 그 효과가 규명되는 것은 앞으로 100년 후의 일이었다.

다만, 이 【성별 전환약】 연구를 통해 솔리스테어 마법 왕국의 의학이 확립되고 이윽고 전국으로 퍼져 나갔다.

앞으로 솔리스테어 마법 왕국은 마법 연구뿐 아니라 의학 분야에서도 크게 발전하지만, 그 모든 일의 시발점은 바로 이곳이었다.

"아름다움에 대한 여자의 집착은 대단해. 어머니도 화장품을 사들여서 효과를 확인하고 마음에 안 들면 판매자에게 신랄한 평가를 늘어놓았지……."

"생제르맹파는 마법 연구 파벌 아니었어? 미용 산업으로 갈아타는 거야?"

"……솔직히 엄청난 수입원이 될걸? 귀족 중에서는 부르는 값에 사 갈 인간도 많을 테니까."

부유층 여성들이 미용에 돈을 아낄 리 없었다.

귀족 여성은 아름다워질수록 상위 계급과 혼인할 가능성이 커지고 기혼자라도 다른 귀족 가문보다 다소 우위에 설 수 있었다.

뭐, 그냥 추한 허세 싸움이라고 생각해도 무방하겠지만.

상인은 거래에서 좋은 인상을 주는 것이 중요하며, 아내나 딸이 아름다우면 자신의 가게의 선전도 됐다. 또한, 화장품과 향수는 비교적 고가라서 팔면 이익도 컸다.

"성별을 바꾸는 마법약까지 만들었나 본데 어디에 쓰는 거지?"

"우리라면 위장 잠입에 쓰겠지. 정보 수집은 중요한 임무 중 하나니까."

"여자가 돼서 돌아오지 않으면 어쩌려고? 위험하지 않아?"

"실제로 그런 약은 만들었다고 해. 스승님이 전부 압수했다는군. 샘플로 몇 개 남겨 두긴 했나 보지만……."

"무서워! 그 사람은 그걸 어디에 쓸 생각이야? 설마…….."

"위험물을 방치할 수 없었대. 크로이사스가 어떻게 개조할지 모르잖아."

"다행이다. 본인이 쓰지는 않는구나?"

내부 사정을 이야기하면서 츠베이트는 손에 쥔 주사위 두 개를 굴렸다.

"총합 8…… 반격 성공. d15 에어리어 확보."

"d15, A팀이 확보!"

"츠베이트, 여기서 정찰을 보내야 하지 않을까? 부대를 나누고 싶지는 않지만, 적 위치 확인도 중요해."

"……동의한다. 마도사 정찰팀도 써서 적 위치를 파악하는 걸 추천하지."

"좋아……. 그럼 d20까지 선행 정찰로 1개 소대를 파견. 마도사 부대의 사역마도 동시에 정찰을 진행한다."

현재 츠베이트가 하는 것은 일종의 보드게임이었다.

지도에 세세한 칸을 그려 그 칸에 적힌 번호에 각 부대의 말을 옮기며 주사위를 굴린다. 주사위는 임무 성공과 실패를 결정하며, 두 방에 각각 A팀과 B팀이 들어가서 전략을 세워 싸운다. 주사위 숫자로 승패와 작전 성공률을 정해 적진지를 함락하거나 혹독한 상황에서 빠져나가는 등 전략적 지식을 키우는 훈련이었다.

"c54에 있는 부대가 전멸한 게 안 좋았군. 누구야? 어제 돌격시킨 멍청이는……."

"설마 함정일 줄은 몰랐어. 이 진형에서 후방에 중대가 진 치고 있었다니…….”

“정찰할 마도사 부대도 같이 있었잖아! 왜 안 썼어?”

이 훈련은 턴을 주고 받으며 진행되며, 참가자가 각각 한 부대의 대장 말을 가지고 적과 아군으로 나뉘어 전략을 이야기하고 어떻게 할지 정해서 칸에 말을 배치했다.

모든 부대의 행동이 끝나면 옆방에서 같은 행동을 반복하고 주사위로 나온 결과에 따라 상황이 정해진다. 힘든 사람은 부대의 행동을 기록해 두 방을 왕복하는 감시 담당 학생이었다. 바빠서라도 아무도 하기 싫어하므로 평등하게 감시자를 돌아가며 하도록 규칙을 정해 놓았다.

“그러고 보니 최근 샘트롤이 안 보이네? 없는 편이 낫지만, 무슨 짓을 할지 모르는 녀석이라서 신경 쓰여.”

“아, 위슬러 후작가에서 추방당했다지? 위험한 물건에 손대서 맛이 간 거 아니야?”

“마약? 설마 그럴 리가. 아무리 샘트롤이 멍청해도 그런 것까지 손대지는 않을 텐데…….”

“아니. 샘트롤은 가문에서 추방당했다. 약을 복용했다고 해도 이상할 건 없지.”

“입만 살았지 혼자서는 아무것도 못 하니까…… 나도 가능성은 있다고 봐.”

“그렇지? 그 녀석, 혈통을 자랑하고 다니지만 그것 말고는 아무것도 없잖아. 만약 영주가 됐어도 그 머리로 뭘 하겠어?”

위슬러 파벌 내에서 샘트롤에 대한 인식이 정상으로 돌아왔다.

세뇌 마법을 썼던 브레마이트가 없어졌으니 당연한 결과였다.

"백성이 없으면 귀족도 없는데 말이야. 아무리 왕족 혈통이라도 그 태도는 아니지~."

"맞아맞아. 무능 왕족이라고 광고하는 꼴이라니깐. 절대로 가문은 못 이을 인간이었어."

"허수아비로는 쓸 수 있지 않을까? 방해되면 그때 처리하면 되고."

""""살벌해!""""

세뇌에 걸렸을 때 샘트롤은 자신의 혈통을 자랑하고 다녔다.

그것을 기억하는 학생들은 그 점을 헐뜯으며 샘트롤을 욕했다. 자아를 제약해 부려먹은 반동인지, 그들에게는 동정심조차 없었다.

"그 정도만 해. 그보다 B팀이 부대를 어떻게 움직일지 몰라. 슬슬 저쪽 턴도 끝날 거야."

"츠베이트, 너는 이 상황을 어떻게 보지? 지금은 우리 쪽이 약간 유리한데."

"보고! B팀, c29 에어리어에 전군 투입. 하네스 중대 전멸! 침공 진로에 있는 이완 소대와 접촉! 나베 중대 피해 막심! 츠베이트 대대가 지원하기에는 늦었음!"

""""""뭐라고ㅗㅗㅗㅗㅗㅗㅗㅗㅗㅗ?!""""""

이 전략 훈련에서는 색적으로 얻는 정보가 상대편에 알려지지 않았다.

유일하게 모든 정보를 아는 사람은 감시자뿐이었고 성공률은 주사위로 정해지기 때문에 거의 운 싸움이었다. 하지만 상대편이 이쪽 부대 편성을 안다면 작전 내용은 크게 달라졌다.

츠베이트 팀은 비로소 상대편의 의도를 깨달았다.

"설마 본대에 병력 대부분을 배치하고 소대 규모로 정찰을 했나?! 하지만 중대를 전멸시켜? 설마…… 본대와 마주쳤어?"

"지형을 보면 어떻게 부대를 배치할지 대충 감이 오지. 전선 지령 부대는 다른 대장들에게 병력을 나눌 수 있으니까……. 한 방 먹었어."

"젠장, 우리 병력의 절반이 날아갔어!"

"지면 그 녀석들한테 밥을 사야 해! 그건 절대로 안 돼!"

"저쪽에는 대식가 바츠가 있어. 우리 지갑이 동날 거야!"

"어떻게 해서든 지갑을 사수해!"

이 훈련은 자주 학생들의 내기 대상으로 쓰였다.

금전이 오가지는 않고 주로 점심이나 저녁을 사는 식이었다.

문제는 상대 팀에 대식가가 있는 경우였다. 대식가 바츠는 작은 내기라도 지갑에 막대한 타격을 입힌다. 가볍게 10인분을 먹어 치우니까 말이다.

학생에게는 무시하지 못할 문제였다.

"젠장! 이렇게 되면 부대를 작게 나눠서 괴롭히는 수밖에 없어!"

"바츠는 식탐이 대단하니까……."

"하지만 어떡해?! 이대로 가면 각개 격파돼!"

츠베이트를 비롯한 A팀은 당황하면서도 어떻게든 물고 늘어지려고 작전을 짰다.

그러나 결국 상대 부대의 절반밖에 해치우지 못하고 그들의 지갑은 빙하기를 맞이했다.

◇　◇　◇　◇　◇　◇　◇

학교 강의는 오후 세 시까지만 이루어지며 그 외에는 학생들의 자주 활동 시간이었다.

노는 사람이 많은 것도 사실이지만, 성실한 학생은 자습 및 연구를 하며 리포트를 써서 강사들에게 성적 평가를 받는 사람도 있었다.

그러나 세레스티나는 학교 강사도 손을 놔서 비교적 자유롭게 시간을 보내고 있었다. 그런 그녀가 지금 무엇을 하냐면…….

"마력을 마음대로 다루려면 마법을 자신의 의지대로 제어해야 해요. 【토치】마법의 형태를 자유자재로 바꿀 수 있다면 그 다음은 응용이죠. 열심히 해 보세요."

""""""네! 언니♡""""""

후배들의 마법 훈련을 돕고 있었다.

예전부터 세레스티나를 『언니』라고 부르며 따르던 후배들(미스카는 동생들이라고 부른다)은 몇 명 있었지만, 지금은 스무 명 정도로 불어나서 그녀들을 가르치는 것이 일과가 되어 가고 있었다.

왜 인원이 불어났냐면 스승인 제로스에게 배운 것을 그녀들 눈앞에서 해 버렸기 때문이었다. 후배들에게는 『마법식을 고쳐 쓸 수 있는 천재』라거나 『마법식을 해독할 수 있는 천재』라고 인식되면서 존경과 공경을 모았기 때문이었다.

지금은 학년을 가리지 않고 모든 학생에게 그녀의 이름이 알려져 『제 동생이 되지 않으실래요?』라는 의미 모를 편지가 올 정도였다.

"아하하하, 세레스티나 님은 인기도 많아. 최근 남자에게도 고백받는다며?"

"잠깐, 우르나?! 무슨 소리를……."

"""""""""네에————?!"""""""""

호기심 어린 눈길이 일제히 집중됐다.

세레스티나는 순간 머뭇거렸다.

"누구예요? 누구한테 온 편지인가요, 언니!"

"엄청 궁금해요! 성함은요? 어느 가문의 자제분이시죠?"

"언니에게 어울리는 분이 과연 계실까요? 혹시 본샤 백작가의……."

"말도 안 돼요! 그 기분 나쁜 돼지가 언니에게 고백을? 있어서도 안 될 일이에요!"

"네? 저기, 여러분……?"

그리고 세레스티나에게 어울리는 남자 토론이 시작됐다.

하지만 실제로는 귀족 자제가 세레스티나에게 말을 거는 일은 없었다. 정확히 말하면 그럴 수 없었다.

여름휴가 전까지 그녀를 업신여기며 『무능아』, 『낙오자』, 『헛똑똑이』라고 실컷 욕해 댔기 때문이었다.

심지어 공작가 혈통이라도 세레스티나는 서녀(庶女)라서 정식으로 가문의 일원으로 인정받지 못했다.

더구나 마법 귀족들에게 혈통에서 비롯된 마법 재능은 정략결혼의 중요한 요소였다. 세레스티나는 일족에서도 마법을 쓸 수 없어 낙오자 취급이었다.

남의 가정사에 참견할 자격은 누구에게도 없지만, 귀족은 딴에 권력자라고 남을 함부로 깔보는 경향이 강했다.

하지만 그 평가는 여름휴가 후에 뒤집혔다. 세레스티나의 마법 실력이 그들을 단숨에 뛰어넘으면서부터.

이렇게 되면 세레스티나는 충분히 정략결혼 대상이 될 수 있었다. 하지만 지금까지 실컷 무시한 입장에서 말을 걸 수도 없는지라 귀족 도련님들은 최고의 신부 후보를 놓치고 말았다.

그래도 포기하지 못하는 몰염치한 이들은 부모의 연줄을 이용해 약혼하려고 계획했지만, 그것을 막아서는 것은 손녀를 사랑해 마지않는 미치광이 노인, 【연옥의 마도사】였다.

심지어 약혼을 바라는 귀족 자제들이 어떤 말과 행동으로 세레스티나를 욕했는지 빠짐없이 기록해 둔 탓에 그것을 들이대서 그들을 쫓아냈다.

그 결과, 지금까지 그녀를 무시하던 자들은 반대로 부모에게 잔소리를 듣는 처지가 됐다. 평소 행실이 불러온 결과였다.

저열한 행위에 참여하지 않은 귀족도 있었지만, 약혼을 신청해도 역시나 세레스티나를 무한히 사랑하는 할아버지, 크레스톤 전 공작이 막아섰다. 그는 누가 정략결혼을 신청하든 들을 생각조차 없었다.

그런 이유로 그녀에게 몰려든 바퀴벌레는 세레스티나 본인이 모르는 곳에서 모조리 연옥의 마도사 손에 격파당했다. 물론 메이드 미스카도 공범이었다.

"세레스티나 님은 어떤 분이 이상형인가요?"

"네? 그, 글쎄요……. 포용력이 있는 분일까요? 아이 같은 면도 있다면 매력적이겠네요. 그리고…… 지적이고 냉정한 판단력을 가지고 자기 관리가 가능한 분이……."

그때, 왠지 머리에 떠오른 것은 제로스의 얼굴이었다.

'왜, 왜 지금 선생님 얼굴이 생각나지?! 아니야. 존경하기는 하지만, 이성으로 보는 건 예의가 아니지 않을까? 무엇보다 부모자식만큼 나이 차이가…….'

연애 감정이냐고 묻는다면 아니라고 답할 것이다.

존경은 하지만, 이성으로 보느냐고 묻는다면 대답하기 난감했다.

굳이 따지자면 이곳에 있는 후배들이 자신을 보는 것 같은 존경에 가까웠다.

"아가씨, 사랑만 있으면 나이는 상관없습니다. 오히려 싱그러운 과일이 날 잡수세요, 라고 하는 상황은 그분도 좋아하지 않을까요? 잘만 하면 맛있게 드셔줄지도 몰라요."

"꺄악?!"

어느샌가 뒤에 서 있던 쿨 메이드 미스카였다.

안경을 올려 쓰면서 능청스럽게 웃는 모습이 얄미웠다.

"미, 미스카, 왜 항상 사람을 놀라게 하나요? 간 떨어질 뻔했잖아요……."

"홋…… 당연한 질문을 하시는군요, 아가씨……. 그게 제가 살아가는 방식이기 때문입니다."

"사람을 놀라게 하는 게 인생의 전부예요?!"

"아뇨, 아가씨뿐입니다. 아가씨는 정말로 재미있게 반응해주시니까요. 후후후⋯⋯."

정말로 얄미울 정도로 맑은 웃음이었다.

최근 종적이 묘연하던 미스카는 나흘 전에 쥐도 새도 모르게 돌아와 왠지 세레스티나의 침대에 숨어 있었다. 그것도 알몸으로⋯⋯.

세레스티나는 식겁해서 침대에서 떨어져 바닥에 머리를 박았는데 미스카가 대단히 악랄하게 웃으며 바라보던 것이 떠올랐다.

"저기⋯⋯ 언니? 미스카 씨가 혹시 【빙결 여왕】인가요? 전에 아버지께 들었어요."

"네? 그거⋯⋯ 별명인가요? 저는 모르겠는데⋯⋯ 미스카?"

"훗⋯⋯ 그 이름은 먼 옛날에 버렸습니다. 지금 저는 평범한 메이드입니다."

"평범? 양심도 없⋯⋯ 죄송해요, 째려보지 마세요, 무서워요⋯⋯. 그보다 【빙결 여왕】이 뭐죠⋯⋯?"

"얼음 계열 마법이 특기인 이스톨 마법 학교 졸업생이고 동기인 델사시스 공작님과 비견되는 초월 마도사 중 한 명이에요. 설마 언니의 전속 메이드가 됐을 줄은⋯⋯."

세레스티나는 생각지도 못한 미스카의 과거에 놀랐다.

아버지 델사시스 공작과 동기라면 오랜 기간 그의 곁에서 메이드로 생활했다는 뜻이었다.

그렇다면 자신의 어머니가 어떤 여성이었는지 알 가능성이 컸다. 물어보고는 싶지만, 세레스티나에게는 아직 그럴 용기가 없었다.

참고로 초월 마도사란 레벨 500에 도달한 마도사에게 붙는 칭호였다. 【메티스 성법신국】의 용사들을 제외하면 레벨 500에 도달한 사람은 얼마 되지 않았다.

그래서 나라의 중요한 포지션을 맡은 경우가 많았다.

"얼음을 쓰는 마도사인데 과격하고 무자비한 사람이고, 욕망에 빠져서 접근하는 남자를 모조리 얼음 동상으로 만들어 버렸다고 해요. 일설에 의하면 델사시스 공작님과 연인 관계였다는 말도⋯⋯."

"네? 네에—————?!"

"헛소문입니다. 반대로 주먹질을 나누는 관계였죠."

세레스티나가 화들짝 놀라서 돌아보자 미스카는 대수롭지 않게 대답했다.

"주, 주먹질⋯⋯ 아버지와요?"

"미스카 씨는 차여서 보복을 하려던 남자를 몰래 매장하고, 안 좋은 소문을 흘리려고 하면 어느새 뒤에 서 있거나, 외설적인 소설을 친구에게 권하기도 했다고 들었어요."

"⋯⋯그건 지금과 다를 바 없⋯⋯ 죄송해요. 그 주먹 좀 내리세요⋯⋯."

"아가씨, 말 한마디에 목숨이 날아가는 경우도 있답니다. 항상 말조심하셔야 합니다."

세레스티나는 말없이 고개를 끄덕일 수밖에 없었다.

그만큼 미스카는 무서웠다.

"아가씨께서 요즘 경솔해지시는 것 같아서⋯⋯ 저는 슬픕니다."

"⋯⋯우는 연기 하지 마세요. 너무 티 나요. 어울리지도 않고⋯⋯."

"그것도 그렇군요. 그럼 그만두겠습니다. 더 다른 방식으로 놀리⋯⋯ 즐겁게 해드리겠습니다."

"지금『놀린다』고 말하려고 하셨죠? 은근슬쩍 본심이 나왔죠?"

"아뇨, 일부러 그런 겁니다. 신경 쓰지 마십시오."

"으음…… 이럴 때는『오늘 밤, 메이스가 피에 굶주렸다』라고 말하는 거였나요?"

"아가씨?! 어느새 그런 말을…… 그리고 그 메이스로 저를 어쩔 셈이시죠?"

"어…… 팬다?"

미스카는 충격을 받았다.

놀려서 당황하는 세레스티나를 구경할 생각이었건만, 설마 이렇게 되받아칠 줄은 몰랐다.

"제법 크셨군요, 아가씨……. 함께 세계를 노릴까요? 개그 방면으로……."

"그럼 미스카가 엉뚱한 말을 하면 제가 딴죽을 걸게요. 딴죽은 이 메이스로……."

"그러면 죽어요. 큭…… 이렇게 능청스럽게 대처하시다니, 제가 아가씨를 이상하게 봤군요."

"『잘못 봤다』아닌가요? 미스카 때문에 제 성격이 이상해질 것 같긴 하지만……."

"게다가 저한테 지적까지?! 언제 그런 고급 기술을…… 제법이야."

왠지 미스카가 혼자 전율했다. 그리고 그것 이상으로 분해 보였다.

하지만 곰곰이 생각해 보면 지금까지 실컷 놀림 당했으니까 면역이 생길 만도 했다.

"정말로 미스카 씨는 재미있어. 침착해 보이는데 꽤 장난기가

있구나?"

"우르나…… 미스카는 재미있다기보다 심술궂다고 해야 하지 않을까요? 일 처리는 완벽한데……."

"아가씨, 저를 이상한 사람처럼 말씀하지 마십시오. 크로이사스 님보다는 정상입니다."

"저는 기준을 모르겠지만, 둘 다 악질이란 건 알아요. 의도적이냐, 무의식이냐의 차이일 뿐이라고 봐요. 미스카는 의도적인 쾌락형 범죄자고요."

"훗…… 그건 저에게 칭찬입니다."

"그거 봐요, 이상한 사람 맞잖아요."

""……""

말없이 서로를 바라보는 세레스티나와 미스카.

거기에는 보이지 않는 불똥이 격렬하게 튀고 있었다.

"그런데 세레스티나 님 오빠가 가슴을 키우는 약을 만들었다고 하더라? 나는 필요 없지만, 산 사람이 있을까?"

"그건…… 일시적으로 커질 뿐이고 시간이 지나면 효과가 사라져요. 큰 의미는 없어요."

"아가씨, 강제로 가슴을 키우면 효과가 다했을 때 가슴이 흉하게 늘어지지 않을까요?"

"그건 괜찮았어요. 평범하게 돌아오더라고요……."

"세레스티나 님, 설마……."

"아, 아가씨…… 사용하신 건가요?"

"허망한…… 꿈이었어요."

세레스티나도 여자다. 당연히 몸매가 좋은 여성이 부러웠다.

하지만 마법약인 풍유약의 효과는 일시적이며 영구 지속되지는 않았다.

사용했을 때는 기뻤지만, 시간이 지나면 현실을 알게 된다. 그때 느낀 허무함은 아마 평생 잊지 못할 것이다.

"결국…… 약으로 얻은 꿈 따위 환상에 불과했던 거죠. 남은 건 사라지지 않는 허무함뿐……."

""""""……………."""""""

"후후…… 웃으세요. 한순간의 꿈에 젖었던 못난 저를……."

"""모, 못 웃어……. 절대로 못 웃어……."""""

이곳에 있는 후배 중에서는 풍유약에 큰 관심을 가진 사람도 많았다.

하지만 지금 들은 실제 사용자의 체험담에는 무시하지 못할 애수가 감돌았다. 그렇다면 장기적으로 봤을 때 효과를 기대할 수 있는 【여성 호르몬 강화제】가 더 유리할 것이다.

그곳에 있는 하급생들은 슬픔에 젖은 웃음을 짓는 세레스티나에게 위로의 말도 건네지 못했다.

그런 세레스티나 곁에서 미스카가 손수건으로 눈물을 훔쳤다.

스틸라에서 조금 떨어진 한 도시.

더러운 뒷골목 안쪽에 자리한 술집에서 그 일은 벌어지고 있었다.

"으, 으아아아아아?!"

"이것들이…… 주제도 모르고 날 무시했겠다? 빚 갚으러 왔다."

"큭, 아직 수는 우리가 많아! 둘러싸서 한꺼번에 덤벼!"

"소용없어! 지금 나는 아무한테도 안 져. 히하하하하하하하하하하!"

혈통주의파는 정식적인 파벌이 아니라 원래 타인에게 기생해 이용하는 깡패 집단이었다.

때로는 납치, 강도도 서슴지 않았고 『마도사의 정통 후계』를 자처하면서 범죄에 가까운 행위를 반복하는 등 그 행실이 악질적이었다.

정식 마도사로서 훈련을 게을리하고 자신들의 피에 흐르는 어설픈 마법을 자랑하지만, 그들이 하는 짓은 테러리스트나 다를 바 없었다.

혈통 마법을 이은 마도사가 왜 이런 깡패가 되었냐면, 다름 아닌 그들이 유전적으로 이은 마법 때문이었다.

이어받은 마법이 잠재의식 영역의 대부분을 차지해 다른 마법을 배우기 어려운 탓도 있지만, 그마저도 큰 효과가 없는 것이 많았다.

불완전한 마법이기에 사용하기 어렵고 실전에서는 도저히 쓸 수 없었다. 보조 마법을 이어받은 사람도 있지만, 그것도 불완전한 효과 때문에 마도사로서 실력은 신통치 않았다.

그 결과, 서로를 위로하는 패배자들의 모임이 되고 말았다.

그리고 그들은 범죄자들과 연루되어 대규모 범죄 조직으로 발전했다.

그들의 목표는 정권 찬탈. 자신들이야말로 마도사의 정통 혈통이라며 다양한 뒷공작을 벌였다.

그들은 마도사보다 사기꾼이라는 말이 어울리는 집단으로 변질되었고 무뢰배를 산하에 두어 비공식 조직을 설립했다.

겉으로는 변두리의 술집 따위를 경영했지만, 뒤로는 인신매매에 착수할 정도였다. 이들의 작태를 심각하게 본 각국이 규제를 강화하여 혈통주의파는 행동을 제약받았다.

하지만 이러한 자들은 쓰고 버리기 편리하여 거슬리는 인물을 처리하는 도구로 애용하는 사람도 나왔다. 주로 귀족들이었다.

이용하려고 하면 그 반대도 마찬가지. 혈통주의파는 그런 귀족과 강하게 유착하여 이윽고 역이용할 만큼 조직력을 키웠다.

그렇게 정치에 끼어들 목적으로 이용하려던 것이 위슬러 후작의 차남 샘트롤이었다.

그는 권력욕이 강하고 생각이 짧아 이용하기 쉬우리라 판단했으나, 그 계획은 샘트롤이 가문에서 추방당하면서 파탄 났다.

이용 가치가 사라진 그는 바로 버려졌다. 그러나 그 사실을 깨달았을 때, 이용당한 자는 어떤 행동을 취할까?

그 해답이 지금 이곳에서 벌어지고 있었다.

"그렇게 치켜세우더니 섭섭하게 왜 이러실까? 응?"

"미, 미안해! 하지만 상대는 공작가라고. 실패하면 우리가 위험⋯⋯."

"그래서? 나한테 전부 떠넘기고 튀려고? 날 아주 우습게 봤군."

샘트롤의 몸은 기괴한 근육질로 변했고 힘도 비정상적으로 강했다. 마치 오거 같았다.

그런 샘트롤과 대치한 사내들은 그를 이용하려던 혈통주의파였다.

자신들의 아이를 샘트롤 곁에 두고 감언이설로 부추겨 그를 마음대로 조종하려고 했다.

계획 자체는 순조롭게 진행됐었다. 그를 통해 진짜 목표를 세뇌했을 때까지는. 그렇다. 혈통주의파 마도사들이 진짜 목표로 노리던 것은 바로 츠베이트였다.

"너희는 다 죽었어. 그리고 내 힘이 되어줘야겠어. 걱정하지 마, 죽는 건 금방이니까~. 히헤, 히하하하하하하하하!"

"히, 히이이이익?!"

―뚜두둑! 콰직!

샘트롤은 남자의 목을 꺾고 두개골을 주먹으로 부쉈다.

술집에 피 특유의 철 냄새가 퍼졌다.

"자~, 아직 남았지? 너희도 내 격 올리기에 협력해줘야겠어~."

"도, 도망쳐어어어어어어어어어어어어어어어!"

"사, 살려줘어어어어어어어어어어어!"

"누가 보내준대~? 타오르는 화살이여, 적을 꿰뚫어라.【파이어 애로】."

"아아아아아아아아아아아아아아아아악!"

온몸이 불에 휩싸인 남자의 흉부를 밟아 으깨자 주위로 어마어마한 피가 튀었다.

"아아…… 정말로 기분이 좋아……. 히헤헤, 최고잖아…… 흐헤헤헤."

샘트롤의 눈에서는 이미 이성의 빛이 보이지 않았다.

그곳에는 힘과 피에 취한 광기만이 깃들었다.

희열 섞인 웃음을 흘리며 자신을 이용하던 마도사들을 죽이고 폭력이라는 이름의 쾌락에 젖었다.

"다음은 츠베이트를…… 아니, 날 배신한 머저리들을 전부 죽여 버리겠어. 흐하하하하하하하하하!"

피투성이가 되어 웃는 샘트롤. 그는 복수를 즐기고 있었다.

설령 그것이 적반하장으로 품은 감정이라도 그에게는 정당한 이유였다.

다음 표적을 정한 샘트롤은 피에 젖은 주먹을 한 번 핥고 술집을 나갔다.

신고를 받고 달려온 경비대를 주먹으로 때려죽이면서…….

"예상하지 못한 효과를 발휘했군……. 전에 만든 애뮬릿보다는 낫지만, 위험해. 거의 마약이잖아……."

그렇게 중얼거린 사람은 웬일로 마을 사람처럼 옷을 입은 아도였다.

싸구려 가죽 갑옷과 검을 장비해 신출내기 용병으로 위장 중이었다.

"그 돌, 마법약 매개체로 쓰기에는 위험하겠어. 처분한다면 어디에 묻는 편이 좋지 않을까?"

"나도 샤크티 씨 의견에 찬성. 이건 너무했어……."

"뭐, 그건 그런데……. 4신교 녀석들에게 한 방 먹이고 싶고 이 사라스 왕국은 만년 식량 부족에 시달려. 악당들을 이용해서라도 식량을 사야 해. 어차피 이 나라를 뜰 테니까 문제 될 것 없어."

"또 폐하한테 부탁받았어? 이번에는 어디로 가?"

"수인이 사는 땅……. 메티스 성법신국을 지나니까 겸사겸사 엿 먹이고 싶대. 그걸 위한 도구가 저거야. 그 위험한 돌을 처분할 좋 은 기회이기도 하고……."

목적을 위해서라면 남을 희생한다.

그렇게 결의를 다졌어도 막상 피해가 나면 양심이 아팠다.

그러나 그들에게는 그렇게 해야 할 이유가 있었다.

"놈들 때문에 우리 인생이 이 꼴이 됐어. 그 대가가 비싸다는 걸 알려주겠어……."

"그건 이해해. 하지만…… 약효가 너무 강하지 않아?"

"그렇지? 솔직히…… 역겨워."

"그래, 완전히 맛이 갔군. 그렇지만 약물에나 손을 대는 인간이 면 어차피 멀쩡한 녀석은 아니겠지. 애초에 자업자득이야."

""못됐다…….""

올바른 방법만으로는 목적을 이룰 수 없었다.

대국 뒤에 적이 숨어 있다면 다소의 희생은 각오하기로 마음먹 었다.

하지만 결의를 다지는 것과 현실을 보는 것은 다른 문제였다.

"효과는 확인했어. 다른 녀석들도 비슷한 보고를 했으니까 이 나라에 더 머물 이유는 없어."

"이사라스 왕국은 이 나라를 침공하려는 생각 같던데?"

"적어도 동맹으로 삼아야지. 쳐들어와도 이 땅을 관리하지 못하면 의미가 없어. 그리고 내부에 폭탄을 끌어안은 이사라스 왕국이 솔리스테어 마법 왕국을 어떻게 이기겠어?"

"그 국왕도 바보는 아니야. 민중의 생활도 고려해서 경제 지원을 받는 편을 고르겠지."

"게다가 옛날에 쓴 기습 작전도 막혀 버렸으니까."

"하지만 이사라스 왕국과 솔리스테어 마법 왕국이 동맹을 맺고 교류하려면 결국 그곳을 지나야 하지 않아?"

이사라스 왕국과 솔리스테어 마법 왕국 사이에는 험난한 산악 지대가 있었다.

그리고 그 산악 지대에서 번영한 나라, 알톰 황국은 현재 어느 나라와 전쟁 중이었다.

그 전쟁 상대란 바로 【메티스 성법신국】. 현재는 용사까지 투입했지만, 오히려 고전을 면치 못하는 상황이었다.

무역을 하고 싶어도 상인들이 오러스 대하를 오가야 하나 그 항로가 전쟁터에 걸쳐 있었다.

때때로 병사들에게 압수라는 이름의 강탈을 당하는 탓도 있어서 메티스 성법신국 병사들은 평판이 나빴다. 오히려 산악 민족인 알톰 황국 쪽이 이미지가 좋았다.

"그나저나 용사…… 설마 전형적인 『이고깽#2』인가?"

#2 **이고깽** '이계로 간 고등학생이 깽판'치는 작품. 즉 고등학생이 주인공인 이세계물을 통칭하는 단어. 한국 웹소설 초기에 주류 장르였으며, 이에 대한 멸칭에 가까운 표현이다. 원문은 「俺tueee」.

"이용당한다는 건 이해하지만, 왜 도망치는 사람이 없는지 신기해. 죽은 사람도 있다고 하고, 상식적으로 지구인이라면 싸움에 진저리가 날 거라고 생각하는데."

"용사의 자손도 있다지? 레벨 300을 넘는 강한 사람들이……."

"용사랑 싸우기는 싫어. 우리와 같은 세계에서 왔을지도 모르고 다른 차원의 지구에서 왔을지도 몰라. 동료가 되어 주면 좋을 텐데……. 귀찮은 건 자손이야. 자자의 정보에 의하면 수가 많아."

첩보원에게 들은 이야기에 따르면 3년 전에 소환된 32명의 용사 중 절반이 죽었고 남은 용사들이 가까스로 현재 전선을 유지하는 실정이었다.

알톰 황국의 전사들은 거의 모두 용사와 비슷한 레벨이고 그중에는 특출하게 강한 사람도 많았다. 그 전력 덕에 소국이면서도 메티스 성법신국에 강한 타격을 주고 있었다. 그에 비해 지리적 이점을 이용한 알톰 황국은 큰 피해를 받지 않았다.

단독으로 행동하는 경향이 강한 용사들의 허점을 교묘하게 찌른 작전이 성공한 결과였다.

"알톰 황국의 백성은 사도의 자손이라고 불리나 봐. 조사한 바로는 능력 면에서 우리 같은 전생자에 가까워. 게다가 아인종의 나라야. 이사라스 왕국은 그들과 동맹을 맺지 않으면 고달파져. 분명히 두 나라의 사이는 좋았을 텐데……."

"이제 남은 곳은 다른 수인의 나라……. 앗, 그런 거구나."

"그래…… 수인들과 동맹을 제안하기 위해 사신으로 파견된 게 우리야."

"그래서 언제까지 이곳에 있을 거야? 남은 이야기는 숙소에 가서 하자."

"그래. 내일은 이 나라를 떠나야 하니까 일찍 쉬자."

이야기를 끝맺고 세 사람은 숙소로 돌아갔다.

이렇게 아도와 유쾌한 동료들은 메티스 성법신국을 경유해 수인들이 사는 대평원으로 가게 되었다.

◇ ◇ ◇ ◇ ◇ ◇ ◇

"이제 바보 같은 짓은 하지 마. 공작님의 특별 사면이 있었기에 망정이지 두 번은 안 봐줘."

"오랫동안 신세졌습니다. 앞으로는 착하게 살겠습니다."

경비대에 구류되었던 에로무라는 겨우 밖으로 나왔다.

그는 공기를 힘껏 들이쉬고 가까스로 노예 신분에서 해방된 기쁨을 실감했다. 사실 말처럼 오래 있지도 않았지만, 본인 입장에서는 무척 긴 기간이었다.

그리고 흔해빠진 대사를 뱉었다.

"후하하하하하, 바깥 공기가 신선하구나~! 우하하하하하♪"

"어이, 일단은 공공시설 앞이야. 자유의 몸이 돼서 기쁜 건 이해하지만, 떠들려면 다른 곳에서 해."

"죄송합니다……."

오랜만에 자유를 찾은 에로무라는 혼자 떠들다가 경비병에게 혼났다.

'그럼…… 이제부터 어떻게 하지? 으음, 용병 생활은 돈이 들고…….'

에로무라의 직업은 【브레이브 나이트】.

마법도 쓸 수 있지만, 완전한 근접 전사. 아무리 강해도 혼자서는 이세계를 만끽하기는 힘들었다.

노예로 전락해서 용병 자격이 취소되었기에 다시 등록해서 랭크를 올리려면 시간이 걸린다. 심지어 보수는 의뢰에 따라서 달라진다.

때로는 받을 의뢰가 없어 한가할 때도 많은 직업이었다. 사냥 말고는 생활비를 벌 수단도 마땅치 않았다.

"음…… 노예 하렘을 만들려면 역시 안정된 수입이 있어야겠지……. 일확천금을 노리기에는 이 세상은 너무 위험해."

그는 노예 하렘 건설을 포기하지 않았다.

하지만 노예를 사려고 해도 돈이 필요하며 에로무라에게는 그럴 돈이 없었다.

생산 직업 스킬도 없으니 뭘 만들어서 팔 재간이 없었다. 그렇다고 성실하게 돈을 모으자니 그건 또 귀찮았다.

"그렇지! 동지에게 경호원으로 고용해달라고 할까? 공작가 장남이라면 경호원은 많아서 나쁠 건 없겠지. 좋았어, 바로 가 볼까? 우하하하하하하하하하하하!"

"시끄러워! 여기서 소란 피우지 말고 다른 곳에 가서 떠들라고! 또 노예가 되고 싶냐!"

"죄송합니다, 죄송합니다, 죄송합니다, 죄송합니다, 죄송합니다!"

당당하게 노예 하렘을 만들겠다고 공언하던 에로무라는 다시 경비병에게 혼났다.

그는 뉘우칠 줄 몰랐다.

에로무라는 츠베이트의 경호원이 되겠다고 마음대로 재취업의 꿈을 품고 의기양양하게 거리로 나섰다. 취업에 실패할 가능성은 전혀 고려하지 않은 채…….

그는 한없이 긍정적이었다.

 ## 제2화 샘트롤의 이상 증상

"제발, 동지! 나에게…… 일을 줘!"

"……."

대도서관으로 가던 츠베이트는 우연히 에로무라와 만났다.

에로무라는 뜬금없이 츠베이트 앞에서 큰절을 올렸다.

체면도 염치도 없는 에로무라의 행동에 휘말려 호기심 어린 시선을 모은 츠베이트는 솔직히 당장 도망치고 싶었다.

"이, 이봐…… 동지. 만나자마자 뭐 하는 짓이야?"

"나한테 일을 줘! 직업을 못 구하면 내 꿈인 노예 하렘을 꾸릴 수 없어……. 부탁한다! 나한테…… 나한테 일을 줘! 제발!"

"노예 하렘? 너…… 아직 포기 안 했어?"

"남자라면 꿈을 향해 달려야지! 내가 잘못을 한 건 인정해. 하지만 그래도 버릴 수 없는 마음이 있잖아? 하렘은 남자의 가장 큰 꿈이야!"

"당당하게도 말하는군. 남자답다면 남자답지만, 이런 곳에서 할 소리가 아니야!"

"창피하다는 건 잘 알아! 하지만 동지가 아니면 이런 부탁을 어디에 하겠어! 그러니까 부탁할게, 나한테 일을 줘!"

"창피한 건 기묘한 자세로 일을 달라고 사정하는 거냐? 아니면 노예 하렴이냐?"

노예 하렴. 인터넷 소설 같은 곳에서는 지겹도록 사용되는 소재지만, 실제로 하려면 어려웠다.

애초에 솔리스테어 마법 왕국에서 노예는 인권을 보호받았다. 노예에서 부부 관계로 발전하는 경우도 있지만, 그것은 상당히 드문 사례였다.

노예 판매는 일종의 노동자 알선이며 당연히 급료도 주고 생활도 보장해줘야 했다. 그리고 계약에 따라서 빚을 다 갚으면 노예 신분에서 해방됐다.

마법 계약으로 묶인 기간을 보내고 청산이 끝나면 자유의 몸이 되므로 그동안 연애 관계로 발전하지 않으면 거기서 끝. 연애 중후군 중에 좋아하는 상대와 계약한다면 모를까, 보통 노예 계약에서 연인 관계로 발전하는 일은 거의 없었다.

노예는 일이 없어서 팔려 나가는 것이며, 노동자로서 기술을 가졌고 돈을 벌 수단이 있다면 노예 계약이 종료된 후에도 주인 아래에서 일할 필요는 없었다. 만약 주종 계약 종료 후에 억지로 구속한다면 오히려 어마어마한 배상금을 물어야 했다. 이는 이 나라의 근로 기준법에 명시된 사실이라 에로무라가 꿈꾸는 노예 하렘

계획에는 무리가 있었다.

애초에 노예와 주인의 관계에서 연인으로 발전하면 노예 계약이 종료된 시점에서 혼인하는 게 보통이므로 그 후로도 노예 상태가 계속될 리 없었다.

또한 부부가 되면 세금도 납부해야 하는데, 일부다처를 유지하려면 그만큼 많은 돈이 필요했다.

"경호원이 되는 건 상관없는데 말이야…… 너, 노예 세금을 계속 낼 정도로 돈을 벌 수 있겠어?"

"검과 마법에는 자신이 있어. 이 근처에서 대량 번식한 마물 정도라면 쓸어버릴 수 있지."

"아니, 그럼 용병이 되면 되잖아? 왜 하필 내 경호원이 되겠다고 난리야?"

"……공작가 호위 기사라면 급료가 빵빵할 것 같아서……."

"나쁘지는 않지만, 고용주는 아버지야. 내 마음대로 네 급료를 결정할 수는 없어. 무엇보다 자유롭게 쓸 돈도 없고."

"공작가잖아? 세금을 거둬서 떵떵거리고 사는 거 아니었어?"

"그럴 리가 있냐! 귀족이 세금을 사적으로 쓰면 다른 귀족이 따라 한다고! 백성과 나라를 분열시키는 짓을 어떻게 해!"

"그러고 보니 그런 이야기를 들은 것 같기도……. 그럼 용돈은 어디서 얻어?"

"스스로 벌지. 아버지에게도 받지만……."

츠베이트는 아버지에게도 용돈을 받지만, 생각 없이 쓸 수 있을 만큼 많지는 않았다.

공작 가문의 교육은 엄하며 한 달 용돈은 서민보다 조금 많은 수준에 불과했다. 그래서 돈이 필요하면 스스로 벌 수밖에 없었다.

필요하면 마법약이나 취미로 금속 공예품을 만들어 소소한 돈벌이를 하고 있었다. 츠베이트는 의외로 손재주가 좋았지만, 금속 공예가 취미라는 사실은 아무에게도 말하지 않은 비밀이었다.

또한, 마법식을 넣을 수 있게 된 후로는 변변찮게나마 공예품을 마도구로 만들어 팔았고 용병들에게 나름대로 호평을 샀다.

"나도 제법 궁핍하게 산다고. 함부로 쓸 돈이 어디 있겠어?"

"그래? 산다는 게…… 쉽지 않군."

"그 생각 없이 행동하는 버릇부터 고쳐. 지금 나는 일개 학생이야. 힘이 되어 주고 싶어도 내 능력에도 한계가 있어."

"미안……. 나는 그냥 안정된 수입이 필요했을 뿐이야. 꿈을 이루기 위해서……."

"기사로 추천할 수도 있지만, 기사가 되면 사무 업무도 봐야 해. 군량 계산이나 행군을 지속하기 위한 예측, 전략 지식도 필요해. 할 수 있겠어?"

"……아니. 나…… 그런 거 잘 못 해."

바로 계획이 어긋난 에로무라는 의기소침해졌다.

애당초 남에게 기대려던 것부터 잘못이었다.

"무슨 기술 없어? 제약이든 단조(鍛造)든, 생산 기술 말이야."

"난 전투 전문이야. 그런 스킬은 없어……. 기껏해야 【낚시】 정도지."

"그걸로 뭘 해? 어부라도 되려고?"

여기저기서 날뛰기 바쁜 에로무라는 기사가 될 인물이 아니었다.

기사는 귀족을 지키고 주민을 지키는 엘리트였다. 기사의 실수는 그대로 귀족의 망신인 터라 상응하는 지식과 실력, 무엇보다도 규율을 지키는 인격이 요구됐다. 기사가 되기란 유명 대학 입학만큼 어려웠다.

일류 기사는 거기서 그치지 않고 열심히 훈련과 공부에 매진해 스펙을 쌓아 성기사가 된다.

그 조건을 충족하지 못하는 사람은 종기사나 경비병이 되지만, 사무 일을 못 한다면 논할 가치도 없었다.

"나, 고등학교 수업도 빼먹었는데."

"**고등학교**? 설마 교육 기관인가?"

"엉? 아, 그래. 나는 한 방에 수십 명이 모여서 공부하는 꼴을 보면 답답해 죽을 거 같아. 짜증이 난다고 해야 하나……."

"이해는 하지만, 장래에 도움이 되는 교육을 받는 곳이잖아? 돈을 내는 부모님에게 미안하지도 않아?"

"부모도 허영심 때문에 밀어 넣는 거라고. 나는 성적이 밑바닥이었어. 사실은 공업학교에 가고 싶었는데 말이지."

"가고 싶지도 않은 곳이라서 의욕이 안 생겼어? 그럴 수도 있지. 실제로 이 학교에도 그런 애들은 있으니까."

"하필이면 턱걸이로 합격해 버렸지 뭐야. 그 탓에 성적이 떨어질 때마다 부모가 어찌나 쏘아 대는지……. 자식의 바람을 무시한 주제에 성적이 떨어지면 시시콜콜 잔소리야! 마지막에는 믿을 건 동생뿐이라고 하면서."

"아…… 그런 무책임한 부모 있지. 마음대로 자기 희망을 떠민 주제에 기대에 못 미치면 노발대발……. 비슷한 이야기를 자주 들었어."

"그런 이유로 육체노동은 거뜬하지만 책상머리에서 하는 일은 조금 그래……. 왠지 못 견디겠어."

에로무라, 본명【에노무라 이츠키】는 자동차나 오토바이 등 자신의 취미에 맞는 직업을 가지고자 공업 고등학교를 목표로 했지만, 중소기업 사장인 아버지의 뜻으로 강제로 사립학교 입학시험을 치러야 했다.

어머니도 기본적으로 아버지와 같은 사람이라서 주변의 시선을 신경 쓰며 허세만 부리는 여성이었다. 재수 없게 사립학교에 합격하자 여기저기 주위에 떠들고 다녔다.

결국 환경이 성격에 맞지 않고 취미를 우선하는 성격 때문인지 이츠키는 고등학교 수업을 빼먹게 됐다. 그러다가 아르바이트로 들어간 가까운 수리 공장에 들락거린 사실이 발각되면서 부모와 대판 싸웠고, 결국 부모님에게 『부모 얼굴에 먹칠하는 불효자』 소리를 듣고 가출해 버렸다.

그 후에는 친구가 사는 자취방에 얹혀살면서 친구끼리 기술을 배웠다.

목표는 자기들이 팀을 짜서 레이스에 출전하는 것. 하지만 이번 전생으로 그 꿈은 깨지고 말았다.

참고로 【소드 앤 소서리스】는 휴가나 여가 시간에 친구끼리 잠깐 놀던 정도인 일반적인 유저였다. 딱히 방구석 폐인도 오타쿠도 아니었다.

"의외로 고생하며 살았군……. 알았어. 일단 기사가 아니라 경호원으로 고용할까? 우리 아버지에게 이야기해 볼게. 당분간은 내가 급료를 줄 테지만, 그렇게 많이는 못 줘."

"괜찮아? 자유롭게 쓸 돈은 없다며?"

"도구를 만들어서 용돈을 벌거든. 많지는 않지만 당분간 급료를 줄 정도는 돼."

"미안하다, 동지……. 이 은혜는 잊지 않을게. 밥이라도 안 굶는 게 어디야."

"신경 쓰지 마. 대신 격을 올리러 갈 때도 호위해줘."

"그 정도야 일도 아니지. 맡겨만 줘. 날뛰는 건 내 전문이야!"

남자들의 우정은 두터웠다.

"그보다 오늘은 어디에 묵어야 하나……."

"아…… 그것도 문제군."

"노예가 되면서 돈을 몰수당했거든. 위약금으로……."

"너, 법률 정도는 조사하고 살아……. 그리고 내 방은 안 돼."

"왜? 감방에서 들었는데 학생 기숙사는 넓다며?"

"빈방을 안즈가 쓰고 있어. 자려면 소파에서 자야 해."

—번쩍!

그 순간, 에로무라의 얼굴이 극화체로 변하면서 눈을 크게 뜨고 경악했다.

단순히 놀랐을 뿐 아니라 믿었던 사람에게 배신당한 것 같은 절망이 섞인 표정이었다.

온몸으로 퍼지는 떨림은 분노 때문인지 차츰 강해졌다.

그리고 절정에 달한 감정을 토했다.

"너 인마! 동지라고 생각했더니 리얼충으로 전향했어?!"

"아니, 안즈가 마음대로 눌러앉은 거야. 저번에 아버지에게 호위 계약서가 날아왔어……."

"뭐야? 어린 여자랑 동거한다고?! 부럽잖아, 이 자식—!"

"야…… 그런 어린애가 무슨 여자야?"

"소녀…… 풋과일보다도 풋풋하고 감미로운 금단의 단어…….
아무것도 모르는 시기에 몹쓸 지식을 주입해 언젠가 이상적인 나만의 노예로……."

"그건 범죄라니까?! 너 그런 짓을 할 셈이야?!"

"그래, 금단의 애욕에 빠지고 싶어. 미인이라면 중년이든 아줌마든 괜찮아!"

"당당하게 말하지 마, 인간쓰레기나 할 짓이라고! 나는 사회적으로 매장당하기 싫고 여기서 인생을 접을 생각도 없어!"

에로무라는 주체할 수 없을 만큼 에로를 사랑했다.

정말로 꿈을 위해 노력했는지 의심스러울 정도였다.

"애초에 나는 아직 목숨이 아까워. 안즈 걔, 강하잖아?"

"그래? 나는 잘 모르는데……."

"스승님이【그림자 6인】이라고 불렀어. 어떤 파티야?"

"……그, 그림자 6인? 안즈가? 진짜? 그러고 보니 그 아저씨가 그런 말을 했었나? 설마…… 그 애가【분홍 닌자】?!"

"지금까지 잊고 있었어? 아무튼…… 안즈에 관해 알아?"

"소문 정도는 들었어. 눈에 띄는 옷차림으로 온갖 적을 눈 깜짝할 사이 처리한 닌자 파티…… 그중 한 명이【분홍 닌자】. 섬멸자 정도는 아니지만, 고레벨 유명인이었어."

"그럼 알겠네. 그런 애한테 손대고 살아남을 수 있겠어? 물리적으로……."

"죽겠지. 사람을 잘못 골랐군……. 나라도 못 이겨."

애초에 어린 소녀에게 손을 대는 시점에서 범죄였다.

물론 나이를 떠나서 야시시한 이야기의 대상으로 삼을 인물은 아니었다.【그림자 6인】은 상위권 유저 중에서【섬멸자】에 가까운 위험성을 품은 몇 안 되는 파티였다.

레벨은 모두 700대.【한계 돌파】뿐 아니라【임계 돌파】를 달성했기 때문에 허튼짓을 하면 목숨 부지하기 어려웠다.

여담이지만, 레벨 900에 도달하면【극한 돌파】조건 중 하나를 달성하는데, 다른 조건은 모두 임의로 정해졌다. 또한 조건이 몇 개인지도 아무도 몰랐다.

참고로 제로스는 자기도 모르는 사이 조건을 모두 충족했기 때문에 사실 세세한 조건은 몰랐다.

"어린애한테 손을 대서 어쩌려고? 너 또 노예가 되고 싶어서 그래?"

"처음에는 강제로 해도 마지막에 합의를 보면 문제없지 않을까? 로망 아니야?"

"문제 있어! 그리고 왜 범죄에 로망을 찾아! 그러고도 인간이냐!"

"그렇다면 하다못해『오빠 사랑해』라는 말을 듣고 싶어. 아래에서 올려다보면서…… 허억허억."

"……안즈가 그런 소리를 할 거라고 생각해?"

"안 해. 하지만 꿈꾸는 건 자유잖아."

"범죄지만……."

에로무라는 확고한 변태였다.

레이스에 출전하겠다는 꿈을 가졌던 청소년은 꿈을 잃고 변태의 길로 빠진 것일까?

하지만 새로운 꿈은 윤리적으로 아웃이었다.

"소파라도 괜찮으니까 재워줘! 돈은 용병 활동을 하면서 벌게!"

"필사적이군……. 그럼 좋아. 대신 실수로라도 안즈한테는 손대지 마."

"……최선을 다할게."

"잠깐만, 지금 왜 뜸 들였어? 정말로 손대지 마. 내가 스승님한테 죽……."

"왜 그래, 동지? ……응?"

에로무라는 츠베이트가 굳은 표정으로 시선을 돌린 것을 깨달았다.

의아하게 생각해 돌아보자 그곳에는 한 학생이 서 있었다.

옷이 검붉게 물들고 악취가 났다.

"히하하하! 찾았다, 벌레 자식! 넌 이제 죽었어, 케헤헤헤!"

"샘트롤……."

옷을 검붉은 피로 적신 모습을 당당히 드러내고 제정신이라고 생각하기 힘든 정신 상태로 유쾌하게 웃어 댔다.

극도의 흥분 상태에서 노골적인 적의가 드러났다.

츠베이트는 즉시 전투태세로 돌입했다.

"이건 뭐야……? 아는 사이야? 아예 맛이 가 버린 것 같은데."

"아는 사이지만, 적이야. 그래도 이 정도로 미치지는 않았었는데……."

"이상한 약이라도 한 거 아니야? 상태가 많이 안 좋아 보여."

에로무라는 인벤토리에서 방패를 꺼내고 검을 뽑음과 동시에 전투 자세를 취했다.

어지간한 용병보다 훨씬 상급 장비로 무장한 그가 샘트롤을 주시했다.

"이거…… 틀림없이 싸울 생각이야. 저 녀석 살기등등한 것 봐……."

"동감이야. 설마 이 정도로 멍청했을 줄은……."

두 사람이 경계하는 상황에서 샘트롤이 땅을 박차고 나와 피로 얼룩진 주먹을 츠베이트에게 내질렀다.

그러나 그 주먹은 에로무라의 방패에 막혀 허무하게 튕겨 나갔다.

"뭐야?!"

"야, 내가 보는 앞에서 고용주한테 손찌검하려고? 내가 가만히 있을 줄 알았냐?"

"나대지 마. 정 그렇게 죽고 싶으면 너부터 맛있게 먹어주겠지만. 히헤헤헤."

"아쉽게도, 나는 그쪽 취향은 없어!"

"크억?!"

샘트롤의 배에 날카로운 킥이 꽂히고 거뜬히 10미터는 날아갔다.

낙법도 취하지 못한 샘트롤은 땅을 굴러 가로등에 부딪친 뒤에야 멈췄다.

"뭐야?! 마, 말도 안 돼…… 나는, 나는 강해졌다고! 이럴 리가 없어!"

"강해져? 어디가? 엄청 약하잖아?"

"……이봐, 동지 에로무라. 너, 격이 몇이야?"

"나? 한 600 정도? 그보다 사람을 에로무라라고 부르지 마! 내 이름은 오르페우스 13세다―!"

"……라인하르트 아니었어? 뭐든 상관없지만."

"왜 상관이 없어?!"

콩트를 나누는 두 사람 앞에서 샘트롤은 굴욕에 부들부들 떨었다.

지금 그의 레벨은 95였다. 이 세계 사람의 최고 레벨이 300인 것을 고려하면 샘트롤의 레벨로도 일반인부터 중급 용병까지는 손쉽게 죽일 수 있었다.

하지만 현재 에로무라의 정확한 레벨은 621, 츠베이트도 183이었다.

이 두 사람을 상대하기에는 너무 약했다.

'아니야…… 아니야아니야아니야아니야, 아니야―! 나는 강해졌어! 고귀한 혈통을 타고난 내가 이런 쓰레기들보다 약할 리가 없어!'

난감하게도 샘트롤은 상대의 능력을 인정할 위인이 아니었다.

상대가 약하면 얕보고 강하면 심하게 질투하는 주제에 자발적으로 강해지려고 노력하지는 않았다.

내세울 것은 혈통뿐이고 그것을 빼면 아무것도 남지 않았다.

위슬러 후작가에서 절연당한 이상 자신의 힘만으로 강해질 수밖에 없었다. 보통은 이 지경까지 오면 현실을 직시할 만도 하지만, 그는 현실을 계속 부정하며 골목길에서 수상한 약에 손댔다.

원래 성실하게 노력하는 인간을 깔보고 편하게만 살아온 업보가 돌아온 것이었다.

그러나 그는 그것조차 정당하다고 믿을 만큼 거만한 성격이었다. 그래서 실력 있는 사람을 제거하는 데 심혈을 기울였다. 노력하는 방향이 잘못됐다.

"이 녀석은 뭐 하러 나온 거야? 동지 츠베이트보다 약하잖아……."

"내가 동지 에로무라보다 약한 건 인정하지만, 이대로 약한 채로 끝날 생각은 없어."

"그렇겠지. 하지만 이 녀석은 상대방과 얼마나 실력 차이가 나는지도 모르나? 바보 아니야?"

"바보 맞아. 강해지려는 노력도 하지 않고 입으로만 잘난 척 떠들던 놈이지."

"아…… 어딜 가나 있지, 그런 바보. 그런 것들이 꼭 남 발목 잡기 좋아하지?"

"왕족의 혈통이란 것 말고는 장점이 없는 쓸모없는 녀석이야. 심지어 가문에서도 쫓겨났다고 해."

"……왕족? 패 버렸는데 괜찮아?"

"걱정하지 마. 왕족 혈통인 건 나도 마찬가지니까. 심지어 집안에서도 추방당해서 처리해도 아무 문제없어."

샘트롤이 입은 교복은 피를 뒤집어써서 지금까지 무슨 짓을 했는지 짐작하기에 충분했다.

아마 싸우면서 격을 올렸을 것이다.

"우, 웃기지 마. 나보다 강한 인간이 있을 리 없어! 이걸로 나는 강해졌다고!"

"진짜 위험한 약에 손댔냐? 하지만 약 하나로 강해질 수 있으면 아무도 고생 안 할 텐데?"

"그래……. 마법약은 다소 능력을 강화하는 정도야. 그렇게 급속하게 강해지는 약은 들어본 적도 없어."

"부족해……. 이건 약이 부족한 탓이야! 이럴 리가 없다고—!"

현실을 받아들이지 못하는 샘트롤은 약병을 꺼내서 손바닥 위에 대량의 알약을 쏟아 입에 털어 넣었다. 바드득바드득 알약을 씹는 소리가 들렸다.

"캬하! 왔다, 왔어! 바로 이거야~! 이 힘이 있으면 네놈들 따위……."

샘트롤의 얼굴에 무수한 혈관이 붉거지며 육체도 비정상적으로 팽창했다.

옷이 북 찢어지는 소리와 함께 아래쪽에서 기괴하게 부푼 근육이 드러났다.

"죽어라—! 츠베이트으으으으으으으으으으으으으으으으으으으!"

"……싫어, 인마."

—뻐억!

츠베이트는 돌진해 온 샘트롤의 턱에 어퍼컷을 날리고, 몸이 뒤로 젖혀 무방비해진 배에 주먹을 꽂고, 웅크린 순간 레프트 훅으로 안면을 가격했다.

거기에 이어서 에로무라가 샘트롤을 발로 차 버렸다.

방어는커녕 낙법도 하지 못한 샘트롤은 땅바닥을 굴렀고 입이 찢어졌는지 피를 토하면서 볼썽사납게 땅을 기었다.

그들 사이에는 허세만 떨던 자와 강해지기 위해 노력을 쌓은 자의 간극이 있었다.

"근육은 겉모양뿐이군…… 초급 용병이라면 죽일 수 있을지 몰라도, 겨우 이 정도로 뻐겨도 말이지…… "

"하지만 약 하나로 이렇게 근육이 팽창하나? 어떻게 생각해도 몸에 나쁘겠는데."

"내 생각도 그래. 저건 반드시 부작용이 있는 약이야. 나중에 크로이사스에게 분석해달라고 해야겠군…… "

"아니야…… 아니야아니야…… 아니야아니야아니야아니야아니야아니야."

"현실을 봐. 약으로 쉽게 강해지면 지금쯤 다른 애들도 다 최강이 됐을걸?"

츠베이트는 어이가 없었다.

짜증 나는 인간이었지만, 이 정도로 멍청하면 이제는 화도 안 났다.

"왜냐…… 나에게는 왕가의 피가 흐른다고! 그런 내가 왜 이렇게 처참하게…… "

"혈통만 내세우고 발전하려는 노력을 안 해서잖아? 뭘 이제 와서 모른 척이야."

"아니야! 아니야아니야아니야아니야, 아니야──! 너야! 네가 내 모든 걸 빼앗았어! 얌전히 세뇌당해 있으면 될 것을, 너 때문에 노예들이 배신하고 브레마이트가 사라졌어! 전부 너 때문이야, 츠베이트────!"

"그렇게 자기 무능함을 남 탓으로 돌리니까 뭘 해도 안 되는 거야! 스스로 생각하지 않고 전부 남에게 맡긴 주제에 실패하면 주변에 화풀이나 하고. 네가 애냐?"

"닥쳐! 나는 우월해! 왕이 될 자격이 있다고!"

"……없어, 멍청아. 계승권도 낮고 이번 일로 그 계승권마저 박탈당할걸? 왕족은 계승권 서열을 우선하는데 네 서열은 나보다 낮아. 나는 왕이 될 생각도 없지만."

츠베이트의 왕위 계승권은 12위, 그에 비해 샘트롤은 23위였다. 잘 모르는 사람이 봐도 왕이 될 순위는 아니었다.

하지만 샘트롤은 무엇을 착각했는지 당당히 자기가 차기 국왕이 된다고 떠벌리고 다녔다.

이것은 서열을 무시한 반역 행위에 해당했다. 위슬러 후작이 샘트롤을 버리는 결정타가 된 것도 이 사실이 왕족의 귀에 들어갔기 때문이었다.

정당한 계승자가 있는데 왕이 된다고 떠들고 다니면 역적으로 간주되어도 변명할 여지가 없었다. 샘트롤은 그런 것조차 생각할 능력이 없었다.

"남의 의지를 무시한 세뇌, 왕족에 반역하는 듯한 언동, 그리고 공작가 장남 암살 미수. 살아 있는 게 신기한 수준이야. 다 네가 초래한 결과라고."

"아니야! 아니야아니야아니야아니야아니야! 네가…… 네가 날 떨어뜨린 거라고—!"

"이봐, 동지……. 이 녀석, 자기 자신에게만 엄청나게 관대한 인간이야? 생떼 부리는 어린애랑 다를 게 없는데……."

"네가 본 그대로야. 이제 뭐라고 할 생각도 안 들어."

"그래……. 이쯤 되면 오히려 대단하군. 킹 오브 바보야."

"나, 날 무시해……? 전부 다 죽여 버리겠어!"

이 이상은 할 말도 없었다.

두 사람이 불쌍하게 바라보는 가운데, 샘트롤은 다시 약병을 꺼내서 남은 약을 입안에 털어 넣었다. 알약이 몇 개 바닥에 떨어졌지만, 샘트롤은 개의치 않고 약을 씹어서 억지로 삼켰다.

강화된 육체가 남은 옷을 날려 버리고 피부는 거뭇거뭇하게 변해 갔다. 팔에는 비늘이 떠올라 딱딱해지고 등에는 돌기 같은 것이 자랐다.

"주긴다…… 전부 주겨 버리게써어어어어어!"

"저 녀석…… 이제는 인간조차 아니잖아? 샘트롤은 어디서 저런 걸 구했지?"

"와, 저 약은 뭐야? 인간을 마물로 바꿔?! 무서워라……."

"얼마나 강화됐느냐가 문제인데."

"주그어어어어어어어어어어어어!"

마물로 변한 샘트롤은 강화된 힘을 최대한 발휘해 츠베이트에게 달려들었다.

"어딜 감히, 으응?!"

에로무라가 다시 츠베이트를 지키려고 방패를 들고 끼어들었다. 그 순간, 우둑우둑 소름 끼치는 소리가 들리고 시커먼 액체가 주위로 튀었다.

샘트롤의 팔이 기괴한 형태로 뒤틀리고 안쪽에서는 뼈까지 튀어나왔다.

방패로 방어한 순간 근육이 한계에 달해 끊기고 뼈가 부서진 모양이었다.

"……설마 강화된 힘에 육체가 쫓아가지 못하나?"

"마물의 피가 검은색이었나? 썩은 냄새도 나고…… 으, 더러워!"

"크와아아아!"

마물이 된 샘트롤은 집요하게 츠베이트를 노렸지만, 에로무라의 방패에 막힐 때마다 근육이 터지고 뼈가 부서졌다.

그러나 마치 고통을 느끼지 못하는 것처럼 멈출 기미가 없었다.

"이 녀석…… 자멸하잖아?"

"추측이지만, 무리하게 강화한 육체가 충격과 부담을 견디지 못한 결과겠지."

"쥬길 거야아아아…… 너이 다 쥬길 거야아아아아!"

다리가 파열하고, 팔이 떨어져 나가려고 하고, 육체 조직이 비명을 질러도 그는 멈추지 않았다.

그래도 이 상황이 계속되면 곧 움직이지 못할 테고 잘못하면 죽을 것이 뻔했다.

주위에 있는 학생은 이미 거리를 두고 멀리서 상황을 지켜볼 뿐이었다.

"저런 상태로 어떻게 움직이는 거야!"

"내가 아냐? ……잠깐, 동지. 저거…… 상처가 재생되지 않았어?"

"뭐라고?"

자세히 보니 상처의 출혈이 멈추고 내부의 살이 징그럽게 꿈틀대며 재생하고 있었다.

그러나 육체가 파괴되는 속도가 빨라서 재생이 쫓아오지 못했다.

두 사람에게는 이해할 수 없는 자폭 공격처럼 보였다.

츠베이트와 에로무라는 피하기만 해도 되지만, 주변 시설이 파괴되고 그때마다 검은 혈액과 살점이 튀었다. 길바닥이나 벤치, 가로등을 부수면서도 샘트롤은 자신을 파멸로 몰아가며 츠베이트를 쫓았다. 비록 적반하장이라도 그 집념은 무서울 정도였다.

"정말로 인간이길 포기했군."

"그나마 약해서 다행이야. 힘까지 셌으면 감당하지 못했겠어."

날뛰는 샘트롤을 피하면서도 두 사람은 대화를 나눌 여유가 있었다.

이는 레벨 차이 때문이었다. 원래 레벨이 낮은 샘트롤은 아무리 강력한 마법약을 써서 강화해도 큰 효과를 누리지 못했다. 샘트롤은 그런 단순한 사실조차 알아차리지 못할 정도로 츠베이트를 향한 증오에 사로잡혀 있었다.

잘못은 자신이 했지만, 자기중심적인 인간일수록 도리에 어긋난 원한을 품는 법이었다.

그리고 그런 원한은 대개 좋은 결과를 부르지 않는다.

"우윽?! 웁…… 우웨에에에에엑……."

"뭐, 뭐야?"

"갑자기 괴로워하는데? 부작용인가?"

지금까지 파열할 정도로 부풀었던 근육이 급격히 수축하며 점차 몸이 쪼그라들었다.

아니, 아예 송장처럼 살가죽과 뼈만 남아 버렸다.

"뭐야?! 미라가 되어 가는데……."

"큰일 났다. 저러다 죽는 거 아니야?!"

강제로 강화된 근육은 거듭되는 공격으로 자폭과 재생을 반복하여 체내 에너지를 대량으로 소비한다.

강화된 몸으로 공격할 때마다 체력을 소모하지만, 약물에 의한 강화는 멈추지 않으므로 모든 조건이 안 좋은 방향으로 움직여 체내 영양소를 단번에 앗아간 것이었다.

그 결과 급속도로 미라처럼 변해갔다. 샘트롤은 이미 살 가망이 없었다.

"히이…… 흐어……."

"으윽…… 자업자득이라지만 끔찍해……."

"이 약 때문인가……? 위험하군. 어떤 자식이 이딴 걸 만든 거야……?"

츠베이트는 바닥에 떨어진 알약 하나를 집고 험악한 표정을 지었다.

샘트롤이 어디서 구했는지는 몰라도 그 효과는 무서웠다.

잘못하면 나라를 멸망시킬지도 모를 물건이었다.

"인간을 마물로 바꾸는 약…… 이런 게 나돌고 있어?"

"아니…… 아마 시제품이겠지. 하지만 언젠가 나라 전체로 퍼질지도 몰라."

"심각한 일 아니야? 이런 게 나돌면 전국에서 범죄가 판칠걸?"

"어쩌면…… 그게 목적인지도 모르지."

일시적으로 신체 능력이 향상되는 마법약은 특정 분야에서 귀중하게 사용된다.

당장 전쟁이나 마물 토벌 임무만 해도 그렇다.

하지만 인격에 영향을 미치는 성분은 위험하여 사용하기에는 위험 부담이 너무 컸다.

섣불리 사용하면 자신과 동료들에게도 위험이 미치며 오용하면 샘트롤처럼 자멸한다.

츠베이트의 수중에 있던 마법약은 세상에 나와서는 안 될 물건이었다.

"……안쓰럽군. 하지만 어쩌지? 이거 뒤처리 말이야…….."

"일단 경비대에 사정을 설명하고 국가기관에 맡기는 수밖에. 지금 우리가 해결하기에는 너무 큰 사건이야."

"또…… 경비대에 가야 해? 나 오늘 석방됐는데?"

"포기해. 이미 연관됐어. 게다가 이번에는 피해자니까 문제없잖아?"

"그건 그렇지만…….."

누가 불렀는지 경비병들이 완전무장을 하고 이곳으로 오고 있었다.

이후 두 사람은 사건의 경위를 추궁받지만, 내용이 워낙 비상식적이라서 진술을 뒷받침하는 증거가 나오는 다음 날까지 경비대에 구류되어야 했다.

◇　◇　◇　◇　◇　◇　◇

　이튿날, 경위 조사를 끝낸 두 사람은 학생 기숙사로 돌아왔다.

　처음 이곳을 방문한 에로무라는 바로크 양식 건축물을 보고 탄
식을 흘렸다.

　첫 해외여행에서 오래된 건물을 본 것 같은 반응이었다.

　"우와…… 이게 어딜 봐서 기숙사야? 쓸데없이 화려하네."

　"원래 행정 시설이었으니까. 개축은 했어도 천장 벽화는 옛날
그대로야."

　"왜 학원 도시가 된 거야? 평범한 도시라도 괜찮잖아?"

　"입지 조건은 좋았지만, 장사하기 좋은 땅은 아니었어. 이 도시
근처에는 작은 마을밖에 없고 특산물도 없어. 영지를 어떻게 번영
시킬지 모색한 결과가 교육 기관이었다고 해."

　"다 이유가 있군……."

　츠베이트에게 안내받으며 2층으로 올라가서 복도 거의 중앙에
있는 문 앞에 섰다.

　"여기가 내 방이야. 원래는 영주의 서고였다고 들었어."

　"……옆방 문이 왜 이렇게 멀어? 얼마나 넓은 거야?"

　"이런 방은 귀족이 이용하는 경우가 많아. 다른 기숙사도 비슷해."

　문손잡이 위에 있는 구멍에 열쇠를 꽂아 돌리자 철컥하고 잠금
이 풀리는 소리가 났다.

천천히 문이 열리고 학생 기숙사라고는 생각하기 힘든 호화로운 방이 나타났다.

"······내가 잘 소파는 저거야?"

"그래. 옆방은 내가 쓰고 안쪽 방은 안즈가······."

『안즈가 쓴다』라고 말하기 전에 그 방을 이용하는 본인이 문을 열고 나왔다.

왠지 배에 손을 대고 있지만, 표정은 앞머리에 가려 보이지 않았다.

"······배······고파······."

"······학식 안 먹었어? 점심이 지난 지가 언젠데."

"······잤어. ······아침, 못 일어나. ······아무거나, 먹을 것 좀······."

"그걸 왜 여기서 찾아? 학식을 먹으면 되잖아? 아, 벌써 세 시군······. 식당은 이미 닫았겠어."

"······밥."

"동지, 밖에서 먹고 올 수밖에 없지 않아? 그리고 안즈 쟤 저혈압이야?"

아무래도 아침에 일어나지 못해서 조식, 중식을 모두 거른 모양이었다.

그런 안즈의 상태가 어쩐지 이상했다.

"평소에는 말도 없이 훌쩍 사라져 버리면서 왜 오늘따라 방에 있었어?"

"······돈, 없어. ······밥."

"호위 계약으로 선금을 받았을 텐데? 다 어디 썼어?"

"……이거 만드는 데 썼어."

""그, 그건?!""

안즈가 손에 든 것은 여성용 속옷. 브래지어였다.

안즈는 재봉사 상위 직업 스킬 【재봉제(裁縫帝)】를 가진, 알 만한 사람은 다 아는 장인이었다.

하지만 그 사실을 모르는 두 사람은 그만 실수를 저지르고 말았다.

"안즈…… 여자니까 그런 속옷이 필요한 건 알지만, 네 몸에 안 맞잖아?"

"그래. 그건 그거대로 좋지만, 가슴 사이즈가 너무 크지 않아? 아니 뭐, 로리 거유도 수요는 있지만……."

―번쩍―――!

안즈의 눈에 위험한 빛이 깃들고 순식간에 두 사람 앞에서 사라졌다. 두 바보는 너무나 갑작스러운 사태에 얼이 빠져 있었다.

안즈는 두 사람 뒤로 돌아가서 【그림자 분신】으로 머리를 덥석 물어뜯었다.

""아아아아아아아아아아아아아아악!""

오후의 기숙사에 절규가 울려 퍼졌다.

안즈는 작은 체구에 비해 큰 가슴이 콤플렉스였다. 츠베이트와 에로무라는 괜한 말 한마디로 역린을 건드려 버린 것이었다.

거스를 수 없는 폭력이 어리석은 두 사람에게 단죄를 내렸다.

이날, 츠베이트와 에로무라는 얼굴이 퉁퉁 불 정도로 얻어맞았다.

여담이지만, 안즈는 이스톨 마법 학교에서 점점 유명해져 갔다.

신출귀몰한 속옷 상인으로서…….

제3화 이계의 문은 가끔 열린다

이스톨 마법 학교, 마법학 특수 연구동.

그곳은 생제르맹파를 포함한 마법 연구 파벌이 모인 솔리스테어 마법 왕국의 최고 연구 기관이었다.

주로 우수한 성적을 거둔 학생이 이곳에 모여 다양한 마법과 마법약을 연구했다.

이 시설은 왕도에 있는 솔리스테어 마법 왕국 군부 특수 연구소와 연결되어 있으며, 특히 약초 성분 분석이 왕성히 이루어졌다.

마법 개발은 마법 문자 해독이 진행되지 않아 정체됐지만, 최근 생제르맹파의 연구 발표로 겨우 마법식 해독이 가능해지면서 본궤도에 오르기 시작했다. 그래도 마법식 해독은 아직 걸음마 단계라서 완전히 이해하려면 갈 길이 멀었다.

그런 가운데, 연구를 진행한 사람 중에서 유난히 이채로운 인물이 있었다.

크로이사스 반 솔리스테어였다.

입학시험에서 역대 최고 성적을 기록하고 다른 학생을 압도하는 두뇌로 언제나 학교의 정점에 있는 천재. 한때는 【마도의 총아】라고도 불린 유명한 마도사였다.

그러나 지금은 주변 인물들에게 【재앙을 부르는 자】라고 불리는 문제아이자 강사들의 골머리를 썩이는 괴짜이기도 했다.

그런 크로이사스가 현재 라모트라는 쥐를 닮은 동물에 약물을 투여해 효과를 검증하고 있었다.

유리 케이스 안에서는 라모트가 거칠게 날뛰고 있었다. 당장에라도 케이스를 부술 기세지만, 동시에 라모트의 몸이 끔찍하게 망가져 갔다.

"어때, 크로이사스? 뭐 좀 알아냈어?"

"세리나…… 이건 위험한 마법약이에요. 세상에 존재해서는 안 될 물건입니다."

크로이사스의 표정이 웬일로 험악해졌다.

그 눈에는 경악과 경멸이 담겨 있었다.

"그렇게 위험해? 라모트가 엄청 날뛰는데…… 읍!"

"이 마법약은 정신을 고양시키고 육체를 강화합니다. 그것뿐이라면 비슷한 약도 있지만, 이건 육체에 비축된 에너지를 강제로 끌어내서 경이적인 재생 능력으로 상처를 치료하는 것 같군요."

"장점뿐인 것처럼 들리는데, 뭐가 위험해?"

"중독성이 강해서 한 번 사용하면 끊을 수가 없어요. 심지어 육체를 한계까지 강화해서 공격하면 자기 몸이 파괴되고, 또 그 몸을 강력한 재생 능력으로 회복하고…… 그러다가 흉포해져서 마물로 전락하기도 하죠. 중증 중독자라면 얼마 못 버티고 죽습니다."

3일 전, 샘트롤이 복용하고 죽은 마법약의 성분과 효능을 알아봐 달라는 츠베이트의 의뢰를 받고 조사했는데, 상상 이상으로 위험한 효력을 가진 일종의 마약이었다.

"……이것을 만든 사람은 악마예요. 존재 자체가 용서받지 못할 마법약을 대체 무슨 의도로 만들었을지……."

"저기…… 혹시, 혹시 말인데, 이 마법약이 세상에 나돌면……."

"인간이 마물로 변하는 사례가 다발하겠죠……. 위험하네요. 흥미를 유발하기는 하지만."

"위, 위험한 수준이 아니야……. 재난을 일으키는 마약이잖아! 누가 이런 걸 만든 거야……."

"글쎄요? 하지만 이 마법약을 사형수에게 투여해서 전선에 보내면 어떻게 될까요?"

"……?! 서, 설마……."

사형수의 육체를 강화해 최전선으로 보내면 적에게 큰 타격을 입힐 수 있다.

심지어 재생력도 강하고 가만히 두면 자멸할 때까지 싸운다. 적국 입장에서는 이토록 무서운 병력도 없을 것이다.

"신체 강화에 정신 억제를 방해하는 마약 성분……. 게다가 원재료를 알 수 없는 정체불명의 물질. 아마 이게 신체를 변질시키고 강력한 재생력을 주는 거겠죠. 이 성능을 봐선 아마 군용으로 개발된 물건이지 않을까요? 그게 민간에 풀린다면……."

"……무섭네. 도시 사람들이 언제 날뛸지 몰라."

"스위트롤 학생은 아마 피험자로 이용당했겠죠. 그리고 파멸했습니다. 아니, 이번 일은 자멸일까요?"

"샘트롤이야. 일단은 왕족이래. 같은 왕족이니까 이름 정도는 외워."

"관심이 없어서요. 저는 차남이고 가문을 이을 생각도 없습니다. 그리고 이미 죽었는데 외워서 뭐 합니까."

크로이사스는 관심이 없으면 기억조차 하지 않았다.

이름을 외운다면 특정 분야에서 뛰어난 인물이거나 역사상 위인
뿐이었다.

친구 이름은 간신히 외우지만, 그래도 가끔 틀릴 때가 있었다.
그런 고로 관련 없는 인물, 하물며 죽은 사람의 이름을 일일이 기
억할 리 없었다.

그는 철저하게 마이웨이였다.

"형님도 같은 말을 했지만, 이건 아마도 검증 실험……. 어떤 나
라를 전복시킬 작정일까요?"

"이 나라는 아니야? 실제로 샘트롤이 당했잖아? 왕족을 노린 범
행은 아닐까? 전에 오빠도 암살당할 뻔했지?"

"아뇨. 희생자가 나온 이상 이 나라에서 약— 편의상 【악마의 알
약】이라고 부르죠. 【악마의 알약】은 경계받을 겁니다. 솔리스테어
는 소국이니까요."

"그래? 그래도 이 정도 효과가 있으면 사용법에 따라서는 유용
하지 않을까?"

"마물이 되지 않는다면 그렇겠죠. 중독성이 강하고 위험성은 헤
아릴 수 없어요. 언제 마물로 변해서 동포를 공격할지 모르니까
요. 이거 일이 커지겠군요……."

"……상상만 해도 지옥 같아……."

"일단 보고서로 정리해 두겠습니다. 추후 판단은 윗사람들이 할
테니까 우리는 평소대로……."

"평소대로? 평소대로 폭발하거나 유독 가스가 발생하거나 일시
적인 정신 질환자가 속출하나?"

"……아뇨. 마법식 해독과 개량을 합시다……."

"그게 좋겠어. 더 문제를 일으키면 모든 강사들 위장에 구멍이 뚫릴 거야."

"너무하네요……. 실패 없이 기술은 진보하지 않습니다. 그걸 방해할 생각인가요?"

"네가 일을 벌이면 피해가 너무 크니까 그러지. 사망자가 안 나오는 게 신기해."

"저도 일단 안전장치를 마련하고 점검도 하고 있는데 말이죠……."

아무리 안전을 고려해도 효과가 전혀 없으니 문제였다.

어떻게 된 까닭인지 크로이사스가 실험에 실패하면 예상하지 못한 곳에서 피해가 확대됐다. 마법 장벽을 펼치든 급히 환기하든, 결과적으로 어떤 식으로든 상황이 악화되었다.

"……저라고 일부러 그러는 건 아니에요……."

크로이사스는 실패 또한 성공이며 유의미한 데이터를 얻으면 기뻐하는 골수 연구자였다. 천재라고 불리는 사람은 어딘가가 상식에서 벗어난 것인지도 모르겠다.

"세리나, 이 보고서를 교무실에 제출해주세요. 저는 형님에게 결과를 알리고 오겠습니다."

"……거기서 델사시스 공작님에게 알려지고 왕족으로 정보가 퍼지는구나. 강사들보다 정보 전달이 빠른 거 아니야?"

"여기에는 연구자밖에 없어요. 이 사실을 알리지 않으면 【악마의 알약】을 마음대로 복제하거나 어쩌면 극비리에 연구할지도 몰라요."

"그래, 이 연구동에 있는 치들은 상식이 없으니까 철저하게 대비하지 않으면 위험하지. 알았어. 내가 제출할게."

"부탁드릴게요. 그럼 이곳을 정리하는 대로 형님에게 가 보겠습니다."

"오케이~."

세리나는 클립보드를 들고 연구실에서 나갔다.

"그나저나…… 이 마법약, 다음에는 어디서 사용될까? 어디가 됐건 희생자가 나올 건 확실해. 대체 무슨 일이 일어나는 건지……."

웬일로 크로이사스가 진지하게 걱정스러운 표정을 지었다.

그는 평소에도 마법약이 이용된 사건을 확인하고 있었다. 그리고 기존의 사례와 대조해 보아도 이번 사건은 특별하게 수상한 냄새가 났다.

그런 생각에 빠진 크로이사스의 옆얼굴을 보고 주위 여자들은 모두 볼을 붉혔고 남자는 모두 질투에 불탔다.

정리를 끝낸 크로이사스는 츠베이트가 있을 것으로 예상되는 곳, 위슬러 파가 많이 모이는 전술 연구동으로 발걸음을 옮겼다. 하지만 안타깝게도 그곳에 츠베이트는 없었다.

혹시나 하여 대도서관에도 가 봤지만, 그곳에서도 츠베이트는 보이징 않았다.

"형님은…… 대체 어디에……."

격이 조금 올랐어도 크로이사스는 체력이 없었다. 정확하게 말하면 체력이 눈곱만큼밖에 오르지 않았다.

넓은 학교 안에서, 그것도 대도서관과 정반대편에 위치한 전술연구동을 왕복한 탓에 크로이사스는 삭신이 쑤셨다. 그 고통을 없애려고 아까운 【포션】까지 썼다.

척 보기에는 영양제를 들이켜며 일하는 회사원 같기도 했다. 평소 방에 틀어박혀 지내는 크로이사스는 그 누구보다도 체력이 부실했다. 마법약 낭비라고밖에 할 수 없었다.

얼마간 츠베이트를 찾아 돌아다녔지만, 이동하기 귀찮아졌는지 크로이사스는 기숙사로 돌아가기로 했다. 그리고 그곳에서 크로이사스가 목격한 것은…….

"……."

"늦었군. 어디 갔었어?"

"안녕. 오랜만이야."

기숙사 앞에서 크로이사스가 돌아오기를 기다리던 츠베이트와 에로무라였다.

헛다리 짚고 헛걸음하고 헛돌았다. 크로이사스의 행동은 모두 헛고생으로 끝났다.

이래서 안 하던 짓을 하면 안 된다. 크로이사스는 그것을 처음으로 실감했다.

"형님과…… 에로조아였나요? 왜 기숙사에 계시죠?"

"아니야! 그냥 에노무라라고 불러!"

"가끔은 네 방에서 이야기를 들어보려고 왔어. 하지만 기숙사 방이 잠겼을지도 몰라서 그냥 여기서 기다리기로 했지."

"……언제부터…… 여기 계셨죠?"

"10분 전? 그 전에는 【서고】에 있었어."

【서고】란 대도서관의 속칭이었다. 즉, 크로이사스가 처음부터 대도서관으로 갔다면 이렇게 힘을 뺄 필요가 없었다는 뜻이었다.

서로 평소 안 하던 짓을 해서 벌어진 해프닝이었다.

"기숙사에 왔으면 방에 들어가지 왜 여기서 기다리셨죠?"

"아니, 보통 방문을 잠그고 다니잖아?"

"저는 안 잠가요. 애초에 망가져서 잠기지도 않고 자료를 옮기려면 시간 낭비니까요. 비효율적이라서 그대로 뒀죠."

"동지. 네 동생, 조심성이라고는 눈 씻고 봐도 없어."

"너, 도둑 들면 어쩌려고 그래……."

"괜찮습니다. 제 방에 들어가는 사람은 거의 없으니까요. ……응?"

크로이사스가 문을 열려고 했을 때, 안에서 희미한 노랫소리가 들렸다.

『흥~, 흐흐흥~♪ 청소해요, 청소. 깨끗하게 청소~♪ 청산, 황산 뿌려뿌려~♪』

""""……무슨 노래야?""""

『크로이사스가 기뻐해줄까~♪ 그리고, 그리고…… 우후후.』

""…….""

왠지 썰렁한 바람이 불었다.

"이 린이군요. 또 방을 청소해주나 봅니다. 고맙긴 하지만……

물건을 치우고 나면 어디에 있는지 몰라서 곤란해요."

""호의로 청소해주는데 고마운 줄도 모르냐! 이 리얼충 자식!""

"고맙다고 말했잖아요? 마법약은 괜찮지만, 취미로 모은 물건이 어디 있는지 몰라서 찾는 사이에 또 방이 어질러져요."

"그럼 네가 치워! 남한테 기대지 마!"

"그것도 여자잖아?! 이렇게 지극정성인 애는 정말 만나기 힘들어. 젠장, 부러워!"

"여기서 떠들지 말고 일단 들어갑시다. 길을 막으면 안 되니…… 음?"

그렇게 말하고 손잡이를 돌렸지만, 왠지 문이 열리지 않았다.

크로이사스는 의아한 표정으로 계속 문손잡이를 돌렸다.

"이상하네요. 문이 안 열립니다."

"안쪽에서 잠근 거 아니야?"

"잠깐, 동지! 아까 자물쇠는 망가졌다고 안 했어?"

"안쪽에서는 잠기나? 어때, 크로이사스?"

"안쪽에서도 안 됩니다. 아예 망가져서 잠길 리가 없는데…….
흠, 신기하군요."

―크아아아아아아아아아아아아아아!

『꺄아아아아?!』

""……?!""

느닷없이 짐승의 포효와 소녀의 비명이 울렸다.

허겁지겁 문을 열려고 하지만, 문은 마치 쇳덩어리처럼 무거워 꿈쩍도 하지 않았다.

―쿠구우웅! 스르륵…… 철벅…….

방에 들어갈 크기로는 상상할 수 없는 무거운 생물의 발소리와 상당히 많은 액체가 떨어지는 소리, 무언가를 질질 끄는 소리까지 들렸다.

아무리 생각해도 실내에서 들릴 소리가 아니었다.

"……이게 소문으로 듣던 괴현상일까요? 처음 겪는군요……."

"내부에서 대체 무슨 일이 벌어지는 거야? 아니, 그보다 거유 수인 여자는 괜찮아?!"

"수인, 게다가 거유라고?! 혼자 다 해 먹는군…… 망할 자식!"

『사, 살려줘…… 살려주세요―!』

"""긴급 사태가 발생했다?!"""

―부르르르르르르르르르릉.

―번쩍, 번쩍.

어디선가 들리는 바이크 엔진 소리와 무언가가 빛나는 효과음.

『으하하하하하하하하하!』

『요호호호호~♪』

『…….』

그리고 울려 퍼지는 웃음소리.

―좌르르르륵! 훅!(사슬 같은 것이 감기고 불이 붙는 소리)

―빡! 푸욱!(둔기로 때리고 예리한 것으로 찌르는 소리)

―좌악! 쩌적!(검으로 가르고 얼리는 소리)

―콰아아아아아앙! 우득우득우득!(무거운 것을 휘두르고 내리찍은 뒤 잡아 뜯는 소리)

─파아─────앙!(무언가가 터지는 소리)

『으어…… 아…… 아아…….』

그리고 정적이 돌아왔다.

""“……………….”""

뭐라고 말을 꺼내야 할지 모르고 기묘한 침묵이 이어졌다.

『언제나 고마워요. 스켈레톤 포 여러분.』

""“스켈레톤 포?! 언제나?! 언제나 도와주는 거야?!”""

방 안쪽에서 믿어지지 않는 일이 일어났다. 잠시 머리가 정지한 세 사람은 그 방 앞에서 아연실색하여 문만 바라봤다.

그리고 정신을 차렸을 때는 해가 기울어 하늘이 붉게 물들어 있었다.

"헉?! 의식이 끊겼군요. 지금은…… 저녁?!"

"말도 안 돼……. 세 시간 넘게 여기 있었다는 말이야?!"

"그보다 위험하지 않아? 문제 있는 목소리와 소음이 들렸는데……."

눈앞에는 아무런 특별함도 없는 문이 있었다. 하지만 그 문 하나로 나뉜 거리가 세 사람에게는 너무나도 멀게 느껴졌다. 이상 사태가 벌어진 방에 들어가자니 망설임이 앞섰다.

이 린은 걱정됐지만, 만약 이곳에 발을 들이면 목숨을 보장할 수 없는 미지의 공간이 펼쳐지지 않을까, 라는 생각이 들어서 섣불리 들어갈 수 없었다.

그런 세 사람의 앞에서 조용히 문이 열렸다. 나타난 것은 개 귀가 늘어진 수인족, 이 린이었다.

"아~, 크로이사스. 방 정리는 똑바로 하고 다녀야지~."

"이 린…… 묻고 싶은 게 있는데, 지금까지 이 방에서 무슨 일이 일었죠?"

"응~? 방 청소했는데? 난장판이라서 얼마나 힘들었는데~."

"아니, 그보다 스켈레톤 포는 뭐야……?"

세 사람은 당황스럽게 서로를 돌아봤다.

아무리 봐도 이 린이 거짓말을 하는 것처럼 보이지 않았다. 하지만 문밖에서 스켈레톤 포라는 소리를 분명히 들었다.

"설마 방 밖으로 나오면 기억이……?"

"그럴 리가…… 이 방 안에서는 세상과 다른 법칙이 적용된다고……?!"

"그보다 저작권 신고가 들어올 것 같아……. 다른 의미로 위험해."

세 사람이 진지한 표정으로 수군거리자 이 린은 의아하게 고개를 갸웃거렸다.

"이 린…… 한 번 더 확인할게요. 방을 청소하는 동안 무슨 일 없었나요?"

"응~? 그리고 보니 뭔가 엄청난 일이 있었던 것 같기도 한데…… 내 착각 아닐까~?"

"역시 기억을 못 해……. 크로이사스, 네 방은 대체 뭐야?"

"저도 몰라요. 대단히 흥미로운 현상이지만, 진실을 밝혀도 기억을 잃으면 의미가…… 아니지, 전에 들은 캐럴스티의 사례도 있으니까 무조건 기억을 잃는 건 아닌가……?"

"이 방만 다른 세상이군……."

"기껏 청소했으니까 이번에는 어지럽히면 안 돼~. 얼마나 큰일 인데."

""다른 의미로.""

비밀 해명은 일단 미루고 세 사람은 조심조심 크로이사스 방으로 들어갔다.

방은 금방 청소를 끝낸 티가 날 정도로 깨끗했다. 바닥에 먼지 하나 없었다.

세 사람이 긴장하면서 방을 조사하는 사이 이 린은 배가 고프다며 식당으로 갔다. 식사도 하지 않고 청소를 해준 모양이었다.

반(反) 리얼충 파인 두 사람은 크로이사스에게 부러움과 질투심 섞인 시선을 보냈다. 몹시 추했다.

"이상한 점은 없군……."

"그래……. 하지만 방심할 순 없어."

"흠, 아무 이상도 없다면 좋은 기회입니다. 그 마법약에 관해 이야기할까요?"

"그래. 원래 그 이야기를 하러 왔으니까……."

"정말로 괜찮아? 불안한데……."

그로부터 한 시간 후, 크로이사스와 츠베이트는 마법약에 관해 보고하고 마법약 제조 의도를 유추했다. 그리고 앞으로 일어날 수 있는 사건을 생각나는 대로 종이에 적었다.

어디까지나 상상의 범주였다. 별 소득 없이 끝날지도 모르지만, 아무것도 안 하는 것보다는 나았다.

예상되는 사태를 학교 측에 전하면 적어도 예방책을 세우는 도움은 될 것이다.

　그러나 이때 세 사람은 잊고 있었다. 이 방이 이계로 이어진 데 인저러스 룸이라는 사실을…….

　에로무라의 불안은 정확하게 적중하고 말았다.

　『젠장! 뭐야, 이 괴물은! 게다가 이 광대한 세계는 대체…….』

　『생물이 아니야. 기계다! 생물 같은 기계야!』

　『위험하군요. 이대로 가면 마력이 못 버텨요. 힘만 소모하다가 저들처럼…… 아, 아차?!』

　—존ㅇ아아아아아아아아아아아아…….

　『『크로이사스ㅇㅇㅇㅇㅇㅇㅇㅇㅇㅇㅇㅇㅇㅇ?!』』

　이상한 세계에 말려든 모양이었다.

　『큭…… 크로이사스가 먹혔어…….』

　『왠지 저거, 어디서 많이 본 것 같은…… 으아아?!』

　『동지?!』

　—여자아아아아아아아아아아아아…….

　『괴물이 되어서도 여자 타령이냐, 에로무라아아아아아!』

　—당연하지이이이이이이이이이…….

　『대답했어?! 아, 아앗—!』

　뭔지는 몰라도 위험한 사태였다.

　크로이사스 방에서 요란한 폭발음과 거대 생물이 치고받는 소리가 들렸다. 복도를 지나가는 학생들이 그 소리를 듣고 새파랗게 질린 얼굴로 도망쳤다.

　문 너머에서 때때로『꿰뚫는다. 막아 봐라!』라느니『장난으로 하는 게 아니라고!』라느니, 『이걸로 마무리다아아!』라는 고함이 들렸다.

정말로 어디로 이어졌는지 수수께끼였다.

"야, 또야. 네가 한번 보고 와."

"싫어! 말려들면 어떡해? 궁금하면 네가 봐!"

아무도 안을 들여다보려고 하지 않고 급하게 자리를 피했다. 그곳에 발을 들여서는 안 된다는 암묵의 규칙이 이미 전교에 퍼져 있었다.

다음 날. 세 사람은 방 중앙에 사이좋게 쓰러져 있었다.

어떻게 된 까닭인지 묘하게 상쾌한 아침을 맞이해 마치 새로 태어난 기분이었다고 한다. 그리고 격이 조금 올라 있었다.

이곳은 데인저러스 룸. 이계와 이어진 차원의 방.

왜 이런 방이 생겼는지는 결국 아무도 알지 못했다.

당사자조차 무슨 일이 있었는지 잊어버리는 탓에…….

장소는 지구의 일본. 어떤 지방의 빌라 방.

좁은 방에는 게임기들이 놓여 있고 난잡하게 쌓인 만화와 책장이 햇빛을 반사했다.

수북이 쌓인 빨래, 아무렇게나 널브러진 과자 봉지와 페트병은 이곳이 방구석 폐인의 방임을 여실히 보여줬다.

그런 쓰레기장 같은 방에서 고등학생쯤 되는 소년이 휴대용 게임기로 온라인 플레이를 즐기고 있었다.

조용한 방에 게임기 버튼을 딸깍이는 소리가 울렸다.

"……응? 손님인가?"

"네~♪ 케모 씨, 오랜만이야."

문을 연 흔적이 없는데 어느샌가 20대 전후로 보이는 여성이 방 안에 있었다.

"─씨, 왔어……? 무슨 일이야?"

"무슨 일이긴. 그 세계 말인데…… 차원 균형이 무너지고 있어. 빨리 손을 안 쓰면 이쪽에도 피해가 생길 거야."

"……차원 균형? 또 용사라도 소환했어?"

"그건 아니야. 가뜩이나 소환으로 차원 공간이 불안정한데 특이점이 빈번히 발생해. 그것도 매번 다른 세계와 이어지지 뭐야……."

"원인은 파악했어? 그것도 모르면 손쓸 방법이 없는데……."

"특이점이 발생하는 장소는 정해져 있어. 이계 접촉이 랜덤으로 일어나서 문제지. 슬슬【관찰자】를 정하지 않으면 위험해. 아직은 괜찮지만, 100년 후에는 차원 융합이 일어날 가능성이 커."

"그래? 하지만 지금 우리는 간섭할 수 없어. 그녀가 부활하면 몰라도."

"돌려보냈지? 아직 재생 안 했어? 쌍소멸을 일으키면 귀찮은데."

"그 사람에게 맡겼으니까 조만간 부활시킬걸? 그러려고 성격이 꼬인 유저를 골라서 보낸 거고……."

소년이라고 생각하기 어려운 어른스러운 말투로 현실과 동떨어진 말이 나열됐다.

사정을 모르면 그냥 중2병 환자로 보일 것이다.

하지만 두 사람의 표정은 매우 진지했다.

"결국 그녀가 부활할 때까지 기다려야 돼? ……답답하네. 특례는 적용 안 돼?"

"사건이 일어난 건 그 시험 세계였으니까. 그 여파가 이쪽까지 역류한 게 문제지. 뭐, 성약(聖約)은 파기됐지만."

"당연하지. 이 판국에 성약이 유지됐으면 우리가 정말로 화냈어."

"충고는 했어. 인간을 너무 얕보지 말라고."

"그 바보들이 충고를 솔직하게 받아들일 것 같아? 우리랑 대등한 줄 안다니까."

"그러게. 그래도 언제까지고 이대로 있을 수는 없다고 깨달을 거야. 그녀가 부활하면 말이지."

"그래도 그렇지, 왜 하필 그 사람을 보냈어? 친구였잖아?"

"아하하하 ♪ 정말로 화났으면 한 대 맞춰야지. 원한다면 소원 하나쯤 들어줘야겠고."

"에휴, 그 녀석도 무책임해……. 이런 귀찮은 일을 남기고 갈 게 뭐람."

"뭐 어때? 시간 때우기에는 딱이야. 당분간 감시 잘하셔~."

"아이고, 내 신세야……. 특이점만이라도 해결해주면 안 돼?"

"지금은 안 돼. 서로 간섭할 수 없잖아? 느긋하게 기다려."

중요한 이야기를 하는 중일 텐데 갑자기 말투가 가벼워졌다.

조금 전까지 느끼던 긴박감은 이미 사라지고 없었다.

"볼일은 그거뿐이야?"

"개인적으로도 볼일이 있어. 며칠 여기서 놀다 갈게."

"또 호스트 클럽이야?"

"남이사! 오늘에야말로 ATSUSHI를 내 걸로 만들겠어!"

"……지겹지도 않나. 알아서 적당히 즐겨."

소년의 말이 끝나기 전에 여성은 온데간데없이 사라졌다.

마치 처음부터 없었던 사람처럼…….

"모든 건 너에게 달렸어. 열심히 해 봐, 제로스……."

허공을 보며 중얼거린 소년은 다시 휴대용 게임기를 집어 들었다.

다시 빌라 방에서는 게임기 버튼 소리만이 들렸다.

 ## 제4화 용사에게 내려진 칙명

메티스 성법신국 성도【마하 루타트】.

고대에 융성한 창생신교 신자들이 세운 도시.

사신 전쟁기에 오랜 역사를 자랑하는 도시들이 소멸한 가운데, 거의 피해를 입지 않고 남은 몇 안 되는 도시 중 하나였다.

모두 흰색으로 통일된 건물과 아름다운 거리는 많은 사람에게 청결하면서도 신성한 느낌을 줬다.

하지만 아름다운 도시 이면에는 심각한 빈부 격차와 무소불위의 권력을 휘두르는 신관들이 숨어 있었다.

4신교가 득세한 이후, 권력 놀음에 빠진 신관이 늘면서 기부라는 이름의 세금을 착취하게 됐다.

물론 정상적인 신관도 많았지만, 일부 신관은 부유한 생활을 당연시하고 자신들이 믿고 설파하는 가르침과는 정반대의 길로 나아갔다. 【인색】과 【나태】, 【음욕】, 【탐식】, 【시기】, 【교만】. 7대 죄악 중 위정자가 6관왕을 기록하는 국가가 된 것이었다.

그리고 그곳에 사는 백성들에게는 【분노】가 퍼져 나갔다. 그 주된 원인은 무거운 세금과 【요정 옹호】에 있었다.

수입 태반을 세금으로 빼앗기고 요정 피해로 생업에 차질이 생기는 등 피해는 날로 확대되어 가는데도 나라는 요정 문제를 수수방관하고 백성을 지켜야 할 신성 기사단과 용사는 타국을 침공해 전쟁을 벌이기 바빴다. 물론 그 부담 또한 고스란히 백성들 몫이었다.

정치를 좌지우지하는 신관들은 호의호식, 멀쩡한 사제들은 보고도 못 본 척…….

심지어 이 나라의 정치는 신탁으로 정해지므로 문제가 해결되기는커녕 점점 더 수렁으로 빠졌다.

소환된 용사들도 『제발 정치라도 똑바로 해라. 신에게 너무 기대는 것 아니냐?』라고 쓴소리를 할 정도였다. 눈에 보일 만큼 상황이 심각하다는 증거였다.

그런 나라 중앙에 있는 4신 성전은 나라의 방침을 정하는 정치의 중추임과 동시에 신을 모시는 제사(祭事)의 거점이었다.

지금 그 신전 내부에서는 대리석 기둥이 이어진 복도를 따라 십수 명의 전사가 나란히 걷고 있었다.

남녀를 불문하고 모두 십 대 중반이며 저마다 흰색으로 통일된 갑옷으로 무장한 전사들.

그들이 바로 용사였다.

"야, 히메지마. 오랜만이야."

"……."

"무시하냐? 죽은 놈은 이제 잊어버리고 내 여자나 되시지?"

"……."

"버러지 같은 놈이었지만 도움은 됐어. 덕분에 우리는 살았으니까. 개똥도 쓸데가 있다더니, 마지막에는 화려하게 죽었고 떨거지들도 없어져서 속이 다 시원해."

"닥쳐……. 친한 척 말 붙이지 마, 쓰레기 자식아!"

험상궂은 얼굴에 피어싱을 한 소년은 저열한 웃음을 흘리며 소녀에게 다가갔지만, 경멸에 찬 말이 그를 가로막았다.

히메지마라고 불린 소녀의 눈에는 아무것도 비치지 않았다. 그곳으로 보이는 것은 증오와 경멸뿐이었고 이 두 감정은 소년을 향해 있었다.

"나 참…… 이와타도 한결같아. 이미 철천지원수로 찍혔으면서 아직 히메지마한테 집적대? 게다가 여자한테 난폭하게 구는 남자를 누가 좋아하겠어?"

"뭐? 너나 잘해, 사사키! 너도 여자를 끼고 다니는 주제에!"

"누가 들으면 오해할라. 나는 여성을 진지하게 대해. 몸도 마음도."

"웃기고 있네! 여자란 건 힘으로 찍어 누르면 그만이야. 자기가 싫으면 어쩔 건데!"

"그러니까 차이는 거 아니야? 히메지마는 일편단심이니까 그 일을 계기로 애정이 증오로 바뀌었어. 무모한 돌격의 희생자인 그

애한테 네가 무슨 짓을 했더라?"

"그래서 내 잘못이란 거야 뭐야?! 그런 머저리는 죽는 게 당연해!"

"잘못했지. 네가 생각 없이 돌격한 탓에 우리는 절반으로 줄었어. 그 원인인 너를 죽이고 싶을 만큼 미워하는 거야말로 당연하지 않아? 지금 너는 히메지마에게 등을 보이는 순간 칼 맞을지도 몰라. 잊었어?"

그들이 소환된 시기는 3년 전.

당시 평범한 중학생이었던 그들은 반 전체가 이 세계로 소환되어 강제로 싸우기 위한 훈련을 받았다. 그리고 이 나라에 적대하는 【사교(邪敎)】의 나라로부터 백성을 지키고자 【마족】과 전쟁을 벌였지만, 그 결과는 참담했다.

【마족】이라고 하지만 실상은 종교적 가치관이 다른 소국 중 하나며, 진실을 들춰보면 단순한 민족 분쟁에 불과했다. 그러나 소국이면서도 그곳의 전사들은 【감정】으로 레벨을 확인할 수 없을 만큼 강했고 일기당천의 위용으로 용사들을 몰아세웠다.

수적으로 앞서는 메티스 성법신국은 도중까지 전황을 유리하게 이끌었으나, 적국은 마물을 이용해 기사단을 괴멸시켰다. 그 마물은 용사들을 압도할 정도로 강하여 소환된 아이들의 반수를 죽음으로 몰아넣었다.

그리고 당시 전선 지휘를 맡았던 사람이 이 【이와타 사다미츠】라는 소년이었다. 그는 무턱대고 전선으로 돌격하여 부상자를 늘리고 마지막에는 동료인 용사들을 방패로 세워 도망쳤다.

당시 그들 중에서 레벨 500에 도달한 사람은 적었고 애초에 자기보다 강한 전사나 마물과 싸우게 되리라고는 생각조차 하지 않았다. 쉽게 말하면 그들은 현실과 게임을 혼동하고 있었다.

참혹한 전쟁터로 나간 후 그들의 사기는 땅에 떨어졌고 적군의 압도적 힘 앞에 허무하게 격파당했으며 수적 우세는 적의 전략으로 간단히 뒤집혔다.

그 싸움에서 【히메지마 요시노】는 절친과 첫사랑이었던 소꿉친구를 모두 잃었다. 정확하게 말하면 행방불명이지만, 전장의 상황을 보는 한 생존은 절망적이었다. 증오와 경멸을 드러내는 것도 당연했다. 그리고 살의도…….

"히메지마…… 정말 많이 변했어. 예전에는 조숙한 아가씨였는데 지금은 사람 하나 잡을 분위기야……."

"다 이 녀석 때문이지, 뭐. 그때 생각 없이 나대지 않았으면 후퇴할 수 있지 않았을까?"

"우리는 전사뿐이고 후방에서 마법 엄호도 못 받는데 마족 녀석들은 마법을 펑펑 쏴 댔지. 겉으로 볼 때는 전사 같았는데……. 그걸 어떻게 이겨?"

"회복은 우리가 우위였지만, 부상자가 속출해서 따라잡지 못했어. 그건 일부러 죽이지 않은 거지?"

"마지막에는 마물 무리…… 그렇게 소름 끼치는 생물이 있다니…….

""""결론! 이와타, 너 때문이야!""""

상황이 안 좋다고 깨달았을 때, 전선은 완전히 붕괴했고 남은 병력마저 마물 무리에게 짓밟히고 있었다.

그 상황에서 이와타는 다른 아이들에게 모든 것을 떠넘기고 가장 먼저 도망쳤다. 별동대였던 용사들은 살아남은 동료에게 사정을 캐물어 무모한 돌격의 진실을 알게 됐다.

"전쟁이잖아? 약하면 당연히 죽어야지! 그 이야기를 언제까지 물고 늘어지는 거야? 지겹지도 않나……."

"원인 제공자가 할 말이야? 카자마는 마지막까지 동료가 도망갈 수 있게 싸웠대. 유일한 마도사였는데 말이야. 그에 비하면……."

"방어력도 없는 마도사가 전선에서 몸을 던져 싸울 때 너는 뭐 했어? 냅다 줄행랑쳤잖아? 거기에 히메지마도 있었다지? 무슨 염치로 말을 걸어?"

용사들은 이와타를 지탄했다.

자기 마음대로 구는 일이 잦은 이와타는 결국 동료 사이에게 완전히 고립됐다.

자신의 작전이 틀렸다고 깨닫고 자기부터 도망친 지휘관을 누가 믿을 수 있으랴. 동료를 아무렇지 않게 희생양으로 삼은 인물과 누가 파티를 맺고 싶겠는가.

당연히 무능한 이와타는 해임되고 지금은 요시노가 전선 지휘관을 맡고 있었다.

말싸움을 하면서 걷던 용사들은 거대한 문 앞에 도착했다.

종교적 설화가 조각된 문이 열리고 그들은 신전 안쪽에 있는 법황의 방까지 말없이 들어갔다.

제단 앞에는 네 명의 여성과 법의를 입은 초로의 남성이 서 있었다.

주위에도 같은 법의를 입은 대사제들이 늘어서서 모두 험악한 표정으로 용사들을 응시했다.

용사들은 짐작했다. 썩 좋은 분위기가 아니라고.

"잘 왔다, 용사들이여. 오늘은 내 그대들에게 긴히 전할 이야기가 있다."

초로의 남자, 【미하로프 웰사피오 맥클리엘 법황 7세】가 조용히 입을 열었다.

"며칠 전, 신탁이 내려와…… 그대들에게 신명을 내렸다."

"신탁……이요?"

"그렇다……. 사신이 부활했다. 4신님께서 사신을 찾아서 물리치라 하신다."

용사들 사이에 동요가 일었다.

사신은 먼 옛날에 봉인당했고 지금은 마족과 한창 전쟁 중이었다.

사신이 부활했다면 용사들은 전력을 다해 싸워야 했다.

그러나 지금 그들은 사신을 쓰러뜨릴 자신이 전혀 없었다.

사신의 수하라는 마족 병사들에게 고전하는 마당에 사신을 상대로 승산이 있을 리 없었다.

"불안한 것도 이해한다. 하지만 사신은 어떤 나라의 토지를 소멸시키고 어딘가로 사라졌다. 이를 고려하면 아직 완전히 부활하지는 못했을지도 모른다."

"4신님께서 불완전한 사신을 찾아서 물리치기를 원하신다."

"이것은 신명이다! 현 시각 부로 용사들을 마족 토벌 임무에서 제외한다. 바로 사신 탐색에 착수하도록 하라."

곁에 있는 대사제들이 법황의 말을 이어 몹시 일방적인 말투로 명령했다.

용사들에게 선택권은 없었다. 왜냐면 그들은 이날을 위해 불려왔으니까.

용사들은 아무 말 없이 법황과 대사제들의 이야기와 사신에 관한 전승을 들었다. 그리고 그들의 마음에 어떤 생각이 스쳤다.

『아~, 끝났다. 그걸 어떻게 이겨.』

상식적으로 대국의 수도를 일격에 소멸시키는 괴물에게 이길 방법이 전혀 떠오르지 않았다. 그런데 다짜고짜 찾아서 해치우라니? 억지도 이런 억지가 없었다.

"그대들이 이 임무를 완수하기를 기원하며 세례식을 거행하겠다. 용사들이여, 앞으로 나오거라."

그 후 오랜 시간을 들여 무슨 효능이 있는지 모를 신성한 의식인지 뭔지를 치렀다. 이 말로 표현하기 힘든 답답한 시간에서 해방될 때까지는 족히 세 시간이 걸렸다.

이제는 익숙해졌으나 그들은 현대인. 이런 시간은 누구에게나 고통스러웠다.

이날부터 특수한 임무를 맡은 자를 제외한 용사들은 여행 준비를 시작했고 사흘 후에는 각지로 탐색을 떠나게 됐다.

"히메지마. 너는 어떡할래? 우리는 소국을 돌면서 정보를 모을 거야."

"나는 전선으로 갈래……. 사신인지 뭔지는 내 알 바 아니야."

"히메지마……."

"이딴 세상…… 망하는 게 나아. 자기 마음대로 소환해 놓고 전쟁터에 내보내고……."

"그래도 사신을 없애지 않으면 돌아갈 수 없다고 하잖아? 소환 성약으로 정해진 일이라고……."

"그걸 정말로 믿어? 마음대로 부려먹으려고 소환했다고는 생각은 안 들어?"

소중한 사람들의 죽음을 목격한 요시노는 모든 것을 의심했다.

성녀와 사제들의 말…… 신탁조차 의심스러운 헛소리로 들렸다.

그저 집으로 돌아가고 싶어 싸우는 사람도 있지만, 돌아갈 수 있다는 보장은 어디에도 없었다. 모두 그럴싸한 거짓말이라는 생각밖에 들지 않았다. 그것은 모두가 생각하면서도 입 밖으로 내지 않는 말이기도 했다.

지금 그녀의 머리를 메운 것은 울면서 도망갈 때 몇 번이고 돌아봤던 광경.

전사면서 발목만 잡은 자신들을 지키고자 홀로 미끼가 되어 싸운 마도사, 소꿉친구의 마지막 뒷모습이었다.

"히메지마…… 그거 다른 사람 앞에서는 말하지 마. 정말로 믿는 사람도 있으니까."

"카자마— 아니, 타쿠미가 소환됐을 때 그랬어. 이 나라는 수상하다고……."

"카자마가? 왜……? 사신을 무찌르려고 소환한 게 아니야?"

"그럼 왜 사신이 부활하기 전에 소환했겠어?"

"그, 그건……. 사교를 무너뜨리는 것도 용사의 역할이라고……."

"그렇게 해서 이득을 보는 사람은? 사교라고 부르지만, 결국 지구에도 있던 종교 전쟁일 뿐이잖아. 왜 우리가 싸워야 해? 게다가 타 종족 박해도 거기서 비롯됐어. 종교가 다르면 인간이라고 인정하지 않아. 이것도 지구에 있는 인종 차별이랑 다를 게 없어. 다들 아는 역사잖아?"

"그럼 우리가 소환된 이유는……."

"4신교의 권위를 세우기 위한 소모품이야. 사신을 해치우고 싶으면 4신한테나 싸우라고 해. 하지만 그러지 못하지. 4신은 못 이기니까. 그렇게 강한 사신은 대체 뭘까?"

그건 4신교를 부정하는 말이었다.

4신교에서는 세계를 창조한 것은 네 명의 여신이라고 말한다. 하지만 그런 존재라면 사신을 해치울 힘이 있어도 이상하지 않다.

"용사가 아니면 사신을 해치울 수 없어서? 신이 나서면 세계의 균형이 무너진다고 했잖아."

"그건 변명이겠지. 사신을 봉인했으니까 나중에 교의를 고쳤을 뿐이고 정말로 부활할 줄은 몰랐던 거야……. 애초에 세계를 창조할 힘이 있으면 감당하지 못할 존재를 만들 리도 없어. 그러니까 이세계에서 온 신이라고 하지. 이야기가 너무 작위적이야. 그리고 지금 4신은 초조할 거야. 자기들이 못 이기는 상대가 눈을 떴으니까……."

"카자마도 조사했었지? 그냥 기분 나쁜 오타쿠라고 생각했는데 열심히 교전을 읽고 상황을 냉정하게 알아내려고 했어……."

"응……. 그 탓에 사제들 눈 밖에 났지만. 그래도 누구보다 현실적이었어."

"그때 우리는 이 세상이 게임인 줄 알았어. 정말로 누가 죽을 줄은 몰랐어. 죽어도 부활할 줄 알았지……. 멍청해. 그럴 리가 없는데……."

가혹한 현실에 직면하고 비로소 자신들의 실수를 깨달았다.

친구를 잃은 용사들은 죽음의 공포에 떨었다. 당연히 게임 같은 부활은 없었다.

요시노는 자신의 마음을 전하지 못한 채, 목숨 바쳐 싸우는 소꿉친구의 뒷모습만 눈에 새기고 살아남았다.

이것은 현실이며, 이곳이 냉혹하고 비정한 세상임을 인식했다.

결국에는 그때 싸움으로 용사 절반을 잃고 대규모 침공 작전이 좌절되고 말았다.

"히메지마, 정말로 거기로 갈 거야?"

"응. 미안, 이치죠……. 그 땅이 아니면 그 사람을 못 만나니까……."

"복수한다고 카자마가 기뻐할 것 같지는 않은데?"

"알아. 그래도…… 그것 말고는 생각할 수가 없어……. 죽으면 타쿠미가 화낼까?"

"……화내겠지. 적어도 나는 용서 안 할 거야. 카자마의 희생이 물거품이 되니까……."

"응, 고마워…… 이치죠."

몇 남지 않은 친구와 헤어진 요시노는 다음 날 최전선으로 떠났다.

그녀의 뇌리에는 검은 날개를 가진 여전사의 모습이 박혀서 떠나지 않았다.

자신의 소중한 사람을 죽인 전사.

지금도 기억에 눌어붙은 피 냄새와 지옥 같은 광경.

상처에서 뿜어져 나오는 선혈과 고통. 【카자마 타쿠미】가 마지막까지 외쳤던 도망치라는 목소리가 지금도 귓가를 맴돌며 무력한 자신을 괴롭혔다.

소꿉친구였던 소년은 결국 적까지 휘말려드는 고위력 마법을 쓰고 불길 속으로 사라졌다…….

【히메지마 요시노】라는 소녀 안에는 성난 불길 같은 증오와 무력감, 초조함, 그리고 마음을 전하지 못한 소심한 자신에 대한 후회밖에 남지 않았다.

 ## 제5화 아저씨, 안 해도 될 말을 하다

열 명의 남자가 테이블을 둘러싸고 앉아 어떤 인물을 기다렸다.

남자들의 차림새는 모두 귀족 같았고 개중에는 민족의상을 입은 사람도 있었다.

그들은 솔리스테어 마법 왕국에 모인 소국의 대사(大使)들이었다. 어느 인물의 호출에 당황하면서도 무엇을 논의하러 소집되었는지 고민했다.

현재 소국들은 어느 나라의 침공과 반강제적 요청에 시달리고 있었다. 또한, 침공을 받지 않은 나라도 경제 압박으로 무리한 요구를 해 와서 골머리를 앓았다.

지금까지 소국은 서로의 이익을 존중하고 대화를 통해 원조하거나 상업적으로 연대하며 저마다 국가를 유지하기 위해 힘썼다.

전쟁은 서로의 이익을 저해할 뿐이며 국가적 소득으로 이어지지 않는다. 하지만 압박을 가하는 대국에 소국이 대항할 수단은 없었다. 특히 표적이 되기 쉬운 아인종 나라는 더 말할 것도 없었다.

이미 그런 정세 속에서 두 국가가 멸망했고 그 나라 사람들은 노예로 팔려 다니는 신세로 전락했다.

이러한 대국의 횡포에 너 나 할 것 없이 진저리를 쳤고, 보다 못한 소국들이 전쟁 노예를 도의적 차원에서 받아들여 그들의 기초 생활을 보장해주기도 했다.

하지만 그마저도 여유가 있는 나라의 이야기였다. 상황이 안 좋은 나라는 그럴 여력도 없었다. 특히 【이사라스 왕국】은 유일한 수입원인 광물 자원을 싸게 후려쳐지는 상황이 되어서 심각한 경제난에 허덕였다.

역사적 배경으로 산악에서 생활하는 그들은 방목 외에 농경에 적합한 땅이 없고 공업도 발달하지 않은 탓에 언제나 근근이 생활을 이어나갔다. 게다가 약초가 자라기 힘들고 한 번 역병이 돌면 단번에 온 나라로 퍼질 만큼 국토가 좁았다.

나라를 유지하는 것도 기적에 가까운 극빈 국가지만, 설상가상으로 이웃 나라에서는 지금도 전쟁이 한창이었다. 배로 물자를 옮기면 전쟁 중인 국가가 물자를 가로채서 자국까지 멀쩡하게 도착하는 일이 없었다.

그들이 지금까지 버틸 수 있었던 것은 이웃 국가 【알톰 황국】이 【메티스 성법신국】과 전쟁을 이어가는 와중에도 이사라스 왕국에 식량을 원조해준 덕분이었다.

그런 은혜를 입었기에 이사라스 왕국은 알톰 황국을 적으로 돌리고 싶지 않았지만…….

"후우……."

"왜 한숨을 쉬시오? 베이스 공……."

"르오우 이르간 공……. 최근 메티스 성법신국이 동맹을 체결하라고 어찌나 성화를 부리는지……. 우리는 이웃 나라인 귀국과 적대하고 싶지 않소. 허나……."

"군사력과 경제로 압박하는 게로군……. 역겨운 나라야. 신의 이름을 빌린 침략자 놈들……."

"하지만 식량 사정을 고려하면 무시할 수도 없소……. 아마 녀석들의 목적은 귀국을 포위하는 것이라 보오."

"그렇겠지……. 아무런 원조도 안 해주고 헌금만 요구하면서 단물을 빨 생각일 게야."

"괴뢰 국가인가……. 하지만 이대로 가면 우리는 거절할 수 없소."

베이스는 깊은 한숨을 쉬었다.

검은 날개를 가진 아인 르오우는 그런 그를 딱하게 생각했다.

두 사람은 오랜 세월 친분을 쌓은 친구였다. 그렇기에 국가 간 문제로 싸우고 싶지도 않았다. 그러나 나라의 결정에 따라서는 그렇게 될 가능성이 커서 마음이 무거웠다.

"녀석들에게는 신성 마법이 있소. 치료 마법을 쓰지 못하는 우리에게 무슨 선택권이 있겠소?"

"설마 신관 파견도 지원에 포함되오?"

"맞소……. 파견이라는 명분으로 감시할 생각이겠지. 마법약은 만들 수 있지만, 재료를 모으려면 파프란 대산림 지대에 들어가야만 하오. 확실한 수단이 없으니 요청을 강하게 거절할 수가 없소."

이사라스 왕국은 인력도 부족했다.

산간에 자리 잡은 소국이기에 수입원은 광산밖에 없었다.

알톰 황국에서 식량 원조를 받기는 하지만, 산간에 지은 요새를 끼고 메티스 성법신국이 인접한 탓에 침공받으면 바로 함락되어 버린다.

알톰 황국 입장에서도 이사라스 왕국이 사라지는 사태는 바람직하지 않았다.

"그나저나…… 솔리스테어 마법 왕국은 왜 우리를 소집한 것이오? 모두 메티스 성법신국의 주변 국가뿐인데……."

"모르겠구려. 하지만 우리를 부른 건 그분이오……."

"……델사시스 공작. 나는 그분이 무섭소. 무슨 짓을 할지 모르니……."

대사들에게도 델사시스 공작은 위험인물이었다.

적으로 돌리면 대국조차 멸망시킬지도 모르는 책략가. 많은 문제를 끌어안은 국가들 사이에서 무역으로 큰 이익을 챙기며 막대한 경제적 타격을 주기도 하는 방심할 수 없는 교섭 상대였다.

"한번…… 군 첩보부가 가상 침략국으로 이 나라를 조사했는데 이미 산토르로 가는 침공로가 막혀 있었다고 하오. 군부 녀석들은 정말로 침공할 생각이었는지, 계획이 원천 봉쇄당했다고 분해하더군. 군도 참 멍청하지."

"아니, 베이스 공. 귀국의 입장에서는 그럴 수밖에 없지 않소? 그럴 만한 사정이 있으니……."

"그렇지만 교섭에서 불리해진 것도 사실이오. 무슨 수를 쓰지 않으면 우리나라의 교역이 막힐지도 모르거늘."

"그 사람이라면 이미 정보를 얻었을지도 모르오. 바닥이 보이지 않는 점이 무서워……."

"군부의 실패는 아무래도 좋은 일이오. 귀찮은 일을 늘린 점이 문제지. 앞일을 생각하면…… 머리가 아프군……."

이사라스 왕국 군부는 솔리스테어를 가상 적국으로 상정하고 첩보원을 파견했다. 상황에 따라서는 정말로 전쟁을 벌일 각오였다.

베이스는 본국 인간이 솔리스테어 마법 왕국 내에서 마법약 실험을 벌였다는 사후 보고를 듣고 몇 번이나 책상에 머리를 찧었다. 이 사실이 알려지면 최악의 사태가 벌어질지도 몰랐다.

당장 『헛짓거리하지 마라. 우리가 할 고생은 생각도 안 하냐!』라는 불평을 에둘러 표현한 서한을 본국 군부 관계자에게 보냈다.

그랬더니 돌아온 서한에는 『어떻게든 잘 숨겨봐~. 들키면 나라가 위험하니까 설설 기어서라도 비위 맞춰줘~♡』라는 내용이 적혀 있었다.

머리가 빠지거나 위장에 구멍이 나는 게 먼저일까, 그 전에 스트레스로 정신병에 걸리는 게 먼저일까? 베이스는 괴로웠다.

"우울해……. 차라리 이 나라로 망명하고 싶어……."

"심각하구려……."

대사들이 다양한 의견을 나누는 중, 그들을 모은 장본인인 델사시스 공작이 검은 옷을 입은 사내들을 대동하고 나타났다.

어딘지 모르게 피로해 보이지만, 그 안광은 모두의 입을 다물게 할 만큼 날카로웠다.

이 델사시스 공작은 왕족이라고 생각하기 힘든 위험한 분위기를 풍기는 자였다. 처음 보는 사람에게 직업을 묻는다면 틀림없이 마피아 보스나 숙련된 군인이라고 답할 것이다.

그는 수완이 철저하여 상대의 요구를 반영하면서도 쌍방에 이익이 되는 타협점을 찾아내서 결코 상대방만 일방적인 이득을 취하지 못하게 했다.

섣불리 물고 늘어지면 바로 국교 단절을 선언하고, 경우에 따라서는 교섭 국가의 적국과 손을 잡아 큰 타격까지 입히므로 까다롭기 그지없었다.

적대하기 싫은 사람은 많지만, 적대할 수 없는 사람은 델사시스 공작 외에 본 적이 없었다.

델사시스 공작은 조용히 의자에 앉아 외교 대사들을 노려봤다.

"기다리게 해서 미안하네. 조금 귀찮은 안건을 처리하다 보니 늦었어."

"아닙니다. ……그런데 각국 대사를 부르신 이유가 무엇입니까? 뭔가 중요한 사안이라고 사료됩니다만……."

"음, 우선 이것을 봐주게."

델사시스가 신호하자 검은 옷을 입은 자들이 방에 설치된 칠판에 지도를 붙였다. 그사이 메이드들은 대사들에게 서류를 나눠줬다.

지도에는 【메티스 성법신국】의 현재 침공 루트와 상인들의 무역로, 물류의 흐름이 표시되었고 서류에는 부당한 무역 거래 내용이 상세하게 기재되어 있었다.

"현재 우리나라를 포함한 각 교역 도시에는 메티스 성법신국의 사제들이 파견되어 있네. 그리고 거기서 얻은 이익 중 일부가 그 나라로 들어간다는 것도 아리라 믿네. 그렇게 된 큰 이유를 알고 있나?"

"신관들이 쓰는 신성 마법 때문이지요. 상처를 고치는 회복 마법은 신관밖에 쓰지 못하니 그들을 받아들이지 않을 수 없습니다."

"많은 신관을 받아들여 백성을 치료하면 그 이익이 메티스 성법신국으로 들어갑니다. 또한 4신교에 대한 신앙의 증거로 무역 우대 정책을 펴는 것이 현실입니다."

"문제는 조건을 받아들이지 않으면 신관 파견을 그만두고 철수한다고 협박한다는 점이죠."

"사람을 치료하는 신성 마법은 신관밖에 못 쓰네. 우리는 부상자를 고칠 수 없어. 그리고 마법약은 상당한 고가지. 불공평하지만 조건을 거절할 수는 없네."

병이나 상처를 치료하는 회복 마법은 현시점에서 신관들밖에 쓰지 못했다. 약이나 마법약은 백성이 쉽게 구할 수 없을 만큼 비싸서 신관에게 치료받는 편이 싸게 먹혔다. 조건이 아무리 불리해도 각국은 신관을 한 명이라도 많이 불러오려고 했다.

그러기 위해서는 메티스 성법신국을 무역에서 우대하고 눈치를 살펴야 했다. 회복 마법을 쓸 수 있는 사람은 그것만으로 나라의 중요한 인재였다.

"흠, 그렇다면…… 그 전제 조건이 무너지면 어떤가?"

"""""……네?"""""

"당황하는군. 그럼 말을 바꾸겠네……. 마도사가 회복 마법을 쓸 수 있다면 지금 각국이 펼치는 우대 정책이 어떻게 될까?"

"……서, 설마……. 아니, 그런 말도 안 되는 일이……."

"불가능합니다! 신성 마법은 신관의 특권입니다. 그걸 마도사가 쓴다고요?!"

"그 생각은 조금 잘못됐군. 애초에 신성 마법이란 것은 존재하지 않네. 마도사도 회복 마법을 쓸 수 있지. 신관이 쓰는 것보다 효과가 떨어질 뿐……."

"오, 옳거니…… 【직업 기능】 효과로군요? 하지만…… 그 사실을 발표하면 그 나라가 어떻게 나올지 모릅니다."

"특히 이사라스 왕국과 알톰 황국의 입장이 위태롭습니다. 교역로가 오러스 대하밖에 없거니와 지금은 전쟁이 한창이지 않습니까?"

소국에서 무역은 중요한 수입원인데 지금 체결된 불공평 조약 때문에 돈이 들어오지 않는 실정이었다.

또한 신관들도 성격이 제각각이라서 치료비로 바가지를 씌워 백안시당하는 사람도 많았다. 치료비가 명확하게 규정되지 않은 것이 문제였다.

하지만 그렇다고 대국을 적으로 돌리기도 위험했다.

"요컨대 회복 마법이 신관의 전유물에서 벗어나면 돼. 그저께, 의사이기도 했던 연금술사 스킬 보유자에게 회복 마법을 가르쳤더니 고정 직업이 【의료 마도사】로 변했네. 즉, 회복 마법을 쓸 수 있는 건 신관만이 아니라는 사실이 판명된 셈이지. 그 나라에 언제까지고 고개를 숙일 필요가 없다는 걸세."

"그, 그렇군요……. 하지만 신성— 회복 마법은 그 나라가 독점하지 않았습니까? 설령 회복 마법을 쓸 수 있어도 마법 스크롤이 없으면……."

"그건 우리나라가 제공하겠네. 그걸 복사해서 시간차를 두고 공표하게. 각국이 연합해서 회복 마법을 개발했다고 말이지. 나라에 의료 마도사를 몇 명 준비한 다음 발표하면 신빙성도 높을 거야."

"""""……?!"""""

델사시스 공작이 진심으로 신관의 실추를 꾀한다는 사실을 알고 대사들은 등골이 서늘했다.

회복 마법을 무상으로 제공해서 소국 내에 퍼뜨려 메티스 성법신국의 우위성을 근간부터 무너뜨린다. 무서운 계획이었다.

스크롤은 복사할 수 있으므로 소국 입장에서도 이점이 컸고 더이상 사제와 신관의 무리한 요구에 응할 필요도 없었다. 그것은 국가 예산에서 불필요한 비용을 지출할 필요가 없다는 뜻이며, 동시에 무역에서도 대등한 입장으로 돌아간다.

더 나아가서 이 계획에 참여하여 소국끼리 동맹을 맺어 모든 국가의 군사력을 집약하면 메티스 성법신국의 군사력을 뛰어넘는 것도 어렵지 않았다.

그러나 그것이 이상론이며 현실적으로는 어렵다는 것을 두 나라만 눈치챘다.

이사라스 왕국과 알톰 황국이었다.

"기다려주십시오. 공작님의 계획이 실현되면 분명히 좋은 일입니다. 하지만 알톰 황국은 현재 전쟁 중입니다. 게다가 그 이웃 국가인 이사라스 왕국은 교역도 마음대로 하지 못하는 상황이죠. 동맹을 맺어도 지금처럼 전쟁이 계속되면 두 나라가 멸망할지도 모릅니다. 그러면 포위하기도 전에 계획이 파탄 날 겁니다!"

"오러스 대하 교역로가 막힌 것 말인가? 문제없네. 그대들은 우리나라에 있는 구시대 드워프의 지하도시를 알고 있나?"

"그 지하 유적 말씀입니까? 아직 기능하는 얼마 안 되는 마법 도시…… 서, 설마?!"

"그래. 오러스 대하와는 별개로 지하도시를 경유하는 교역로를 만들면 돼. 다행히 그 지하도시의 가도는 두 나라를 끼고 우리나라까지 이어져 있네. 그것을 이용하기 위해 크레스톤 전 공작 시대부터 조사단을 보내고 지금도 복구공사를 진행 중이라네."

""뭐, 뭐라고요?!""

"그 도시에는 아직도 드워프들이 살고 있어. 최근 개발된 토목 마법을 이용해서 급속도로 복구가 이루어지고 있네. 공사 진행 상황은 상상 이상으로 빨라."

요약하면 앞으로는 육로로도 교역이 가능해지며 메티스 성법신국의 물자 약탈을 막을 수 있다는 말이었다. 게다가 전 공작 시대부터 작업이 계속됐다면 개통도 시간문제일 것이다.

"기다리십시오! 왜, 왜 우리나라 지하를 관통하는 지하도를 복구하던 겁니까? 설마, 침공을 염두에 두고……."

"오해하지 말게. 우리나라는 광물 자원이 부족하고 채굴할 광산도 많지 않아. 이사라스 왕국은 광산이 풍부하고 교역하려면 그 나라가 방해하지. 잘 알지 않나? 그 나라가 이사라스 왕국을 집어삼키려고 한다는 것을……. 이 계획은 그들의 야망을 근본부터 뒤엎을 걸세. 그리고 우리 다국적 동맹이 서로를 지원할 수도 있지."

"그렇군요……. 그렇다면 이제 메티스 성법신국의 횡포를 감내할 필요도 없겠군요. 타격을 주려면 무리해서라도 계획을 실행할 필요가 있다는 말씀인가요……."

"그 나라는 우리 솔리스테어 마법 왕국을 눈엣가시로 여기니까. 모난 돌은 정을 맞는 법이야."

각국 대사들은 솔리스테어 마법 왕국이 오래전부터 메티스 성법신국 포위망을 구상했으리라고 생각했다.

하지만 그것을 실행하지 못한 것은 결정타가 될 수단이 없고 회복 마법을 쓰는 신관의 수가 적기 때문이었다.

그러나 그 문제가 해결된 지금은 장애가 될 요소가 없었다.

"저쪽은 군사력에서 우위야. 하지만 그 근간을 무너뜨리면 녀석들은 의심에 빠지겠지? 마도사가 회복 마법을 쓴다…… 그건 신관들의 신앙을 뿌리부터 뒤흔드는 사실이니까."

"자신들의 신앙에 의문을 품는다……. 신성 마법의 우위를 잃으면 충격은 알아서 확산된다……. 무서운 방법을 쓰시는군요."

"하지만 최근 메티스 성법신국의 행동은 도를 넘었어. 이쪽에서 타격을 주지 않으면 우리가 계속 착취당할 뿐이네."

"음…… 요즘은 헌금액도 높이는 추세니까요. 이 이상은 재정이
위험합니다."

"이번 이야기에 동참하겠습니다. 하지만 녀석들에게는 용사들이
있습니다만?"

"흠…… 용사 한 명 정도라면 우리 알톰 황국 전사가 한 명으로
막을 수 있습니다. 놈들은 이미 절반으로 줄었으니까 함부로 전장
에 투입되지도 않겠지요."

용사들은 얕볼 수 없지만, 전력이 저하된 지금이라면 대처 가능
한 수준이었다. 각국이 손을 잡으면 대국과도 대등하게 싸울 수
있다. 메티스 성법신국의 법황이나 사제들은 그 사실을 생각조차
하지 못했다.

이날, 소국들은 단결을 표명하고 종교 국가의 독선적이고 강압
적인 정책에 정면으로 맞서기 시작했다.

계획 준비와 조정은 순조롭게 진행됐다. 그 결과가 나오는 것은
수개월 후의 일이었다.

—깡, 깡! 철컥철컥…….

쇠를 때리는 소리와 자잘한 부품을 붙이는 소리가 들렸다.

햇빛이 드는 정원에서 회색 로브를 입은 아저씨가 기계를 만지
고 있었다.

제작하는 물건은 세탁기지만, 시제품이기에 아직 작동 여부를 테스트하는 단계였다.

콧노래를 흥얼거리며 가동과 조정을 반복했다. 회전판이 너무 빨리 돌아서 물이 튀어나오거나 공격 마법【아쿠아 토네이도】같은 용오름이 발생하는 등 아직은 실패의 연속이었다.

구조 자체는 문제가 없었지만, 마력이 과잉 유입되어 상상을 초월한 위력을 발휘했다. 지금까지 세 번 분해했고 이번이 네 번째 조립이었다.

"뭐가 잘못됐지……. 역시 마석 크기인가? 마보석으로 바꿔야 할까? 으음, 마법식으로 제어할 수 있을 텐데…… 모르겠어."

"아찌, 또 실패했어?"

"엄청 큰 구멍이 났잖아, 아찌……."

"조금 전에도 폭발했지?"

"그보다 고기를 줘~. 육즙 흐르는 고기~."

"무작정 매달린다고 될 일은 아니라고 봅니다만. 그보다 제로스 공, 본인과 진검승부를 해주지 않겠습니까?"

아이들은 여전했지만, 한 명 살벌한 게 끼어 있었다.

이상하게 날이 선 시선을 보내는 카에데는 당장에라도 칼을 뽑을 것 같은 살기를 내뿜었다.

진심으로 강한 상대와 싸워 보고 싶은 듯했다.

"카에데 양? 방금 잔케이와 대련하지 않았어? 아직 성에 안 차?"

"가끔은 다른 상대와 싸우지 않으면 본인의 힘을 가늠하기 어렵습니다. 세상이 넓다고 알려주십시오."

"그렇다고 진검승부라니? 너무 극단적이잖아."

"칼은 본디 사람을 베기 위한 물건. 생명의 무게를 쌓아 올린 만큼 본인은 강해집니다."

"그거…… 날 죽이겠다는 말 아닌가?"

"홋…… 검사의 수는 절대로 늘지 않는 법. 왜냐면 한 명의 강자가 태어날 때마다 한 명의 검사가 목숨을 잃기에……."

"아련하게 분위기 잡지 마. ……위험할 정도로 살벌하네."

꼬꼬들과 수련할수록 카에데는 피를 갈구했다.

이게 하이 엘프라는 사실이 믿어지지 않았다.

"이제 우리도 실전을 경험하고 싶습니다. 다른 아이들도 사냥을 가고 싶어 안달입니다."

"누가 옆에서 봐주지 않으면 위험해. 쟈네 씨에게 부탁해 보면 어때?"

"쟈네 언니는 아직 이르다면서 이야기를 안 들어줘~. 우리가 아직도 어린애인 줄 안다니까."

"누구나 처음에는 서투른데 말이야. 라디와 카이도 실력이 좋아졌어. 슬슬 실전에서 싸워 보고 싶어."

"아찌, 부탁할게. 우리는 내년부터 독립할 준비에 들어가야 해."

"나는 고기가 먹고 싶어……. 오늘은 닭고기가 좋아."

제로스 본인도 생각했지만, 아이들에게 사냥을 가르칠 때가 된 것 같았다.

던전에서 일확천금을 노리는 그들은 당연히 용병을 목표로 했다. 하지만 지금 용돈벌이 수준의 소득으로는 장비를 맞추지도 못한다.

그러나 미숙한 아이들을 숲으로 보내는 것도 문제였다. 누가 감시하지 않으면 죽을지도 몰랐다. 만약 그렇게 된다면 루세리스는 큰 슬픔에 잠길 것이다.

"음…… 적당한 호위병이 있으면 좋겠는데……."

"그 점은 문제없습니다. 우리에게는 짝이 있습니다."

"짝? 그런 사람이 있어?"

아이들 뒤에 왠지 의욕에 넘치는 꼬꼬 다섯 마리가 있었다.

그 꼬꼬들이 짝인가 보다.

"아하…… 이보다 적절한 호위도 없지. 하지만 사냥은 가까운 곳에서 하렴. 도시 주변 숲에서 실력을 쌓고 【직업 스킬】도 획득하는 편이 좋겠어."

"그럼 아찌, 마법 스크롤 줘~♪"

"난 공격 마법이 좋아."

"보조 마법도 필요해. 가능하면 신체 강화."

"신체 강화는 연기(練氣)로 충분하지 않아?"

"고기를 구하러 갈 거야. 매일 고기를 먹을 수 있으면 더 바랄 게 없어."

"나도 마법을 배워야 할까? 엘프니까 마법 적성은 높을 텐데……."

여전히 아이들은 다부졌다.

아무도 가르치지 않았건만, 계획을 가지고 행동하는 것처럼 보였다.

"루세리스 씨랑 상담해 봐야 해. 내가 마음대로 정할 일이 아니야."

"그건 그렇군요. 수녀님에게 허락을 받는 게 먼저겠군요."

"하지만 수녀님이 이야기를 들어줄까?"

"수녀님은 과보호하니까."

"걱정이 많아서 탈이야. 우리를 믿어주면 어디 덧나나~?"

"고기고기고기고기고기……."

"루세리스 씨가 너희를 걱정하는 건 당연하지만, 정말로 꿈을 이루고 싶다면 제대로 대화를 나눠. 용병 세계는 모든 책임을 본인이 져야 해. 실패해도 아무도 책임지지 않아."

지금 아이들은 마음대로 돌아다니고, 하고 싶은 일을 하며 지냈다.

하지만 그것은 루세리스의 보호가 있기에 가능한 일이었다. 진심으로 하고 싶은 일이 있다면 보호자인 루세리스와 꼭 이야기를 나누어야 했다.

"뭐~? 아찌가 대신 말해줘~."

"안 된다고 하면 어떡해?"

"말하면 무조건 따라올 거라고……."

"걱정이 많아서 탈이야……."

"신세를 졌다면 의리와 도리를 지키는 것이 무사의 예의. 피할 수 없는 문제로군."

"벌써 남한테 기대면 안 되지. 장래를 결정하는 중요한 일이니까 꼭 이야기를 나눠."

아이들의 마음은 이해한다.

하지만 아저씨는 한 가지 의문이 떠올랐다.

"그런데 장비는 있어? 검이나 활, 방어구는?"

"후후후, 우리를 우습게 보면 안 돼!"

"돈을 벌고 저축해서……."

"마침내 중고 장비를 샀지!"

"사이즈가 안 맞지만…… 고기…….."

"본인에게 맞는 장비가 없습니다……. 가볍게 움직이기 위한 장비는 없는 것인가……."

"……글렀군. 이상한 곳에서 발목을 잡혔어."

얼마 전까지 영양 결핍으로 성장 속도가 현저히 느리던 아이들이 시장에서 판매되는 장비를 착용할 수 있을 리 없었다.

카에데는 문화 차이로 인하여 장비의 질과 형태가 몸에 맞지 않는 것 같았다. 그렇다면 주문 제작할 수밖에 없었다.

"요즘 키도 크고 있으니까 성장에 맞춰서 장비를 바꿔 나가야 해. 장비할 수 없으면 아무 쓸모도 없어."

이 나이대 아이들은 무섭도록 빠르게 성장한다.

1년 사이에 몰라보게 키가 크는 아이도 있으므로 성장 속도를 계산해서 장비를 만들지 않으면 바로 새것이 필요해진다. 그러면 돈이 아무리 많아도 부족할 것이다.

게다가 아이들이라서 금전 문제는 더욱 절실했다.

"그럼 루세리스 씨를 설득하면 장비를 만들어줄게. 뭐, 그래 봤자 간단한 물건이지만."

"아찌, 정말로?"

"거짓말 아니지? 아찌."

"진짜? 좋아, 수녀님을 찾아!"

"나, 배가 큰데 괜찮아?"

"카이…… 너는 살을 빼야 하지 않나? 몸이 무거우면 움직임도 둔해질 터인데?"

사냥은 용병이 되기 위해 필요한 기술이며 【사냥꾼】 직업 스킬은 적을 찾거나 매복할 때 편리한 것이 많았다. 그것을 배우려면 실제로 사냥을 체험해야만 했다.

"그럼 수녀님과 **심도 있는 대화**를 나누고 올게."

"담판을 짓고 말겠어!"

"우리의 각오를 보여주자!"

"사냥하면 고기를 배터지게 먹을 수 있어……. 나는 고기왕이 될 거야!"

"이 한목숨 바쳐 마음을 바꿔 놓으리."

"너희…… 뭐 하러 가니? 설득이지? 허가받으러 가는 거 맞지?!"

생각하는 즉시 행동하는 아이들은 아무도 말릴 수 없었다.

꿈을 향해 달리는 아이들은 뜨거운 마음을 주체하지 못하고 영혼이 움직이는 대로 뛰어갔다.

그 모습에서는 어떤 각오와 같은 것이 엿보였다.

"루세리스 씨…… 괜찮을까? 저 애들이 너무 앞서나가지 말아야 할 텐데……."

흙먼지를 일으키며 달려가는 아이들의 등을 바라보면서 아저씨는 식은땀을 흘렸다.

괜한 바람을 불어넣은 장본인으로서 조금 걱정이 앞섰다.

◇　◇　◇　◇　◇　◇　◇

"아저씨…… 내 장비, 완성됐어……?"

"녹초가 다 됐군……. 일이 힘들었나요?"

저녁 무렵, 쟈네와 레나가 이리스를 질질 끌고 나타났다. 이리스는 기진맥진한 얼굴로 장비 강화의 진척 상황을 물었다. 그 눈 아래에 생긴 다크 서클이 몹시 신경 쓰였다.

그녀는 오늘 마법사가 아니라 검과 방패를 장비한 초보 검사 같은 복장이었다.

"밤이라도 샜나요? 동인지를 마감 직전에 완성해서 코믹마켓 3일 전에 인쇄 공장에 맡긴 서클 멤버 같은데……."

"농담해도 안 받아줘. 지금 그럴 기분 아니야……."

"고블린을 상대로 근접전을 시켜 봤는데 생물을 무기로 죽이는 행위에 거부감이 있나 봐. 얼마 안 가서 토하더라고……."

"정신력이 약해. 마법으로 죽이는 거랑 뭐가 다르다고……."

레나가 어이없는 얼굴로 말했다. 평화로운 세상에서 살아온 이리스에게는 충격이었을 것이다.

"검으로 찔러 죽일 때 감촉이……. 메이스로 때려죽일 때 두개골이 함몰하는 느낌이……."

"처음으로 근접전으로 적을 죽였으니까 기분이 안 좋은 건 이해하지만…… 얼굴에 핏기가 하나도 없어. 그렇게 힘들어?"

지금까지 이리스는 손으로 직접 생물을 죽인 적이 없었다.

그야 개미나 벌레를 밟아 죽인 적은 있었지만, 자신과 비슷한 크기의 생물을 죽이는 것과는 전혀 달랐다. 오히려 대등한 생물을 즐겁게 죽이는 쪽이 문제였다.

보다 못한 아저씨는 이리스를 의자에 앉혔다.

"처음 자기 손으로 죽였어. 이러는 것도 이해해. 나도 그랬으니까."

"쟤네는 훈련할 때 울었지~? 그때는 귀여웠는데……."

"미안하게 됐네요…… 지금은 안 귀여워서."

"그럴 리가요. 쟤네 씨는 귀엽습니다. 저도 모르게 방으로 데려가고 싶을 정도로."

"진지한 얼굴로 무슨 소리야! 날 놀리는 게 그렇게 재밌어?!"

"그렇게 과하게 반응하니까 귀엽다는 거야. 사랑받는다고 생각하면 되잖아?"

"사랑?! 무슨 말을……."

과하게 반응해서 당황하는 모습은 확실히 귀여웠다.

그러나 그런 소란스러운 상황에서도 이리스는 반응도 없이 탁자에 얼굴을 파묻고 있었다.

생물을 죽이는 행위에 윤리관이 붕괴할 위기인지도 몰랐다.

"그래도 익숙해지는 수밖에 없어요. 마법으로 죽이든 무기로 죽이든 결과는 같은데 이제야 죄책감을 느끼는 게 이상한 겁니다."

"아저씨…… 감정이 메말랐어. 몸에서 피 냄새가 안 사라져. 해체도 그렇고……."

"해체도 했어요? 정말로? 아이고, 너무 무리하셨네. 우선 무기로 죽이는 것부터 익숙해져야죠……."

"나도 말렸는데 고집을 피우더라고. 그래서 이렇게 됐지."

"그야…… 빨리 익숙해지지 않으면 이 세상에서 살아가기 힘드니까……."

"이리스에게 들었는데 페어리 로제가 그렇게 무서워? 요정이잖아?"

요정이 서식할 수 있는 곳은 한정되어 도시에 살면 거의 볼 일이 없었다.

그 때문인지 동화에 나오는 이미지가 정착해 있었다.

"피해자가 어떤 꼴을 당했는지 기록한 그림이 있는데 볼래요? 그다지 추천하지는 않겠지만."

"용병으로서 필요한 일……이겠지?"

"왠지 무섭지만…… 궁금해. 어쩌면 토벌 의뢰를 받을지도 모르고."

"나는 사양할래……. 지금 보면 아마 토할 거야……. 당분간 고기는 쳐다보기도 싫어."

"상태가 심각하네……."

그러고는 아저씨가 그림 한 장을 꺼냈다.

그것을 건네받은 순간, 레나와 쟈네가 부리나케 밖으로 달려갔다.

"강력하구만. 위력이 대단해~."

"저 둘도 앞으로 고기 못 먹겠네……. 아마 내가 오늘 본 것보다 100배는 심각할 테니까……."

"볼래요?"

"……싫어."

툴툴대지만 평소 같은 기운이 없었다.

"그래도 이제 죽일 각오는 생겼죠? 아예 거부감을 가지지 말라고는 안 하겠지만, 이 세상은 약육강식이에요. 약하면 죽는다고 이해한 것만 해도 큰 발전이죠."

"약하면 죽는다……. 응…… 이해했어. 이건 게임이 아니지……."

"그래요. 비정한 현실입니다. 위험에 처했을 때 사람을 죽일 수 없다면 살아남을 수 없어요. 이곳은 그런 세계입니다."

"으…… 마음으로는 도저히 받아들일 수 없다고~."

"마음은 이해하지만, 안일한 생각은 버리세요. ……안 그러면 죽습니다. 앗…… 돌아왔다."

얼굴이 새파래진 두 사람이 흐느적거리며 돌아왔다.

정신적인 충격이 어지간히 컸나 보다.

"뭘 보여준 거야……. 역겨운 데도 정도가…… 웁!"

"요정…… 잔인하다는 말도 우스워. 악마…… 이건 악마야……."

"실제로 악마가 탄생할 분위기였죠. 태어나기 전에 날려 버렸어…… 앗."

"아저씨…… 그때 마을 사람한테는 마력 웅덩이가 과민반응해서 폭발했다고 설명했지? 무슨 사고를 친 건 알고 있었지만, 정확하게는 안 알려준 이유가 있었네."

"이 세상에는 몰라도 되는 현실도 있습니다. 알면 불행해지는 진실이……."

아저씨는 필사적이었다.

몰라도 되는 현실은 분명히 존재한다. 하지만 이번 이야기로 불행해지는 사람은 아저씨뿐이었다.

이리스는 생명의 가치를 현실과 게임 사이에서 혼동했지만, 제로스는 공격할 때 감각이 게임 시절 그대로였다.

현실을 확실히 파악하지만, 막상 전투가 벌어지면『적은 다 쓸어 버리면 된다』라는 단락적인 사고로 바뀌었다. 인명처럼 신경 쓸 사항이 없으면 아저씨는 깊이 생각하지 않고 다짜고짜 마법을 날렸다. 어떻게 보면 이리스보다 심각하지만, 본인은 자각이 없었다.

전생했을 때 흉포한 마물이 많이 서식하는 곳에 떨어진 탓인지, 적은 가장 먼저 처리한다는 사고방식이 정착되어 무의식적으로 확실하게 적을 없애 버리는 수단을 골랐다.

"아무튼 그 이야기는 넘어가고, 오늘은 무슨…… 아, 강화한 장비를 찾으러 왔다고 했죠?"

"잊고 있었구나……."

"아뇨, 며칠 전부터 햇빛에 말려 놨습니다. 지금은 그늘에 뒀으니까 그냥 가져가세요."

"정성스러운지 건성인지 모르겠네, 이 아저씨."

"어떻게 됐을지 불안해."

한편, 아저씨는 부엌에서 식칼로 감자 껍질을 깎기 시작했다.

이제부터 저녁을 준비할 시간이었다.

"제로스 씨…… 이 가루는 뭐예요?"

"여러 향신료를 섞은 카레 가루요. 마살라라고 했었나?"

"카레? 처음 듣는데…… 맛있어요?"

『후오옷————?!』

난데없이 문 너머로 마스크맨 같은 목소리가 들렸다.

무슨 일인가 하고 돌아보니 안쪽 문이 열리며 이상하게 흥분한 이리스가 개량한 장비를 입고 뛰어나왔다.

디자인은 전과 똑같지만, 색이 연해지거나 레이스가 달린 부분이 은색으로 빛나는 등 다소 차이가 보였다.

색이 밋밋했던 로브가 물이 빠지고 화학반응이 일어나서 보기 좋게 화려해졌다.

"아, 아저씨……! 이이이, 이거, 받아도 돼?! 정말로?!"

"**받아도 되냐뇨**……? 그거 원래 이리스 양 장비잖아요? 제가 가져 봤자 어디에 쓰겠습니까?"

"아니…… 굳이 말하면, 여자로 변신해서 입는다거나?"

"안 해! 무서운 소리 하지 마!"

아저씨는 끔찍한 기억이 떠올라 그만 버럭 소리쳤다.

한편, 이리스는 허튼소리를 할 정도로 흥분한 모양이었다.

"이리스…… 왜 그렇게 흥분했어?"

"그렇게 단단해졌어?"

"레나 씨가 말하면 왠지 야하게 들려……. 아니, 그게 중요한 게 아니야. 이거 강화된 수준이 아니야! 【마력 회복 효과 증대】부터 【마법 효과 증대】, 【물리 공격 내성 업】에 【마법 내성 강화】까지. 보조 능력이 강화된 것도 모자라 늘어났어!"

"강화 비용은 실험 차원에서 깎아주면…… 이 정도일까요?"

주판을 튕겨 금액을 제시했다. 아주 양심적인 가격이었다.

이리스는 『좋았어! 가져가!』라며 그 자리에서 현금을 떡 내밀 정도로 저렴했다.

"다른 업자가 실업한다는 의미를 알겠어. 아저씨, 너무 만능이잖아."

"나도 장비나 강화해 달라고 할까~? 엄청 부러워."

"쟈네나 나는 강화에 금속이 필요하니까 조달해 와야지."

"할지 말지는 두 사람에게 맡기겠습니다. 그럼…… 저녁 준비를 계속할까."

"앗! 여, 여기 있는 건 설마 카레 가루? 먹고 싶어! 아저씨, 만드는 거 도와줄 테니까 나도 카레 줘!"

"카레 좋아해요? 제 취향에 맞춰서 매울 텐데……."

"엄청 좋아해! 하지만 매운맛…… 음, 거기까지 바라는 건 욕심이겠지. 그냥 먹을래!"

이리스는 단맛 카레를 좋아했다.

하지만 그리운 맛에 끌리는 것은 전생자의 운명이었다.

매운 음식은 잘 못 먹지만 타협하고 오랜만에 카레를 맛보기로 했다.

"뭐, 본인이 그렇다면야……. 그럼 채소를 준비해줄래요? 고기는…… 와이번으로 할까?"

""""와이번?!""""

이렇게 카레 만들기가 시작됐다.

두 시간 동안 시간을 들여서 만든 와이번 카레는 네 사람의 상상 이상으로 맛있었다.

이 카레를 절반 정도 양육원에 나눠줬는데, 다음 날 아침 아이들이 제로스 집을 습격해 냉장고에 있는 카레를 찾아 냄비 바닥까지 싹싹 긁어먹어 버렸다.

이웃집도 제집인 양 드나드는 아이들. 그들은 굶주려 있었다.

125

제6화 아저씨, 아이들의 장비로 고민하다

세탁기. 그것은 가정의 필수품.

빨래뿐 아니라 농가에서는 채소 세탁에도 사용하는 편리한 도구.

하지만 막상 제작하려고 하면 의외로 어려웠다.

세탁통의 회전수나 필요한 마력량, 가동 시간 조정 등 설정할 사항이 많아서 하나를 해결하면 다른 곳에서 문제가 발생했다.

단순히 돌기만 한다고 되는 것이 아니라 때가 빠지도록 회전을 유지한 채 타이머를 설정하고, 마력 소비를 계산해 정해진 시간까지 가동한다.

탈수 기능을 넣으면 적어도 세 시간은 걸릴 것이다. 하지만 그 시간 동안 마력을 유지할 저장 장치를 어디서 가져올지가 문제였다.

마력 오버플로로 폭발하고, 회전 진동 때문에 부품이 분리되고……. 단순한 구조이기 때문에 부담을 완충하기도 어려웠다. 너무 무거우면 옮기기 어려우므로 경량화했는데 그 결과 본체 내구성이 떨어지고 말았다.

"으음…… 어려워. 어디서 마력이 역류하나? 마보석으로 바꿨는데도 이러네."

카레를 만들고 며칠 후, 제로스는 여전히 마당에서 세탁기와 씨름하고 있었다.

개량을 거듭해 구조 자체는 문제가 없을 텐데도 왠지 마력이 규정량을 넘어서 마력 모터 회전수가 과하게 상승했다.

제어 술식도 넣었지만, 어떻게 해도 오작동을 일으켰다.

사실 아저씨의 방대한 마력에 마보석이 변질되어 마력을 규정량 이상으로 흡수하는 물건으로 변했기 때문에 벌어진 마력 폭주였다. 별생각 없이 충전한 마력이 예상 이상으로 많아 세탁기를 돌리면 과도한 마력이 밀려 나왔다.

사실 아저씨가 의식적으로 마력을 최소한으로 억누르거나 다른 사람이 마력을 넣으면 해결될 문제였다. 하지만 제로스는 그런 단순한 사실을 깨닫지 못하고 머리를 쥐어짰다.

이제 그만 자신이 비상식적인 마력을 보유했다고 깨달을 만도 했지만, 제로스는 아직도 그 해답에 도달하지 못했다. 원래 등잔 밑이 어두운 법이었고 마법이 없는 세계에서 살던 사람이다 보니 그런 감각에 무디기도 했다.

개발의 미로에 빠진 아저씨는 아무 생각 없이 고개를 들었다가 마침 아이들과 함께 걸어오는 루세리스를 발견했다.

"아찌~! 살아 있어~?"

"해냈어, 아찌!"

"최후의 수단을 썼더니 겨우 허가가 떨어졌어!"

"어제 수녀님을 포박했는데…… 야했어."

"야———?! 너희 루세리스 씨한테 무슨 짓 했어?!"

사냥을 위해서 아이들은 무시무시한 횡포를 부린 모양이었다.

아무래도 꿈을 이루기 위해서는 수단과 방법을 가리지 않는 것 같았다.

"우리는 수녀님을 포박하고 꼬꼬 깃털로 간지럼을 태웠을 뿐입니다만? 고문이라니 당치도 않습니다."

"……아무도 고문이라고 안 했는데요? 그리고 그건 이미 고문이죠……. 루, 루세리스 씨; 괜찮죠……? 이상한 취미에 눈뜨거나 하지 않았죠?"

"안 떴어요!"

루세리스가 얼굴이 새빨개져서 소리쳤다.

아저씨는 가슴속으로 정체 모를 답답함을 느끼고 있었다.

"설마 이 아이들이 그렇게 난폭한 짓을 하다니……. 그런 포박법을 어디서 배워서……. 그, 그런…… 그런, 창피한……."

"차, 창피한…… 포박법?!"

루세리스는 입을 우물거리며 시들시들 고개를 숙였다.

무례하다고 생각하면서도 무심결에 몹쓸 망상이 떠올랐다.

아저씨도 남자였다.

"근처에 사는 누나한테 배웠어!"

"남편을 자주 묶었지?"

"채찍으로도 때렸어. 그 아저씨…… 기뻐 보였지~. 아프지 않나?"

"그건 마치…… 실로 묶은 고기 같았어. 고기 먹고 싶다……."

"교육상 안 좋아——!"

몹쓸 망상은 사실이었다.

설마 근처에 그런 플레이를 즐기는 부부가 있을 줄은 생각하지도 못했다.

루세리스는 가엾게도 그 유부녀에게 배운 포박 테크닉의 희생자가 되고 말았다.

"왜…… 왜 어제 나는 교회에 가지 않았단 말인가! 원통하도다……."

"말투가 변할 정도로 실망하지 마세요오오오~! 그런 모습을 남한테 보이면 시집도 못 간다구요……."

"괜찮습니다! 그 정도로 시집을 못 가면 제가 받겠습니다."

"하으?! 그, 그런 말씀을 갑자기 하시면 곤란해요……. 이런 이야기는 순서를 지켜서……(가능하면 쟈네랑 같이……)."

"……마지막에 엄청난 말을 하지 않았나요? 그보다…… 순서를 지키면 언젠가는……?"

"앗?! 나, 나도 참…… 대체 무슨 소리를 하는 거야……."

"""그냥 결혼해. 수녀님……."""

"그러면 매일 고기를 먹을 수 있어…… 고기이……."

"결혼…… 그건 인생의 무덤. 검의 길에 낭군이 필요할쏘냐……."

흔들림 없는 아이가 두 명 있었다.

한쪽은 식욕, 한쪽은 피비린내 나는 검의 길. 루세리스와 제로스를 붙여주려는 의지는 없고 자신의 욕망에 한없이 충직했다.

"그것보다 아찌! 갑옷 만들어줘!"

"만드는 김에 검이랑 창도. 우리는 뭐든 조금씩 쓸 수 있으니까 시험해 보고 싶어."

"그럼 활과 화살도 있으면 좋겠어. 그냥 전원에게 하나씩 주면 파티 편성도 바꿀 수 있고 대형을 짜는 훈련도 돼."

"우리는 무예의 정점을 찍을 거야. 고기를 얻기 위해서!"

"""꿈을 위해서겠지! 왜 고기가 우선이야?!"""

"본인은 카타나면 됩니다. 절삭력이 강하고 부러지지 않으면 불만 없습니다."

"애들이 점점 뻔뻔해지네……. 준비하는 사람은 난데."

무리한 요구였다.

일단 웬만한 무기는 제로스가 가졌으므로 새로 만들 필요는 없었다.

문제는 방어구였다. 방어구는 한창 성장기인 아이들의 체격에 맞춰서 마련해야 했다.

사이즈만 알면 제작은 가능하지만, 인원수만큼 준비하려면 꽤 번거로웠다.

"성검은 못 만들어? 【칼리번】 같은 거."

"【게 볼그】는?"

"왕을 선택하는 검과 마창을 만들라고?! 이 나라랑 전쟁이라고 벌일 생각이야?"

아서 왕이 바위에서 뽑았다는 검과 켈트 신화에서 쿠 훌린이 사용한 마창.

뻔뻔함을 넘어서 신화 속 무기까지 요구해 왔다.

물론 【소드 앤 소서리스】에서는 둘 다 제작 가능한 무기였고 제로스도 일단 소지 중이었지만, 이 세계에서는 지나치게 강력한 물건이었다. 쉽게 넘겨서는 안 되고, 만들 수 있다는 말은 더더욱 해서는 안 됐다.

제로스는 즉석에서 말을 돌리기로 마음먹었다.

"전설의 무기를 어떻게 만들어? 게다가 미숙한 너희가 다룰 수 있는 물건도 아니야. 꿈같은 소리 하지 말고 평범한 철제 무기를 써."

구태여 언급하지 않았지만, 전설의 무기와 같은 이름이 들어간 장비는 【직업】 별로 적성이 있고 조건에 맞지 않는 사람이 장착하면 반드시 저주에 걸리므로 가져 봤자 의미가 없었다.

　무기에 따라서는 마력과 독기가 무서우리만치 거대했다. 몸을 침식하는 강대한 힘은 【마법 내성】이 낮으면 곧바로 죽음에 이를 만큼 위험했다.

　"적합성이 있으면 괜찮지 않아?"

　"우리는 운이 좋으니까 괜찮겠지."

　"노래로 장비하는 것도 있었지?"

　"우리라면 괜찮아!"

　"안 된다면 고기~!"

　"아니, 그냥 죽고 끝이겠지. 그 자신감은 어디서 나왔어? 게다가 적합성이라는 말은 또 어디서 배웠는지…… 이 아이들의 정보원을 모르겠어……."

　강력한 무기를 동경하는 사람은 많다. 용병이든 기사든, 누구나 최고의 무기를 얻어 휘두르는 자신을 꿈꿨다. 하지만 강력한 무기일수록 다루기 어려운 것 또한 사실이었다.

　꿈은 누구나 꿀 수 있지만, 그것을 실현하기란 무모했다.

　"죄송해요. 아이들이 자꾸 어려운 부탁을 해서……."

　"어려운 게 아니라 불가능이죠. 그런 기술이 있으면 이 세상이 더 발전했을 거예요."

　"풀 아머는 일일이 장비하려면 귀찮겠어. 실용적이지 않아."

　"알아서 장착되면 좋지 않을까? 리빙 아머 같은 건 어때?"

"장비하면 갑옷이 자기 마음대로 움직이는 거 아니야?"

"편하고 좋잖아? 고기를 구울 프라이팬도 달아주면 좋겠어."

"그러고 보니…… 살아 있는 인간을 숙주로 움직이는 갑옷도 있다지? 흠, 마음만 먹으면 만들 수 있지 않을까?"

점점 이야기가 위험해지고 있었다. 카에데는 위험한 장비를 착용하고 싶은 것일까?

하지만 아저씨는 아이들의 요청에 응할 생각이 없었다.

위험한 장비를 만들 수는 있지만, 그런 물건을 아이들 손에 넘길 수는 없었다.

그런 짓을 하면 틀림없이 경비대에 체포당할 것이다. 사형당해도 할 말이 없었다.

"그만그만, 억지는 그만 부려. 아저씨가 뭐든 다 해줄 수는 없어."

"""""네~.""""""

"아쉽군……. 저주받은 갑옷을 입고 수라의 길을 걷는다……. 그건 그거대로 좋건만……."

"무사 정신이 있다면 상관없지만, 그냥 조종당하는 언데드인데? 그게 검의 길은 아니지 않아?"

"으음?! 그, 그렇군요……. 그 간단한 사실을 깨닫지 못하다니……."

"리빙 아머에 조종당하면서 높은 경지에 오른다는 건 어불성설이지. 스스로 싸우는 게 아니니까."

근본적인 문제를 깨달은 카에데는 왠지 시무룩해 보였다.

수라도에 빠지는 것과 어둠에 빠지는 것은 전혀 달랐다.

"후우…… 우선 치수를 잴까? 평범한 장비를 만들 테니까 그런 줄 알아. 만에 하나라도 이상한 기능이 붙을 거라는 기대는 하지 마."

"저…… 도와드릴까요? 아이들 치수라면 대충 알아요."

"그럼 고맙죠. 여자애도 있으니까."

"네!"

이리하여 아이들의 첫 사냥 준비가 시작됐다.

제작할 물품은 물론 체격에 맞는 방어구와 무기. 혹시 몰라 활과 화살도 준비하기로 했다.

문제는 개수지만, 적당히 만들어 두면 알아서 나눠 가지겠거니 하고 넘어갔다.

"창도 있는 게 나으려나? 남는 물건을 대충 주면 되겠지. 어차피 난 안 쓸 테니까."

"저기…… 제로스 씨? 아이들이 가는 사냥에 저도 동행해도 될까요?"

"네? 그건 상관없지만, 장비는 어쩌려고요?"

"저는 제 무구가 있으니까 걱정 안 하셔도 돼요."

"평소 하시는 자선 활동은요? 회복 마법을 기다리는 분들도 있지 않나요? 사전에 말해 두지 않으면 나중에 큰일일걸요."

"사제님들이 휴가를 얻으라고 하셨으니까 이번 기회에 유급 휴가를 쓰려고요."

"그런 제도가 있구나……."

양육원 수습 신관이 아니라 그냥 보육사로 보이기 시작했다.

"내일부터 일을 돌면서 휴가를 알릴게요. 그 아이들만 보내면 안 보이는 곳에서 무슨 짓을 할지 몰라서요."

"……그건 이해되는군요. 하지만 언제 출발할지 아직 모르잖아요?"

"음…… 일주일은 쉴 테니까 괜찮을 거예요. 정확한 일정은 나중에 전하고…… 앗, 사제님께도 미리 연락해야겠네……."

"절차가 귀찮나 보군요. 휴가 한번 얻기도 쉽지 않구나~."

일주일이 모두 일요일인 아저씨는 조금 부럽기도 했다.

아저씨는 백수인 데다 자유로운 영혼, 게다가 생활에 지장이 없는 불로소득도 있었다.

하지만 성실히 일하는 사람을 보면 살짝 죄책감이 들었다.

그런 아저씨 곁으로 죠니가 어떤 종이를 가지고 달려왔다.

"아찌! 우리 장비는 이렇게 만들어줘."

"이렇게? 정말로? ……아니, 그러지 마. 이건 좀 아니야……."

종이에는 그림이 그려져 있었다. 어디서 많이 본 세기말 분위기가 물씬 나는 장비였다.

포스트 아포칼립스 영화나 통제 사회에서 암약하는 레지스탕스 같은 디자인을 보고 아저씨는 고민했다.

모히칸이 붙은 투구에 목을 꺾기만 해도 가시에 찔릴 것 같은 어깨 보호대. 실용성이라고는 눈 씻고 찾아봐도 없었다. 솔직히 말해서 촌스러웠다.

아저씨는 그런 장비를 입고 싶어 하는 아이들의 감성을 이해할 수 없었다.

하지만 가능한 한 디자인을 반영해달라고 끈질기게 매달리는 통에 아저씨는 지끈거리는 머리를 쥐어짜며 장비 제작에 착수했다.

◇　◇　◇　◇　◇　◇　◇

　다음 날. 제로스가 아이들 장비 만들기에 착수했을 무렵, 루세리
스는 휴가를 얻기 위해 다른 양육원을 돌고 있었다.

　평소 자신이 치료하는 구역을 다른 신관에게 맡겨야 하기 때문
이었다.

　산토르에 있는 양육원은 총 네 곳이었다. 그중 하나가 루세리스
가 관리하는 낡은 교회였고, 남은 세 곳은 신도시 사방에 흩어져
있는데 그중 가장 큰 양육원에는 신관을 통괄하는 사제가 있었다.

　시설이 왜 이렇게 귀찮게 나뉘었냐면, 바로 차기 당주 츠베이트
의 정신 폭주 때문이었다.

　세뇌당했던 츠베이트는 루세리스와 만나면서 연애 증후군이 발
병했고, 거기서 세뇌 마법과 증후군이 적절하게 섞인 결과 권력으
로 여성을 소유하려는 쓰레기가 완성되었다. 세뇌 때문에 본래 성
실함을 잃은 츠베이트는 허무하게 차였지만, 그 앙갚음으로 양육
원이 해체당해 아직도 도시 사방에 있는 교회로 분산된 채 남아
있었다.

　그러나 이 정책이 결코 나쁘지만은 않았다.

　사제와 신관이 담당하는 봉사 치료 범위가 확실히 나뉘어서 쓸
데없이 도시를 돌아다닐 필요가 없어졌기 때문이었다.

　사실상 피해를 본 사람은 루세리스뿐이고 다른 이들에게는 고마
운 정책이었다.

유일한 귀찮은 점은 휴가를 얻으려면 사제가 관리하는 남쪽 교회에 가야 한다는 점이었다.

그리고 그 교회의 사제는 다름 아닌 루세리스와 쟈네를 키운 은인이기도 했다.

루세리스가 한번 호흡을 고르고 새것처럼 깨끗한 교회 문을 통과하자 두 신관이 고아들에게 도덕에 관해 강의하고 있었다.

하지만 어려운 이야기를 해도 아이들은 지겨울 뿐이었다. 이미 몇 명은 꿈나라로 떠났다.

그런 광경을 바라보며 루세리스는 수업을 방해하지 않도록 신관들에게 고개만 살짝 숙여 인사하고 교회 안쪽으로 들어갔다.

볕이 드는 통로를 따라가서 사제가 있는 방 앞에 섰다. 그리고 문을 가볍게 노크했다.

"멜라사 사제님, 수습 신관 루세리스입니다. 휴가 신청을 하러 방문했습니다."

『있으니까 그냥 들어와. 난 귀찮은 건 딱 질색이야.』

"실례하겠습니다……."

문을 열어 인사하고 방으로 들어가자 탁자 위에서 책상다리를 하고 앉아 술을 마시는 50대 여성 사제가 있었다. 신관복을 입고 술잔을 기울이며, 입으로는 담배를 물고 연기를 뿜었다.

농담으로도 성직자라고 부르지 못할 모습이지만, 루세리스는 한숨 쉰 후 여전하시다고 중얼거렸다. 이 교회에서 사제의 방탕함은 일상 풍경이었다.

"루! 오랜만에 보는구나. 오늘은 어쩐 일이냐?"

"휴가를 신청하려고 왔어요. 아이들이 사냥을 간다고 해서 인솔자로 따라가려고요. 그래서 며칠 휴가를 얻고 싶은데……."

"사냥? 너희 꼬마들이? 그거참 대범하군."

"아이들의 의지가 굳어서…… 저는 못 말리겠어요."

"아하하하하하! 그 꼬마들은 문제아니까. 빨리 자립할 거라고 생각은 했지만, 예상 이상이구먼! 게다가 사냥이라고? 용병이라도 될 생각인가?"

"네……. 저는 위험한 일은 하지 말아줬으면 싶지만, 그 아이들은 정말로 할 생각인가 봐요."

"그래? 좋아, 다녀와."

멜라사 사제는 호쾌한 사람이었다. 그리고 사제라고 믿기 어려울 만큼 술과 도박을 좋아하며 무시무시하게 강했다. 심지어 싸움도 좋아했다.

평소 행실도 이게 정말 사제인가 싶을 만큼 건달 같지만, 이래 보여도 마을 사람들의 신뢰는 두터웠다.

특히 뱃사람과 죽이 잘 맞았다.

"그렇게 간단하게 정해도 되나요? 저는 불안한데……."

"너는 처음 돌보는 아이들이니까 불안한 것도 이해해. 그렇지만 애들도 언젠가는 어른이 돼. 언젠가는 독립해서 나가. 너도 그랬잖아?"

"네……. 하지만 갑자기 사냥이라뇨? 훈련은 쌓았지만, 실제로 싸우는 것과는 다를 텐데……."

"싸워? 사냥이라며? 왜 싸운다는 이야기가 나와?"

"그 아이들이라면 반드시 거물을 노리려고 무리할 거예요. 처음에는 몰라도 분명 큰 마물을 잡으려고 들겠죠."

멜라사의 머리에 낄낄대며 마물에게 돌진하는 아이들의 모습이 그려졌다.

그녀도 자기 아래에 있던 아이들의 성격을 알기 때문에 그것이 기우가 아니라 진실이라고 확신했다. 이상한 방향으로 믿음을 주는 아이들이었다.

"아…… 신기해. 그 광경이 눈에 선하구먼. 틀림없이 그럴 거야……."

"그렇죠? 그래서 걱정이에요……. 분명히 거물을 잡겠다며 난리를 피울 거예요!"

"그나저나…… 그 천방지축 아가씨가 남의 걱정을 하게 되다니……. 나도 나이를 먹긴 먹었군."

"사제님…… 그건 말하지 마세요. 어릴 적 이야기는 좀……."

"각목 잡고 동네 악동들을 때려눕히던 루가 말이지……. 참 숙녀답게 변했어. 그래서 남자는 생겼어? 듣자 하니 아버지뻘 되는 사람한테 반했다며? 진도는 어디까지 나갔어?"

"무, 무슨 말씀이세요, 사제님?!"

여성 사제보다는 그냥 주정뱅이 아저씨였다.

술병을 손가락으로 집어 들고 흔들면서 히죽히죽 음담패설을 늘어놨다.

이런 방탕 사제라도 의외로 오래 알고 지낸 사람에게는 누님이라고 불리며 사랑받았다.

"심지어 마도사라지? 쟈네도 마음이 있다는 모양이니까 삼각관계인가? 좋구먼~, 청춘이야~. 나는 남자가 생기지 않아서 혼자늙어 버렸는데, 빌어먹을!"

"사, 사제님…… 대체 누구에게 그런 이야기를 들으셨어요?! 술은 또 얼마나 마셨고요? ……취하신 거 아니에요?"

"취하긴, 멀쩡해. 이제 열 병밖에 안 땄는데 벌써 취하겠냐? 날뭘로 보고~, 으헤헤헤."

"아니, 보통은 취해요……. 왜 멀쩡하신 거예요?"

"그야 내가 술이 세니까! 우헤헤헤헤헤헤!"

아무리 봐도 술주정 같지만, 루세리스는 알고 있었다. 이렇게 보여도 멜라사가 맨정신이라고.

정말로 취한 사제는 굉장했다. 기억이 지워질 정도의 공포가 휘몰아치고 정신을 차리면 사방이 난장판으로 변한다.

부상자도 대량 발생하는데 왠지 그게 모두 범죄 조직의 인간이기도 했다.

무슨 일이 일어났는지 아무도 모르지만, 그때마다 경비대가 감사하는 기현상이 벌어졌다.

"그런데 요즘 쟈네는 어떻게 지내냐? 그 애가 용병이 된다고 말했을 때는 놀랐어. 그렇게 소심하고 낯을 가리던 아이가 말이야……."

"열심히 잘하고 있어요. 가끔 양육원에 자러 오기도 하고요."

"나는 걱정돼. 남 흉내를 내는 건 상관없지만, 그 애는 원래 성격이 섬세해. 계속 무리하면 언젠가 사소한 일로 본성이 나올 거야."

"쟈네에게는 【강한 사람】=【사제님】이니까요. 말투는 변했지만,

내면은 옛날 그대로 순수해요."

"그 애가 본 나는 그런 사람인가? 낯간지럽구먼……."

어릴 적 이야기를 듣는 것은 무척 부끄러웠다. 쟈네는 사제의 영향을 강하게 받았고, 루세리스는 수도원에서 예의범절을 배워 지금처럼 교정되었다.

루세리스와 쟈네는 어릴 적에 비해 인상이 많이 변했다. 옛 양육원 동기들이 두 사람을 보면 모두 안 어울린다고 말할 정도였다.

"게다가 루…… 너는 신도 안 믿잖아? 아무리 양육원을 돕고 싶어도 그렇지, 꼭 신관이 될 필요는 없었을 텐데."

"믿어요. 남들만큼은……. 게다가 사제님도 말씀하셨잖아요? 『신은 아무것도 해주지 않는다. 자기 인생은 자기 힘으로 개척하라』라고. 저는 저와 비슷한 처지의 아이들에게 조금이라도 힘이 되어주고 싶었을 뿐이에요. 스스로 결정한 거예요."

"그래도 신성 마법을 배우려고 신관 수행까지 받을 필요가 있어?"

"그때는 그게 제일 빠른 방법이라고 생각했으니까요. 지금이라면 안 그랬겠죠. 요즘 도시에서 그런 소문도 들리고……."

"나도 들었어. 각국 마도사가 협력해서 회복 마법을 완성했다는 이야기지? 조만간 스크롤도 판매한다고 소문이 파다하더라. 정말인지는 몰라도."

최근 회복 마법이 판매될 거라는 소문이 불쑥 튀어나왔다.

그 소문의 진위를 알 수 없어서 메티스 성법신국에서 파견된 사제와 신관들은 당황하고 있었다. 그러나 멜라사와 루세리스는 원래 솔리스테어 사람이므로 파견된 사제들보다는 혼란이 적었다.

무엇보다 솔리스테어는 마법 국가였다. 언젠가 회복 마법을 개발할지도 모른다고 생각했던 터라 특별히 놀라지는 않았다. 오히려 회복 마법이 있으면 널리 퍼뜨려야 한다고 생각했다.

"파견된 것들은 당황한 모양이야. 소문이 사실이면 치료비로 바가지를 씌울 수 없고 신성 마법의 가치가 뚝 떨어져. 마도사가 치료 마법을 쓰게 되면 신관의 권위도 낮아지겠지."

"신성 마법은 보통 마법이랑 똑같다고 해요. 마도사와 신관의 차이는 【직업】 효과가 다를 뿐이고 효과는 떨어져도 마도사도 회복 마법을 쓸 수 있다는 것 같아요."

"너, 그 정보는 어디서 들었어? 난 그런 이야기는 못 들었……아하, 네 남자친구구만~? 그래, 그렇다면 쟈네의 남자기도 하겠군. 침대에서 들었냐?"

"아니에요! 그냥 알려줬어요. 마도사와 신관은 똑같다고…….."

"다른 곳에서는 그런 소리 하지 마라, 루……. 4신교에 속했다면 이단 심문 대상이 될 수 있어. 입단속 잘해, 알았지!"

"이단 심문관…… 이 나라에서 활동할 수 있을까요? 마법 왕국인데요?"

"어렵겠지. 하지만 조심해서 나쁠 건 없어."

이단 심문관은 메티스 성법신국의 비밀 조직이었다. 교의에 반하는 신관을 처벌하는 비공식 부서지만, 실상은 단순한 암살 조직. 법황과 사제의 명에 따라서 적을 말살하는 위험한 부대였다.

"후우…… 이 이야기는 가슴속에 넣어 둬. 그보다도 휴가는 허가했으니까 애들 잘 돌보고 와. 멍청한 짓을 할 때는 흠씬 두들겨

패는 것도 교육이야."

"아이를 때리는 건 학대 아닌가요? 솔직히 내키지 않아요."

"세상을 우습게 보는 꼬맹이한테 분별력을 가르치는 것도 어른의 역할이야. 감싸고도는 게 전부는 아니지."

"그렇다고 사정도 안 듣고 때릴 수야 있나요……. 교육은 어렵네요."

"그걸 알면 실수할 일도 없겠지. 아무튼 조심해서 다녀와."

"네…… 제가 없는 동안 잘 부탁드릴게요. 언제 갈지는 다음에 보고하러 올게요."

"그래라. 그럼 나는…… 세 병만 더 마실까? 받은 물건이니까 아낄 필요도 없지. 오늘 안에 전부 비울 수 있을지……."

"……."

멜라사는 책상 아래에서 술병을 꺼내서 코르크 마개를 손가락으로 뽑고 병째로 들이켰다.

이게 사제라는 사실이 믿어지지 않았다. 왜 이단 심문에 걸리지 않는 것일까?

좌우지간 이렇게 루세리스의 휴가 신청은 통과되었다.

 # 제7화 아저씨, 아이들과 사냥을 나서다

마침내 아이들이 첫 사냥에 나서는 당일.

어찌어찌 아이들의 체격에 맞는 장비는 완성됐다.

약 닷새에 걸쳐 제작한 장비였다. 덧붙이면 세기말 패션은 전혀 반영되지 않았다.

당초 죠니가 발안한 디자인을 존중하려고 시행착오를 거쳤으나, 아이들의 안전을 고려하여 그 기획은 어쩔 수 없이 파기됐다(도중에 귀찮아져서 때려치웠다고도 할 수 있다.).

아저씨는 교회로 가서 아이들에게 장비를 건넸다. 그랬더니 아이들이 그 자리에서 옷을 훌렁 벗어 던지는 것이 아닌가? 남자 세 명은 몰라도 안제와 카에데는 문제가 있었다.

루세리스가 화들짝 놀라며 두 사람을 안쪽 방으로 데리고 갔다.

어쨌거나 이렇게 아이들은 겨우 자신의 장비를 얻었다. 대신 자신들이 구입한 중고 장비를 아저씨에게 줬지만, 솔직히 필요 없었다.

아저씨는 안제, 죠니, 라디, 카이 네 사람에게 공통으로 브레스트 플레이트, 건틀릿, 철판을 넣은 레더 부츠를 맞춰주고, 무기로 쇼트 소드에 해체용 나이프, 활과 화살, 단창을 줬다. 추가 장비로 버클러까지 준비했다.

카에데에게는 원래 가지고 있던 일본풍 경갑을 바탕으로 경량화, 금속 강화 등 개량을 거친 갑옷을 만들어줬다. 외관은 오타쿠 마음을 자극하는 무사 소녀 장비였다.

무기는 카타나와 소도(小刀), 활, 십자창을 준비했다.

그 장비들을 착용한 아이들의 반응은……

"펑키하지 않아……. 가시 어깨 패드 같은 임팩트를 바랐는데."

"실망했어, 아찌……. 맨가슴에 사슬만 감는 걸 기대했는데 개성이 없잖아?"

"다 똑같아…… 너무 대충 만든 거 아니야? 나, 이런 거 창피해서 못 입는데…… ."

"고기를 먹을 수 있으면 아무래도 상관없어…… . 고기이이~."

혹평이 쏟아졌다.

세기말 패션은 확실히 개성적이었다. 하지만 실용성이 전혀 없으며 방어 성능은 없는 것이나 다름없었다.

애초에 사냥에서 피부 노출은 위험하며 옷도 두껍게 입는 것이 기본이었다.

옷은 날카로운 발톱과 이빨을 가진 마물에게는 무력해도 가시나 예리한 잎을 가진 식물은 막는 데는 효과적이었다. 식물에는 으레 독이 있고 자그마한 상처로 감염되는 경우도 있기에 대책을 세우지 않으면 위험했다.

몸을 지키려면 외관보다 실용성이었다.

"너희…… 세기말 패션으로 사냥을 할 수 있을 줄 알았어? 그러면 금방 죽어."

"죽으면 수녀님이 울겠지?"

"어쩔 수 없지. 우리가 돈을 벌어서 강화하자."

"조금 무거워…… . 격을 높여야겠네."

"빨리 고기를…… 나에게 고기를 줘~."

아이들도 루세리스에게 걱정을 끼치면 안 된다고 판단하여 바로 수긍했다.

하지만 막상 장비를 입자 아이들은 무거워서 움직이는 것조차 어색해했다. 이대로 사냥이 가능할지는 의문이지만, 처음이라면 이 또한 어쩔 수 없었다.

한편, 카에데는 장비가 마음에 들었는지 만족스러워 보였다.

"나쁘지 않아……. 이게 나의 무구인가…… 후후후."

다만, 눈이 요사스럽게 번득였지만……. 이게 정말로 어린아이의 눈매인가 싶었다.

"죄송해요! 애들이 버릇없이 굴어서 죄송해요!"

그리고 루세리스는 고개 숙이기 바빴다.

딱히 신경 쓰지 않지만, 이렇게까지 미안해하면 되레 겸연쩍었다.

그러는 루세리스의 장비는 로브 위에 착용한 브레스트 플레이트와 손목, 발목 보호구, 무기는 모닝 스타와 카이트 실드였다.

클레릭 같은 그 복장이 신관의 표준 장비라고 했다.

"방패가 제법 크네요. 하지만 이번에는 인솔만 하니까 방패를 드실 필요는 없어요. 여차하면 제가 지키면 되고요."

"무슨 일이 있을지 모르니까요. 만약을 위해서 중무장했어요. 위험해지면 제가 방패로 막아서 시간을 벌게요."

"아이들이 걱정되는 건 알지만, 너무 긴장하지 않았나요? 참고로 루세리스 씨는 사냥 경험이 있으신지……?"

"수도원에서 수행할 때 조금요. 신성 마법을 배우려면 격을 올려야 했어요. 교리로는 살생을 금하지만요……."

"신의 사도가 살생이라. 『마물은 부정한 존재니까 죽여도 된다』라고 말할 것 같네요."

"어떻게 아셨죠? 사제님이 똑같은 말씀을 하셨어요."

"살기 위해 살생은 당연한 행위인데 거기에 굳이 이유를 붙여야 하나……. 자연의 섭리를 부정하면서 대의명분이 있으면 죽여도 된다는 게 영…….”

생물을 죽이는 행위가 죄악이라고 하지만, 먹고 살려면 필요한 일이다. 4신교는 그 사실을 부정하면서 필요할 때는 그럴싸한 변명을 늘어놓는다.

심지어는 전쟁조차 대의명분을 만들어서 정당화한다. 그야말로 아전인수식 해석이었다.

“국익을 위해 아무렇지 않게 살상을 용인하면서……. 자애와 관용은 어디로 갔는지 원.”

“그래도 식사 때면 항상 『양식이 되어준 생명에게 감사합시다』라고 기도를 드려요. 저는 신경 쓰지 않지만, 잘 생각해 보면 부정한 마물을 아무렇지 않게 먹죠? 제가 말하기도 그렇지만, 앞뒤가 안 맞는 것 같아요.”

“아무리 생각해도 위선인데…….”

“그런 점에서 저 아이들은 자연스럽게 살아가요. 정육점에서 해체 작업을 돕기도 했고요.”

“저 아이들…… 평소에 뭘 하고 다니는 겁니까? 아직 독립하지 않은 게 이상할 정도인데…….”

“글쎄요…… 저도 저 애들의 활동 범위를 파악할 수 없어요. 가끔 환락가에서 봤다는 소문도 들리고…….”

신출귀몰한 아이들은 활동 범위가 이상하게 넓었다. 구시가지뿐 아니라 신시가지 구석까지 걸음을 옮기는 모양이었다. 환락가 뒤에는 매음굴도 있어서 아이가 갈 곳이 아니었다.

많은 비밀을 가진 그 아이들은 지금 검을 휘두르거나 방패를 들면서 장비를 확인하고 있었다.

어디서 그런 지식을 얻었는지 미스터리였다.

"아찌, 어서 가자!"

"수녀님이랑 노닥대는 것도 좋지만, 우리를 잊은 거 아니야?"

"준비 완료! 의욕도 충만!"

"자, 가자! 고기가 우리를 기다린다!"

"흠…… 철 태도(太刀)의 상태가 제법 좋군. 이거라면 싸울 수 있겠어……."

앞으로 일주일간 근처 마을까지 가서 숙소를 잡고 저레벨 용병이 사냥터로 쓰는 숲에서 아이들의 실전 훈련을 쌓을 계획이었다. 이 숲은 특별히 이름이 붙지는 않았지만, 신규 편입된 기사가 훈련하는 곳으로 알려졌으며 용병들의 용돈벌이 장소로도 유명했다.

그곳에서는 파프란 대산림 지대에서 흘러든 것으로 추정되는 다양한 마물이 출현하며, 약한 슬라임부터 시작해 【블래스트 보어】라는 강력한 거대 멧돼지까지 상대해 볼 수 있었다.

모두 흔한 마물이긴 하지만, 이스톨 마법 학교가 실전 훈련에서 이용한 라마흐 숲보다 마물이 강했다. 꼬꼬들과 훈련하며 스킬 레벨이 괴상하리만큼 올라간 아이들에게는 적당한 훈련장이었다.

무엇보다 스킬 레벨이 높으면 신체 레벨은 오르기 어려웠다. 안전하게 라마흐 숲에서 사냥하기보다 이번에 가는 숲에서 사냥하는 편이 효율적이었다.

물론 그만큼 위험하겠지만…….

"그런데 그 마차는 어디서 난 겁니까? 교회 소유 마차는 아닌 것 같은데……."

교회 옆에 마차 한 대가 서 있었다. 마부석에는 음침해 보이고 마른 중년 남성이 한 명 앉아 손님이 타기를 기다렸다.

"사제님이 빌려주셨어요. 돌아올 때는 마을에서 마차를 빌려야 하지만요. 여차하면 걸어서 돌아오지 못할 거리도 아니에요."

"렌털 마차…… 그런 사업도 있나요? 처음 알았네요……."

렌털 마차는 주로 농촌에서 도시로 장사하러 오는 사람들이 이용했다.

아침 일찍 도시 시장에서 장사를 하려면 이동수단이 필요한데 모든 농민이 짐마차를 가졌을 리는 없었다.

특히 작은 농촌에서는 마을 공용 마차를 이용하는 경우가 많아서 시장에 나가 장사하려면 아무래도 수가 부족했다. 그럴 경우 이렇게 렌털 마차를 이용했다.

이런 마차는 각 마을에 지점이 존재해 일정 거리를 왕복하는 식으로 운영됐다.

당연히 마부도 있었다. 일종의 운송업이라고 생각하면 좋을 것이다.

"……도적에게 공격당하지 않나요? 좋은 먹잇감 같은데요?"

"도적들은 이런 마차를 공격하지 않는다고 해요. 얻을 건 적은데 지명수배당하기 쉬워서요."

사실 이 렌털 마차를 운영하는 곳은 용병 길드였다. 운행 거리와 도착 시간을 철저하게 관리하므로 도착이 늦으면 바로 문제를 파악하고 용병들이 출동한다. 만약 도적이 있다면 순식간에 포위망에 갇힌다.

말에도 낙인이 찍혀서 훔쳐 가도 곧바로 덜미가 잡힌다. 게다가 수는 적으나 마도구로 수 시간 간격으로 감시하는 마차도 있으므로 붙잡힐 가능성이 너무 높았다.

물론 100퍼센트 안전하다고는 보장할 수 없지만…….

덧붙이자면 돈이 많은 상인은 보통 개인 마차를 이용하므로 이런 마차에 타지 않았다.

"거참…… 잘 짜여 있네요."

"지명수배되지만 않으면 도적들도 탈 수 있다고 해요."

"도적들이 도망갈 수단으로 쓴다고요? 하지만 마부가 얼굴을 보면 바로 탄로 나잖아요? 아니지, 조직적으로 운영하니까 함부로 행동하지도 못하겠군……."

"아무튼 빨리 출발해요. 아이들은 이미 마차에 탔어요."

"앗…… 깜빡했네요. 일상적인 대화에서도 배울 점이 많군요."

반쯤 강제로 S랭크 용병으로 등록된 아저씨는 이런 정보를 얻을 기회가 없었다.

애초에 루세리스의 정보원은 쟈네며, 그녀는 단계별로 용병 랭크를 올리는 중이었다. 그에 비해 아저씨는 공작가라는 뒷줄을 통해 일시적으로 용병이 됐기 때문에 이런 상식이 부족했다.

참고로 S랭크 용병 등록은 아직 해지되지 않았다. 제로스에게는 상관없는 일이었지만, 용병 길드는 귀중한 병력을 놓아주고 싶지 않은 듯했다.

그러다가 길드의 비밀병기로 영구 등록되지만, 이 시점에서는 아직 알 턱이 없었다.

"그럼 갈까요?"

"""""우오오—! 파트너들도 의욕이 넘친다!"""""

파트너란 꼬꼬 다섯 마리였다. 한 사람당 한 마리가 호위로 붙었다.

아마도 아이들의 사형(師兄)쯤 되나 보다.

"아무 일도 없으면 좋겠네요."

"수녀님…… 출발 전에 그 대사는 불길하지 않나?"

카에데의 한마디는 절대로 우스갯소리가 아니었다.

"그래, 출발할까……? 헤헤헤, 흥분되는군…… 히헤헤헤헤……."

"""""""뭔가, 안 좋은 예감이……."""""""

마부의 눈빛이 위험했다. 마치 수상한 약물 중독자처럼 눈에 핏발이 섰고 입으로 침을 흘렸다.

"햐———하하하하하! 꽉 잡아라, 퍼킹 베이비들~! 지금부터 최고로 즐거운 천국에 데려가 주마! 키하하하하하하하하하!"

그리고 돌리기 시작한 마차에서 마치 소방차 사이렌 같은 소리가 울렸다.

바퀴가 회전하면 소리가 나는 장치가 달린 것 같았다.

"히헤헤헤헤헤, 이 격렬한 비트가 내 무개념 하트를 뜨겁게 달군다아아아! 이 몸의 허니들은 끝내주지~! 이제 그 누구도 우리를 막을 수 없어. 종점까지 노———온스톱! 똥구멍은 잘 닫았냐? 지금부터 쉴 새 없이 천국을 보여주마, 히이이얏하!"

그리고 마차가 맹속력으로 달려 나갔다.

마부는 고삐를 쥐면 인격이 변하는 사람 같았다.

"뭐야, 이제 보니 말이 슬레이프니르야?! 왜 이런 곳에 성수가…… 으젝?!"

"히하하하하! 혀 깨물었냐~? 너희는 입 다물고 짐칸에서 기도나 하라고! 지금부터는 이 몸의 스테이지, 이 몸이 하이웨이 스타다아아아아아아아아아아아아!"

"""""""살려줘어어어어어어어어어어어!"""""""

"케헤헤헤헤헤헤! 우는 소리가 듣기 좋은데~? 마지막까지 나를 즐겁게 해 보라고, Yeeeeeah!"

마차는 멈추지 않고 달린다. 멈출 리가 없었다. 마부가 맛이 갔으니…….

렌털 마차는 용병 길드 소유지만, 아무래도 제대로 된 인재는 없는 것 같았다.

스피드광이 조종하는 마차는 산토르 정문을 쏜살같이 통과해 검문도 무시한 채 앞을 달리는 마차를 제쳤다. 심지어 손님에 대한 배려는 눈곱만큼도 없었다.

그 감당할 수 없는 마차의 속도와 흔들림에 일행은 정신을 잃었다.

차츰 흐릿해지는 의식 속에서 마부의 『뭐야, 벌써 가 버렸냐~? 내 하트와 아랫도리는 아직 팔팔하다고~! 히하하하하!』라는 천박한 목소리가 들렸다.

그러나 아무도 불평하지 못했다. 모두 깊은 어둠 속으로 떨어져 버렸기에…….

◇　◇　◇　◇　◇　◇　◇

　정신을 차리자 그곳은 어떤 도시였다. 실제로는 마을이지만, 마을이라고 하기에는 화려한 거리였다.

　원래는 요새로 물자를 옮기려고 만든 중계지며 근처 숲에서 약초와 마물 소재를 구할 수 있기 때문에 많은 용병이 방문하면서 발전한 마을이었다.

　격을 올리려는 용병들에게 많은 소재가 들어오고, 그것을 사려고 상인이 모여들게 된 것이 약 10년 전 이야기였다.

　파프란 대산림 지대를 경계하는 【노가스 요새】와 산토르의 거의 중간에 위치하며 유사시 바로 포위망이 깔리는 지역이기 때문에 도적도 없어서 비교적 안전했다.

　하지만 이런 마을에 오는 사람은 용병처럼 혈기왕성한 자가 많았다. 당연히 사건, 사고도 잦아 자경단과 경비병이 상주했다.

　마차는 이미 용병 길드 소유 정류소에 세워져 있었다. 미친 마부와 마차를 끌던 슬레이프니르는 어디에도 보이지 않았다.

　깨어난 아저씨가 주위를 돌아보자 옆 마구간에 말 여섯 마리가 보였다.

　"……살아 있다. 나는…… 살아 있다아아아!"

　공포에서 생환한 환희와 밀려오는 안도감이 마음을 가득 채웠다. 진심으로 세상이 아름답다고 생각한 순간이었다.

　'그런데 설마 슬레이프니르 세 마리가 견인할 줄이야……. 그 마

부, 정체가 뭐지? 설마 전생자는 아니겠지?'

【소드 앤 소서리스】의 레이드가 떠올랐다.

무리 지은 악마를 상대로 전선이 고착됐을 때, 적 전열을 무너뜨리기 위해 기마 부대를 보냈는데 그중에 그와 비슷한 미치광이가 있었다.

슬레이프니르를 타고 거대한 랜스를 꼬나들고 돌격하던 기사 모습의 소환사. 남 말 할 처지는 아니지만, 마법사면서 강행 돌파를 좋아하는 이해하지 못할 인간이었다.

원래 소환사는 계약한 마물과 성수를 앞에 세우고 후방에서 마법으로 공격하는 지원형 마도사였다. **원래는.**

하지만 그 소환사는 기사 장비를 착용하고 괴성을 지르며 전선으로 돌격했다. 게다가 그는 다른 레이드에서도 불쑥 나타났다.

어떤 레이드에서는 『햐하하하하하하하! 죽어라, 죽어, 죽어어어어! 너희 비명으로 퍼킹 비트를 찍어주마, 비용은 네놈들 목숨이다~! 사양할 필요 없어! 자~, 이 몸에게 비명을 들려줘~, 뜨겁고 격한 샤우트를 들려줘~!!』라며 영문 모를 소리를 질러 주변 사람을 식겁하게 했다.

'그 마부…… 그 인간을 닮았어. 설마 아니겠지……?'

아저씨는 레이드 중에 그 소환사에게 치인 적이 있었다.

레벨이 낮았다면 **부활 지점**으로 돌아가서 전선으로 복귀하지도 못했을 것이다.

솔직히 떠올리기도 싫었다.

"맞아! 아이들은……."

짐칸을 돌아보자 아이들은 모두 눈이 핑글핑글 돌고 있었다.

폭력적이기까지 한 폭주를 체험했으니까 이렇게 되는 것도 당연했다. 아무도 떨어지지 않은 게 천만다행이었지만, 마음에 트라우마가 생기지나 않았을지 걱정이었다.

"무사해서 망정이지 떨어졌으면 어쩔 뻔했어? 왜 그런 위험인물을 보낸 거야……?"

"꺄!"

"……꺄?"

폭주한 마부에게 의문을 품으면서 왼손으로 옆을 짚었을 때였다. 놀라는 소리와 함께 부드러운 감촉이 손을 타고 전해졌다.

아저씨는 어디에 손이 닿았는지 보지 않았지만, 불길한 예감이 마음을 스쳤다.

"……."

마치 기계처럼 뻣뻣하게 목을 돌리자 자신의 손은 상상하지도 못한 것을 거세게 움켜잡고 있었다.

난감하게도 고개를 돌리는 과정에서 부드러운 것을 확인하려고 두세 번 더 주물러 버렸다.

""……….""

어색한 표정을 지은 아저씨와 얼굴이 홍당무처럼 달아오른 루세리스.

두 사람은 말없이 바라봤다. 그래도 아저씨의 손은 그곳을 떠나지 않았다.

그녀의 풍만한 가슴에서…….

"죄, 죄송합니다! 서, 설마 이런 일이……! 이런 기쁜…… 아니 아니, 행운—이 아니라, 아무튼 죄송합니다!"

"하으아아?! 아뇨, 일부러 그러신 게 아니면 괜찮지만…… 빨리 손 좀 치워주세요~! 이대로 있으면 저, 못 일어나요……."

"으아악?! 죄송합니다! 알고 나니까 비키고 싶지 않— 아니, 바로 비키겠습니다. 아쉽지만……이 아니라 정말로 일부러 그런 게 아니에요!"

기쁘고도 창피한 해프닝이었다. 하지만 당사자는 당황해서 뭘 느끼거나 할 경황이 없었다.

오랜 독신 생활로 이런 러브 코미디 같은 시추에이션이 벌어질 줄은 생각하지도 못했다.

가능하다면 조금 더 이대로 있고 싶다는 강한 충동이 밀려왔다. 여자와 인연이 없었던 만큼 의외로 짐승이 된 것인지도 몰랐다.

"아…… 아직도 심장이 벌렁거려. 설마 이 나이에 이런 이벤트가 있을 줄은……."

"으으, 처음으로 남성에게……. 창피해서 얼굴도 못 보겠어요……. 이런 건 아내분에게만 해주세요……."

"아내, 되실래요? 뭣 하면 오늘 밤에라도……."

"그런 농담 하지 마세요! 더 창피하잖아요……."

"아뇨. 제법 진심입니다. 오늘 밤에라도 침실로 가도 될지……."

"오지 마세요! 아직 마음의 준비가……."

"……네?"

""……………….""

아저씨는 쑥스러워서 되는대로 지껄인 소리였지만, 루세리스의 자폭으로 분위기는 더더욱 어색해졌다.

『마음의 준비가 되지 않았다』라는 말은 바꿔 말하면 『마음의 준비가 되면 와도 된다』는 뜻이나 다름없었다.

서로 말없이 고개를 숙인 채 어색한 침묵에 잠겼다. 요즘 중학생도 이보다는 숫기가 있을 것이다.

"""""그냥…… 결혼해, 리얼충들…….""""

그런 두 사람을 어느새 깨어난 아이들이 보고 있었다.

"이, 일어났어요?!"

"이 아이들이라면 진작 일어나서 몰래 보고 있었는지도 모르죠~. 그런데 용케 그 속도에서 떨어지지 않고 버텼네요."

"역시 아찌야! 그 형은 너무했어."

"하마터면 죽을 뻔했어. 우리는 꿈을 이루기 전까지는 못 죽는다고."

"놀고먹기 위해서지만. 그래도 그게 우리 꿈이지."

"고기…… 고기가아아…… 육즙 범벅이 돼서……."

"카이, 너는 무슨 꿈을 꾸는 거냐?"

아무래도 아이들도 마차의 속도는 괴로웠나 보다.

생각해 보면 이 세상에서는 대부분의 사람이 자기 다리로 걷고 장거리는 마차로 이동한다.

초고속으로 달리는 탈것은 없으며 말보다 빠른 생물은 새 정도밖에 없다. 하지만 슬레이프니르는 달랐다.

그 속도는 제로스의 바이크에 뒤지지 않고 시속 130킬로미터를 넘었다.

게다가 성수였다. 앞을 가로막는 자가 있으면 밟아 버리고 나무가 쓰러져 있으면 번개로 박살 냈다. 성질이 사나운 데다가 적은 모조리 죽이는 흉악한 말이었다.

"그런데…… 용병 길드는 슬레이프니르를 사육하나요? 손님을 태우고 이렇게 달리는 법이 어디 있습니까?"

"슬레이프니르가 뭐죠? 마물인가요?"

"그거부터 설명해야 하나요……. 슬레이프니르는 말의 모습을 한 성수예요. 마물과는 다르지만, 성질이 난폭하죠. 사람을 잘 따르지 않고 마음에 안 드는 것은 가차 없이 박살 낼 정도로 흉악합니다. 주로 신화 속 신이 타는 신수로 유명하고요."

"……그 말들이요? 그게 성수…… 아주 사나워 보였어요. 야생마가 귀엽게 보일 정도로……."

"인정한 사람이 아니면 태우지 않는다고 하니까요. 성수 아니랄까 봐 마물보다 훨씬 강합니다. 이것들이 날뛰기 시작하면 대책이 없어요……. 발견해도 근처에 가지 않는 게 상책입니다."

성수는 마물과는 궤를 달리하는 생물이었다.

힘도 마수보다 훨씬 강하며 한 속성에 특화한 탓에 감당하기 어려웠다.

저레벨 성수라도 고레벨 마수에 필적하는 힘을 가진 셈이었다.

"어쨌든 마을에 도착했으니까…… 다음은 숙소를 잡으러 갈까요?"

"이 마을에 숙소가 있을까요? 저는 산토르 말고는 아는 곳이 없어서요……."

"괜찮아, 수녀님!"

"우리는 야영하면서도 살 수 있어!"

"고기가 있으면 어디든 상관없어……."

"길거리 생활이 하루, 이틀인가!"

"본인은 부모와 여행하여 야영에는 익숙합니다. 문제없습니다."

고아인 아이들은 야영도 아무렇지 않은 듯했다. 정말로 다부진 아이들이었다.

원래 뒷골목에서 자고 음식점 쓰레기를 뒤지던 경험도 있었다.

잡초 근성이 강하고 헝그리 정신으로 똘똘 뭉친 그들이 어쩌면 신출내기 용병보다 강할지도 몰랐다.

"그나저나 우리 꼬꼬 친구들은? 분명히 마차에 탔을 텐데 안 보여."

"그러고 보니……. 그 닭들은 어디로 갔죠?"

꼬꼬들은 일행이 기절한 뒤 홀연히 모습을 감추었다.

"혹시 떨어졌나?"

"그 녀석들이라면 괜찮지 않을까? 쉽게 떨어져 나갈 꼬꼬도 아니잖아."

"우리 파트너니까 분명히 사냥감을 찾고 있을 거야."

"만약 잘못됐으면 고기로……."

"카이 군?! 그 꼬꼬들은 파트너 아니었어? 정말로 먹을 생각이야?!"

파트너란 무엇일까? 아저씨는 카이의 식욕을 도무지 헤아릴 수 없었다.

배가 고프면 파트너고 뭐고 잡아먹는다. 그에게 파트너란 비상식량이었다.

『뭐 어때, 아가씨. 이런 꼬맹이들은 놔두고 우리랑 놀자고.』

『노, 놓으세요! 누, 누가 좀 도와줘요!』

『사람을 왜 불러! 우리가 나쁜 짓이라도 한 줄 알겠네.』

『그럼그럼. 앞으로 우리랑 좋은 일을 할 건데 사람을 악당처럼 말하면 쓰나~?』

ᄭᄭᄭᄭ꼬끼————!(길티!)ᄔᄔᄔᄔ

—우둑! 뻑! 콰직! 쿵! 퍼픽! 빠악!

""⋯⋯⋯⋯⋯⋯.""

거리 쪽에서 불길한 소리가 들렸다.

꼬꼬들은 무사했고 거리에 나타난 악을 응징하고 있었다.

"무사해서 다행이야⋯⋯. 바로 활동을 개시했군. 저게 습성인가?"

"저기⋯⋯ 과잉 진압 아닌가요? 엄청 위험한 소리가 들렸는데."

"꼬꼬에게 습격당할 짓을 하는 게 잘못이죠. 억지로 여자를 겁박했으면 벌을 받아도 할 말 없습니다."

"일단 치료하는 편이 좋지 않을까요? 나중에 고발당하면 큰일이에요."

"괜찮습니다. 귀를 기울여 보세요."

시킨 대로 루세리스는 바깥쪽으로 귀를 기울였다.

『쳇! 이것들 살아 있잖아?』

『그냥 지금 죽여서 묻을까? 주제도 모르고 설치는 쓰레기들인데 행방불명된다고 누가 찾기나 하겠어? 숲에 버리면 마물이 알아서 처리해주겠지.』

『그 꼬꼬들이 좋은 일을 했군. 인간이었으면 술이라도 샀을 거야.』

『죽어! 이 쓰레기들!』

『우리 딸한테도 해코지했어. 그날 이후로 무서워서 밖으로 나오지도 못해! 천벌받은 것들.』

악당들은 꽤 미움받는 모양이었다. 뒤처리는 신경 쓰지 않아도 될 듯했다.

"……봤죠?"

"괜찮을까요? 일단 경비병에게 신고하고 법대로 재판을 받아야 하지 않나요?"

"루세리스 씨…… 법은 말이죠, 딱히 백성을 위해 있는 게 아니에요. 법을 알면 빠져나갈 구멍도 얼마든지 있고 선한 사람도 악인으로 처벌할 수 있어요. 법이 백성을 지킨다고 생각하면 언젠가 발등 찍힙니다?"

"왜 그렇게 단정적으로 말씀하시죠……? 옛날에 무슨 사건에 말려들기라도 하셨나요?"

"네. 떠올리기도 싫지만…… 친누나가 일으킨 사건에…….

경험자였다. 법률이 반드시 무고한 사람을 지켜주지는 않는다.

아저씨는 누나의 이혼 조정에서 왠지 증인으로 말려들었다.

부부 사이에 무슨 일이 있었는지 알 리가 없건만, 다른 증인들이 누나를 이상할 만큼 착한 사람으로 보고 있어서 경악했을 정도였다. 누나의 악랄함을 아무리 주장해도 남편이 먼저 바람을 피웠기 때문에 결국 본질적인 부분은 얼렁뚱땅 넘어간 채 합의를 보고 끝나 버렸다.

그래서 법률 따위 믿지 않았다.

"이 이야기는 그냥 넘어가죠. 지금은 숙소부터 찾아야 합니다."

"그러네요. 이만큼 발전한 마을이면 숙소 정도는 있겠네요."

"그런데…… 아이들은 어디 갔죠?"

아이들은 먼저 거리로 나와 있었는지, 제로스와 루세리스가 정류소 오두막에서 나와 잠깐 걷자 바로 보였다.

문제는 그들 앞에 있는 건물이었다…….

"아찌! 이 숙소에 방이 있나 봐."

"핑크색 간판이야. 신기해."

"묵을 수 있으면 어디든 상관없어. 그리고 고기만 먹을 수 있다면."

"너, 고기만 먹으면 살찐다?"

"그런데 왜 간판에 남녀가 알몸으로 그려져 있지? 숙소 같지 않다만……."

""으아아———?!""

화려한 핑크색 간판에 몸을 섞는 남녀의 검은 실루엣.

아무리 봐도 그 행위를 목적으로 한 숙소였다. 아이들과 함께 머물기에는 너무 불건전했다. 애초에 아이들과 이런 곳에서 숙박할 생각도 없고 들어갈 용기도 없었다.

이런 숙소를 고르는 것은 최후의 수단이었다.

"러브호텔…… 이 세상에도 있구나. 하긴, 인간은 1년 365일 발정하는 동물이니까. 그보다 여긴 뭐 하는 마을이야……."

"이, 이 간판은 너무 노골적이에요! 이런 숙소에서 나오는 걸 들키면……."

"휴식 3천 골…… 1박 6천 골. 아무리 저렴해도 저는 사양하고

161

싶네요…….”

“누가 이런 숙소를 시작한 걸까요? ……응? 저건…….”

간판에는 【창업 300년, 호텔 뉴 문나이트 츠키시마】라는 글이 대문짝만하게 적혀 있었다. 그리고 왠지 구석에 호텔 창업자 이름이 들어가 있었는데, 그 이름이 【켄지 츠키시마】였다.

“이 이름으로 보아…… 창업자는 설마 용사?! 왜 러브호텔 경영자가 된 거야? 무슨 일이 있었는지 엄청 궁금해! 게다가 창업 300년?! 전통 있는 가게잖아!”

“말도 안 돼, 이 호텔 첫 경영자가 용사?! 대체…… 무슨 생각이었던 걸까요?”

300년 역사와 전통을 자랑하는 러브호텔. 심지어 다른 지역에도 지점을 두었다니 거의 재벌 규모였다.

숙소 앞 게시판에는 창업 이후 역사가 상세하게 기록되어 있었다. 마치 문화재에 있는 설명문 같았다.

이 세상에 성욕이 존재하는 한 이용자가 끊이지는 않으리라.

““““아찌, 여기서 자자. 왠지 몰라도 싸잖아.”””””

““여긴 안 돼――! 분명히 다른 목적을 가진 호텔이니까――!””

“음…… 대체 뭐가 문제지?”

아이들에 설명할 수는 없었다.

아니, 성교육은 필요하겠지만, 이런 곳에서 알려줄 필요는 없었다.

“여기는 절대로 안 돼. 평범한 숙소를 잡죠…….”

“그래요……. 아이들 교육상 안 좋고…… 저도 이런 곳은 조금…….”

수습이라도 신관이 묵을 숙소는 아니었다. 돌아보니 주변에는 민박을 운영하는 가정이 많았다. 이 마을의 주된 산업은 숙박업과 농업인 모양이었다.

숙소가 많다면 외관이 깨끗하고 저렴한 곳이 좋았다.

아저씨 일행은 시간을 들여서 자신들에게 맞는 숙소를 고르기로 했다.

거리를 돌아본 일행은 결국 로그하우스 같은 숙소에 묵기로 결정했다.

문으로 들어가자 인상 좋은 초로의 여성이 카운터에서 일행을 반겼다.

"어서 오세요. 숙박하실 건가요?"

"네. 3일간 부탁합니다. 어쩌면 며칠 더 연장할지도 모릅니다."

"빈방이 두 개 있는데…… 아이들이라면 괜찮겠네요."

"요금은 선불인가요? 일단 3일 치를 계산하고…… 연장하게 되면 나중에 더 지불하겠습니다."

여관의 이름은 【숲의 나무 그늘】. 방이 여섯 개밖에 없지만, 구석구석 깨끗했고 느긋하게 쉬기 좋은 차분한 분위기였다. 처음 봤던 숙소와는 천지 차이였다.

나무 향과 최소한으로 놓인 장식품이 오히려 마음을 편안하게 해줬다.

"그럼 방으로 안내해드릴게요."

아저씨는 아주머니를 뒤따라갔다.

안내받은 방 중 하나는 아이들이 묵을 방이었고 3단 침대가 두 개 설치되어 있었다.

방 자체도 제법 넓었고 용병이 숙박할 것을 전제로 한 듯한 인테리어였다.

이때 제로스는 깨달아야 했다. 한 방을 아이들이 쓴다는 의미를……

"……정말로?"

"으으……."

아저씨와 루세리스가 안내받은 방은 큰 더블베드가 중앙을 떡하니 차지하고 있었다.

"우후후, 두 분은 이 방을 쓰세요. 괜찮아요, 저도 다 아니까."

"아니, 남녀가 한 방에 있는 것 자체가 위험한데요……."

"그, 그래요! 다른 방은……."

"지금 남는 방이 없어서요. 내 눈치 볼 것 없으니까 마음껏 사랑을 나누세요~."

""아직 그런 관계가 아니거든요?!""

아주머니는 활짝 웃으며 엄지를 척 들었다.

"다 알아요~. 나이 차이가 신경 쓰여서 그러죠? 괜찮아요, 저한테 다 맡겨주세요!"

"뭐, 뭘 맡기라는 거죠?"

"결혼하기 전에 같은 방을 쓰면 안 되잖아요. 아이들 방 침대가 하나 비니까 루세리스 씨는 그쪽에서……."

"총각, 쑥스러워할 필요 있어? 젊어서 부러워. 불타는 밤을 보내도 괜찮아. 이 방은 방음이 잘 되니까."

"뭐가요?! 사람이 말을 하면 들으세요! 왜 중매쟁이 아줌마처럼 말씀하냐고요!"

"신경 쓰지 마, 신경 쓰지 마. 남녀 관계는 몸으로 확인하지 않으면 모르는 것도 있어. 사양하지 말고 즐겨. 우후후후."

쓸데없는 배려가 얄미웠다. 아주머니는 전부 이해한다는 것처럼 웃으며 좋은 일을 했다는 양 고개를 주억거리면서 떠났다.

자신이 괜한 오지랖을 부렸다는 인식이 전혀 없었다.

제로스와 루세리스는 어색한 침묵이 떠도는 방에 단둘만 남게 됐다.

 ## 제8화 아저씨, 아이들에게 경악하다

더블베드가 놓인 방에 남은 아저씨와 루세리스.

가뜩이나 서로를 의식하는 두 사람에게 이 환경이 마음 편할 리 없었다.

그나마 소파가 있어서 다행이었다. 하지만 불상사가 아예 없으리라는 보장은 없었다. 루세리스는 불안하게 아저씨를 바라봤다.

"에휴…… 어쩔 수 없네요. 베개도 두 개 있으니까 제가 이 소파를 쓸게요. 루세리스 씨가 옷을 갈아입을 때는 밖으로 나가고요."

"저, 저기…… 제로스 씨도 갈아입으셔야 하지 않나요? 둘 다 갈아입어야 할 때는 어떻게 하죠?"

"남자는 알몸이 아니면 조금쯤 보여도 신경 쓰지 않아요. 게다가 뭔가 잊은 것 같은 기분이…… 앗, 아이들 나이가 열세 살이었죠? 남자애, 여자애가 같은 방을 써도 되나요? 이제 이성에 관심이 생길 나이인데."

"아?! 그, 그럼 저랑 안제, 카에데가 이 방을 쓰면 되지 않을까요?"

"침대가 넓으니까 그것도 한 가지 방법이네요. 애들한테 물어볼까요?"

"그, 그러죠! 갑자기 같은 방을 쓰는 건 저도 너무……."

루세리스는 긴장하여 어색한 발걸음으로 아이들이 있는 방으로 가려고 문을 열었다.

"저기요, 루세리스 씨? 팔다리가 동시에 나가는데요?"

그 모습은 마치 옛날 장난감 로봇 같았다.

루세리스는 한 줄기 희망을 걸고 아이들에게 방을 다시 나누자고 제안했지만…….

"""""안 돼! 수녀님은 아찌랑 붙어야 해!"""""

"왜요~?!"

그 소망은 허무하게 무너졌다.

"아무리 그래도 남녀가 한방을 쓰는 건 조금……."

"우리는 양육원에서도 같은 방 써."

"수녀님도 슬슬 본인의 행복을 생각해야지. 아찌한테 마음 있지?"

"이대로 가면 쟈네 누나랑 같이 혼기를 놓칠걸?"

"잘됐네, 아찌! 부인이 둘이야. 하렘이다, 하렘~."

"음, 이제 수녀님도 가정을 가질 때지. 본인도 다른 의견에 찬성합니다."

여관 아주머니처럼 아이들도 대단한 이해심을 가지고 있었다.

참고로 남은 침대에는 다섯 꼬꼬가 자리 잡아 이미 빈자리가 없었다.

"어쩌지……. 아마 이 아이들은 방을 나눌 생각이 전혀 없어요. 포기하는 게 낫겠는데요?"

"그그그, 그렇지만…… 가가가가, 갑자기 같은 방을 쓰자니, 이러시면 곤란해요……."

"완전히 패닉에 빠졌군요……. 저라도 이런 상황에서는 손대지 않습니다. 불쌍해서 어떻게 그래요."

"""""아찌, 신사네~! 하지만 지금 침을 발라 둬야 하지 않을까~?"""""

"너희…… 이해심이 바다 같이 넓구나. 마음은 기쁘지만, 우리 마음을 너무 무시하는 거 아니니?"

아이들은 절대로 심술을 부리거나 장난으로 이러는 것은 아니었다. 이래 봬도 루세리스를 걱정하는 것이었다.

다만, 당사자의 의지를 무시하고 붙여주려는 행위가 다소 극성맞지만.

"맞아맞아. 수녀님도 행복해져야지~."

"눈앞에 우량 매물이 있으면 개처럼 물고 늘어져야지."

"Hey! 아찌는 좋은 고기, 맛있게 먹어 버려Yo—. ME——AT!"

"이번 휴가가 끝나면, 수녀님은 결혼할 거야."

"죠니…… 그건 **사망 플래그**라는 것이 아닌가? 수녀님이 죽으면 어쩌려고."

이미 퇴로는 없었다. 루세리스는 각오를 다질 수밖에 없었다.

어떻게 보면 굉장히 사랑받는다고도 할 수 있었다. 기쁘기도 하고, 동시에 시련의 순간이기도 했다.

"……신은 적이에요. 이런 시련을 내리시다니, 저는 극복할 수 없어요."

"신이 적이라는 건 동의하지만, 그렇게 비탄에 빠지면 저도 상처받네요~. 그보다 용병 길드에 가야 하는데, 너희 준비는 끝났어?"

"""""당연히 준비됐지!"""""

아이들은 정식으로 등록한 용병이 아니었다. 사냥을 나가기 전에는 용병 길드에서 절차를 밟고 숲에 들어갈 예정을 보고해야만 사냥과 소재 판매가 가능했다. 이것은 안전을 위해 필요한 조치였다.

만약 행방불명되어도 이 절차를 거치면 금방 수색이 개시된다. 반대로 절차 없이 숲에 들어갔다가 행방불명되면 자업자득이라며 방치된다.

규칙을 무시한 자가 죽어도 용병 길드에서는 알 바가 아니지만, 이 경우 유족이 탐색 및 시체, 유품 회수를 길드에 의뢰해야 하며 필요 이상으로 돈이 든다.

이런 문제를 방지하기 위해서라도 이것은 필요한 규칙이었다.

"용병이 되려면 정보가 반드시 필요해. 길드에 가면 다른 용병에게 이야기를 듣는 것도 좋을 거야. 용병이 되기 위한 수련은 여기서부터 시작되지."

"정보를 얻으려면 돈이 들지 않아?"

"그래도 마물 정보는 얻고 싶어."

"음, 우리는 이 숲에 어떤 마물이 있는지 모르지."

"누가 시비를 걸진 않을까? 흔히들 그런다잖아."

"고기가 맛있는 마물…… 고기가 맛있는 마물……."

아이들은 의욕이 넘쳤다.

하지만 사냥은 생각보다 쉬운 일이 아니다. 마물의 생태를 숙지하지 않으면 성공하기 어려운 임무였다.

"으으…… 저는 어떻게 해야 하죠……. 하지만 만에 하나 그런 관계가 되면…… 하으~."

루세리스만 현실 세계에서 떨어져 끙끙 앓고 있었다.

그런 그녀는 안제의 손에 이끌려 용병 길드로 이동하게 됐다.

용병 길드. 그것은 국가를 초월한 민간 용병 알선 조직이었다.

많은 용병이 이곳에 등록해 랭크에 따라서 의뢰를 받아 생계를 이어나갔다.

길드는 수많은 의뢰를 용병들에게 알선하며 의뢰 보수의 일부를 가져 조직을 키워 왔다. 이제 그 세력이 국경을 넘어 수인들이 사는 영역까지 확대됐을 정도였다.

가끔 전쟁에 용병을 파견하기도 하지만, 기본적으로는 민간 의뢰가 주를 이루며 상인 호위와 도시 및 마을 근처에 출몰하는 마물 토벌이 일반적이었다. 또한, 던전 공략에 나서는 용병도 관리하고 의뢰 난이도 관리부터 의뢰 실패로 사망한 인물의 뒤처리도 길드의 일이었다.

그밖에도 마물의 생태 조사와 신인 용병 육성에도 힘을 쏟았고 용병을 키우는 전문학교를 세우기도 했다. 자선 사업 또한 폭넓게 전개하고 있었다.

이렇듯 용병 길드는 이미 이 세계에서 불가결한 조직이었다.

"어서 오세요! 용병 길드 모브 마을 지부입니다. 무슨 일로 오셨나요?"

"이 마을…… 모브 마을이라고 하는구나. 처음 알았어."

여성 접수원은 싱긋 미소 지었다.

용병 길드 접수처에서 숲 출입자 명부에 이름을 써넣었다. 이렇게 하면 용병이 아니어도 모피나 고기, 마석과 이빨 등 부위 소재를 팔 수 있게 편의를 봐준다고 한다.

용병 길드는 서비스가 뛰어났다.

다소 시간은 걸렸지만, 일행은 접수원이 들려주는 설명을 모두 들었다.

"그런 이유로 용병 길드는 사냥꾼도 자주 이용해요. 이번에는 저 아이들의 수렵 훈련이라고 하셨죠? 소재의 질을 보고 결정하겠지만, 괜찮다면 저희가 매입하겠습니다."

정보 수집도 할 겸 아저씨는 아이들과 함께 길드에 관한 설명을 듣고 길드 이용법을 참고하려고 했다. 사실 아저씨도 길드에 관해서 아는 바가 별로 없었다.

"소재를 파는 창구는 옆쪽인가? 일단 확인해 두겠는데 이 근처에서는 어떤 마물이 나오나요? 희귀한 마물이 있으면 좋을 텐데."

"고블린과 오크가 흔해요. 울프와 스트라 버드, 그 외에도 곰이나 사슴도 있어요. 앗, 최근 빅 콜로치도 발견된다고 해요."

"우웩, 바퀴가 나와……?"

"해치울 수 있어? 그 녀석은 재빨라."

"어려워. 그 속도는 위협적이야."

"그리고 못 먹어. 벌레니까, 고기가…….."

"나는 기왕 벤다면 인간형이 좋아. 벌레는 어떻게 대처해야 할지…… 으음."

드문 마물이 아니라 혐오 마물이 있었다.

참고로 곤충 갑각은 좋은 무구 재료지만, 빅 콜로치는 높은 강도를 자랑하는 데도 불구하고 인기가 없었다. 외형을 신경 쓰지 않으면 실용성 높은 소재지만, 가정에서 음식물 쓰레기를 뒤지는 조그만 동족 때문에 버려지는 가엾기 짝이 없는 마물이었다.

그건 그렇고 아이들이 가진 정보가 이상하게 자세했다. 처음 사냥을 나왔을 텐데 마치 만난 적이 있는 것 같은 말투였다.

"……무리 지어 나타나면 도망치자. 그거랑 싸우고 싶지 않아."

"제로스 씨가 도주 선언?! 그렇게 무서운 마물인가요? 벌레 아니에요?"

"아뇨, 빅 콜로치는 겉모습이 역겨울 뿐이에요. 1미터 정도 되는 것들이 무리 지어 나타나면 저는………… 보자마자 불살라 버릴 겁니다. 주위에 피해가 나오건 말건…….."

"앗, 그건 싫네요. 슬리퍼로 밟을 수도 없고…….."

바퀴벌레는 사랑받지 못했다.

오히려 아저씨와 만나면『도망쳐—!』라고 말해주고 싶을 정도였다.

겉모습도 그렇지만, 먹을 부분이 없기 때문인지도 몰랐다.

"빅 콜로치? 그건 커다란 갈색 벌레 말입니까? 갑옷에 자주 이용되는 좋은 소재를 줄 텐데…….."

"카에데 고향에서는 싫어하지 않나 봐?"

"가볍고 튼튼해. 이보다 좋은 소재가 어디 있다고. 그걸 왜 안 쓰지?"

"징그러워서 아니야?"

"빠른 발도 문제야……. 보기만 해도 기분 나빠."

"쓰레기 속에 바글바글 있는 것도~. 고기에 몰려들기라도 하면, 부들부들…….."

정정하겠다. 동방 섬나라에서는 갑옷 소재로 사용하나 보다.

이제 빅 콜로치와 그레이트 기브리온도 편안히 눈을 감을 것이다.

"이상한 이야기군. 다른 마물은 소재로 쓰는데 왜 바퀴벌레는 안 된다는 거지?"

"""""""윽?!"""""""

"시체를 이용하는 건 다 똑같지 않은가? 그렇게 혐오하는 이유를 모르겠군. 그냥 벌레 아닌가?"

"아니, 잘못하면 대량 번식하는 마물이야. 그냥 마물이 아니라고……."

"고블린이나 오크보다는 괜찮지 않은가? 소재를 다양하게 쓸 수 있으니."

"그렇긴 한데 별로 쓰고 싶지 않아. ……비위가 상해서."

문화의 차이로 생기는 인식 차이였다.

이렇듯 미움받는 마물이지만, 자연계에서는 양질의 단백질 공급원이라서 드래곤도 잡아먹고는 했다.

꺼리는 것은 지혜 있는 짐승뿐이었다.

"용병이 아니라도 슬라임 토벌은 쉽게 받을 수 있어요. 도적이나 변태를 발견하면 도망가주세요. 가능하면 포박해주시면 좋겠지만, 정식 용병이 아닌 분은 무조건 도망가세요. 포박해주시면 정말로 고맙겠지만요."

"왜 두 번씩 말하죠? 그보다 도적이 아니라 변태가 나온다고요?"

"네. 요즘 구릿빛 몸매의 우락부락한 남자가 『자, 너희도 근육을 단련하자! 아름다운 육체미를 위해 땀을 흘려 보지 않겠는가! 침대 위에서……』라며 알몸으로 쫓아온다는 소문이 있어요."

"그거, 꼭 붙잡아야 하나요? 없애 버리는 게 세상에 이로울 것 같은데?"

"변태에게도 인권은 있답니다. 소문으로는 피해자 몇 명이 동성애에 눈떴다는 이야기도……."

"이미 희생자가 있어?!"

접수원은 동요하지 않았다. 그리고 듣고 싶지도 않은 정보도 얻고 말았다.

설마 변태가 출몰할 줄이야.

"아이에게는 해를 끼치지 않는다고 하니까 안심하세요. 여러분, 열심히 노력해서 랭크를 올리시길 바랄게요. 우수한 인재는 어느 지부에서든 귀하니까요."

"그렇게 구김살 없이 웃으며 말하지 마세요……. 다른 위험이 숨어 있잖습니까?"

평범하게 사냥을 시켜줄 생각이었는데 교육상 좋지 않은 유해 조수가 숨어 있었다.

가능하면 마주치기 싫었다.

"그런 이야기 그만하고 빨리 사냥하러 가자~."

"내 실력을 보여줄게!"

"고기고기고기고기고기고기고기고기……."

"이제야 겨우 검의 길로 첫걸음을 내딛는군. 내 검이 피에 굶주려 번쩍이며 외친다."

"아니, 빛은 안 나잖아? 그리고 우선은 쉬운 사냥감부터 시작하자."

여기서 『오늘은 정보 수집이 먼저다』라고 하면 이 아이들은 분명히 반발할 것이다.

그리고 몰래 사냥하러 갈 우려가 있었다.

"가능한 한 숲 안쪽으로는 들어가지 마세요. 신인 용병이나 초보 사냥꾼이 자주 사라지거든요. 전에 행방불명된 사람이 3년 후에 야생동물처럼 변해서 발견된 적도 있고요."

"하필 예를 들어도 그런 특수한 경우를……."

"방심하면 바로 죽으니까 신중하게 행동하세요. 주의사항은 이상입니다."

웃는 얼굴로 『그 숲에 들어가면 죽는다?』라고 말하는 접수원이 더 무서웠다.

얼굴은 활짝 웃는데 눈은 전혀 웃는 것처럼 보이지 않았다.

"그럼 너희는 일단 길드 안에서 정보를 모아와. 마물 정보는 사냥에서 중요한 요소야. 사람에 따라서 정보가 다를 수도 있으니까 꼭 검증하도록. 이상."

"""" 뭐~? 아찌가 알려주는 거 아니었어?""""

"같은 마물이라도 서식하는 곳에 따라서 습성이 변하기도 해. 자기 귀로 듣고, 눈으로 확인하고, 직접 경험해야 프로가 되는 거야. 언제나 남이 알려줄 수는 없어. 열심히 정보를 모아 봐."

"""" 네~. """"

"제법 힘들겠군. 나도 정보를 모아 올까……."

아이들은 길드 안에 있는 용병들에게 돌격해서 보이는 족족 말을 걸었다.

"제로스 씨…… 이건 아이들에게 조금 힘들지 않을까요?"

"필요한 일입니다. 때로는 직접 돈을 내서 정보를 살 때도 있죠. 신용을 쌓을 수 있을지는 별개의 문제지만, 그걸 검증해서 자신의 경험으로 바꾸지 않으면 의미가 없어요."

"독립하면 모든 책임은 본인이 져야 한다……. 자유에는 책임이 따른다는 사제님 말씀이 와닿네요."

"현실적인 사제님이네요. 어떤 사람이죠?"

"뱃사람들에게 누님이라고 불려요. 사제라는 사실이 믿어지지 않는 분이에요. 술에 도박, 싸움도 일상다반사죠."

"파계승이 아니고 파계 사제인가요? ……아니면 조폭?"

이야기를 나누는 두 사람 앞에서는 아이들이 홀 안을 정신없이 돌아다녔다. 노련한 용병을 구분하는지, 신인은 피하는 것 같았다.

"거기 미인 언니! 나한테 마물에 관해서 알려줄 수 없어? 첫 사냥이라서 정보가 필요해~."

"어머나~, 나보고 미인이란다. 머꼬, 남새시럽구로."

안제는 여성 용병팀 중 한 명에게 말을 걸었다.

사투리를 보아 꽤 먼 지방 출신 같았다.

한편 죠니는 카운터석에 앉아 바텐더에게 술을 주문하더니 카운터 위로 잔을 미끄러뜨려 근처에서 술을 마시는 용병 앞으로 보냈다.

"엉? 야, 꼬맹이. 이게 뭐 하는 짓이냐?"

"내가 사는 거야. 첫 사냥을 나가거든. 선배에게 배우고 싶은 게 있어."

"헷, 어디서 건방진 것만 배워서. 눈칫밥 좀 먹었나 보군. 좋아…… 조금이라면 알려주지. 뭐가 듣고 싶지?"

전혀 아이답지 않은 정보 수집 방법이었다.

라디의 경우는…….

"형들, 왜 그래? 기운이 없네?"

"그냥…… 사냥에 실패했어."

"하지만 이제 와서 후회해도 어쩔 수 없는걸? 지금은 왜 실패했는지 생각하고 어떻게 할지 이야기해야 하지 않을까? 오늘의 실패가 내일의 성공으로 이어지는 건 형들 하기 나름인데? 앗, 내가 좀 건방졌나?"

"아니…… 맞아. 실패하지 않는 사람은 없지. 랭크를 생각하면 실패할 사냥이 아니었어."

"조금 마음이 가라앉았어. 그래…… 우리 방식이 잘못됐던 거야. 우선 그걸 검증해야 해."

"그래그래, 긍정적으로 가자. 앗, 나도 같이 들어도 돼? 첫 사냥을 나가는데 경험자에게 이야기를 듣고 싶어."

사냥에 실패한 용병에게 말을 걸어 이야기를 듣고, 그 반성을 참고할 생각이었다. 심지어 말투까지 바꾸는 철저함을 보여줬다.

상당히 당돌한 방식이었다. 정보 수집에 빈틈이 없었다.

"응? 카이 군이 없는데요? 어디 갔지?"

"방금 저쪽 문으로 들어갔어요."

"실례합니다, 저 안쪽에는 뭐가 있죠?"

"아, 저 안쪽은 해체장이에요. 마물을 해체하고 상인에게 판매하는 곳이죠."

접수원이 친절하게 알려줬다.

궁금해서 안쪽을 들여다보니 체형이 퉁퉁한 카이가 해체 작업 중인 직원과 이야기 나누고 있었다.

"맛있는 고기라면 바보 벌새일까? 이 근처에선 날개를 뜯고 내장을 뺀 다음 향신료로 가볍게 맛을 내지. 그리고 통째로 기름에 튀겨서 머리까지 씹어 먹어."

"오오~, 그렇게 맛있어? 하지만 작은 새잖아? 안 어려워?"

"잽싸지만 잡는 법이 다 있지. 슬라임 핵을 뽑은 가루와 끈제기 나무의 뿌리를 갈아서 섞으면 엄청나게 끈적끈적한 풀처럼 돼. 이 걸 나뭇가지에 발라서 잡는 거야."

"와~, 나도 해 볼까~?"

"동네 애들이 용돈 벌이로 심심찮게 하는데, 도시에서는 안 해?"

"도시 주변에는 마물이 적어. 슬라임도 거의 못 봐."

생각하지도 못한 방식으로 정보를 모으고 있었다.

그리고 마지막. 카에데는 현상수배 게시판 앞에 있었다.

"흠…… 그럼 이 노란색 글자는 생사 불문이란 뜻인가? 그리고 이 빨간 글자가 살해 대상. 그렇지만 이 여자는 뭘 한 거지?"

"공작님 아들을 노린 조직의 암살자래. 실력이 꽤 대단하다는 소문이야."

"오호…… 그렇다면 꼭 상대해 보고 싶군."

"아서라, 아가씨한테는 아직 턱도 없어. 험한 꼴 당할걸?"

여전히 하이 엘프 소녀는 피에 굶주려 있었다.

그리고 게시판에는 전에 아저씨가 그린 가족의 몽타주가 대대적으로 붙어 있었다. 그것도 종류별로 전부.

"……저 애는 사냥보다 싸움이 먼저구나. 대충 예상은 했지만……."

"그나저나…… 저 애들, 이상하게 정보 수집에 익숙하네요. 어린아이 같지 않아요."

"보아하니 평소에 비슷한 일을 했나 보네요. 어쩌면 쟈네 씨 파티보다 숙련자인지도 모르죠. 접근할 사람도 고르는 솜씨가 프로입니다. 어쩐지 잘한다 싶더라……."

양육원 아이들은 모두 교섭 기술을 한 가지씩은 가지고 있었다.

게다가 묘하게 익숙했다. 어디서 이런 기술을 배웠는지 신기할 정도였다.

어쩌면 고아로서 살아남기 위해 자연스럽게 배웠는지도 몰랐다.

몸을 지키기 위해 키운 관찰력, 시장에서 상인과 사람들의 일상 회화에서 훔쳐 배운 화술, 그리고 어린 나이까지 이용해 능숙하게 정보를 모았다.

예상 이상으로 교활하고 무서운 아이들이었다.

"정말로 정체가 뭐야? 어린애가 쓸 방식이 아니야."

"저 아이들은 제가 모르는 사이 강하게 자랐나 보네요. 조금 쓸 쓸하기도 해요……."

아이들은 다시 한곳에 모여 정보를 교환하고 계획을 짜기 시작 했다.

용병이 되기 위한 팀워크는 최고였다. 경험을 쌓으면 상위 랭크 에도 금방 도달할 것이다. 문제는 방심하지 않는 것이었다.

"아찌, 오늘은 슬라임과 토끼를 노릴게. 우선 적당한 사냥감부 터 상대해 볼래."

"아니…… 이제 내가 가르칠 게 있나? 너희 그쯤 되면 프로야."

"본인은 어서 진검승부를 하고 싶습니다. 강자와 싸우는 것이 검의 경지에 이르는 길이니까요."

"사냥 경험이 없는 초보는 훈련장에서 1년간 지도를 받아야 하 지만, 우리에게는 그럴 시간이 없어."

"MEAT…… 이 얼마나 맛있는 말인가. 생선, 새, 돼지, 소, 양……

많은 고기가 우리를 기다려. 츄릅…….”

““……정말로 야무지게 컸어.””

보호자가 동행하지 않아도 아이들끼리 잘하지 않았을까, 하고 두 사람은 생각했다.

모브 마을 주위에는 파프란 대산림 지대로 이어진 광대한 숲이 펼쳐졌다.

하지만 이 마을에는 파프란의 마물이 오는 일은 없었다.

왜냐면 어마어마한 노력이 필요하기 때문이었다.

해발 3천 미터급 산이 첩첩이 쌓여 이곳으로 오려면 낮은 산을 몇 개나 넘어야 했다. 참고로 아저씨는 그곳을 넘어왔다…….

또한 멀리 우회해서 파프란 대산림 지대로 갈 수도 있지만, 그곳으로 가려면 편도로 사흘은 걸렸다. 전에 세레스티나와 츠베이트를 훈련차 데리고 간 곳이 그곳이었다.

사실 산토르에서 북동쪽으로 가느냐 동남쪽으로 가느냐는 차이일 뿐이었다.

다만, 마차로 이동하면 어느 쪽이건 같은 거리인데 그 말이 슬레이프니르란 사실만으로 한나절 만에 모브 마을에 도착했다. 성수의 다리는 이해하기 힘들 만큼 빨랐다.

즉, 제로스 일행은 예정보다 일찍 이 마을에 도착했다는 뜻이었다.

그 덕분에 소형 마물이라면 시험 삼아 잡아 볼 여유가 생겼다.

"사냥이 가능한 시간은 기껏해야 세 시간이야. 너희는 이 시간 내에 소형 마물을 잡고 해체도 해야 해."

""""썰, 예썰!""""

"할당량은 한 사람당 한 마리. 협력해도 좋고 따로 잡아도 돼. 자유롭게 생각해서 행동하도록!"

""""예썰!""""

"첫 사냥이니까 내일에 대비해서 체력을 아껴 채집을 해도 좋아. 선택은 너희 자유야."

""""알겠습니다, 커맨더.""""

"좋아, 대답 잘했다! 사냥 한판 하러 가자!"

""""말이 통하잖아, 챔프!""""

"흠, 우선 적당한 마물을 찾을까⋯⋯."

"저기⋯⋯ 왜 마지막은 챔프죠? 마지막까지 군대식으로 통일하지 않나요?"

루세리스의 의문을 무시하고 아이들은 기운차게 숲으로 돌격했다.

꼬꼬들도 그 뒤를 따랐다.

"우리도 갈까요? 아마 바로 따라잡을 수 있을 겁니다."

"네? 그렇지만 뛰어서 숲으로 들어갔는데요?"

"작은 동물일수록 경계심이 강합니다. 조그만 소리만 나도 금방 숨어 버리니까 흔적을 찾으려고 멈췄을 겁니다."

"그런가요⋯⋯?"

아저씨는 콧노래를 흥얼거리며 루세리스와 걸어갔다.

아저씨 말대로 아이들은 숲 초입에서 생물의 흔적을 찾는 중이었다.

"흠…… 발자국은 없어. 하지만 뭔가 기척이 느껴져."

"이쪽에 똥이 있어. 녹색이고 둥글어. 아마 포레스트 래빗이야."

"이쪽에는 갈색 털이 있어……. 뭐지?"

"버섯은 없어. 입구 근처니까 당연한가?"

"고기를 잡아야 고기를 먹는다. 우선 고기를 찾아야 해."

신중하게 주변을 조사하며 생물이 있는 흔적은 찾았지만, 어디 있는지는 알 수 없었다.

오감에 마력을 집중해 감각을 키울 수는 있지만, 마력 소비가 심해서 짧은 시간밖에 쓸 수 없었다. 그래서 아이들은 교대로 탐색하기로 했다.

지금 탐색하는 사람은 카에데였다. 엘프인 그녀는 숲에서 탐지 능력이 강했다. 처음부터 가장 강한 패를 꺼내 들었다.

"……찾았어. 근처에 있군. ……소리로 보면 소형. 아마도 토끼겠지. 그 외에도 기척이 있는데…… 이건 뱀인가?"

"좋았어! 그럼 계획대로 돌아가서 포위하자."

"타깃은 어느 쪽? 토끼? 아니면 뱀?"

"둘 다. 활로 나무 위에서 노리자."

"뱀이 어디 있는지 모르는데?"

사냥감을 잡기 위한 작전을 짜고 곧바로 실행하고자 움직였다.

최대한 발소리를 내지 않게 조용히 달렸다. 그 움직임은 도둑보다 조용해서 도저히 첫 사냥이라고 생각하기 어려울 만큼 능숙했다.

"……저 아이들, 원래 기척을 없애는 훈련을 한 거 아닙니까? 처음치고는 이상하게 움직임이 좋아요. 설마 도시에서 행인을 상대로 시험했나?"

"그건 미행 아닌가요? 들키지 않는 훈련이라도 솔직히 칭찬할 수 없어요."

"스토킹이라…… 상황에 따라서는 보면 안 될 현장을 목격했을지도 모르겠네요."

그런 대화를 나누는 사이 상황이 변했다.

"앗, 깡총이 발견!"

나무에 올라가서 돌아보던 안제가 사냥감을 발견하고 수신호로 위치를 전했다.

그것을 확인한 죠니가 근처에 있던 카에데에게 신호를 보내자 카에데도 남은 두 사람에게 똑같은 신호를 보냈다.

각자 토끼가 이동하지 않는지 확인하면서 신중하게 위치를 잡고 활을 들었다.

"……아주 능숙해. 정말로 첫 사냥 맞아?"

"정말로 놀라운 팀워크네요……."

알면 알수록 아이들의 스펙은 대단했다. 스킬 레벨이 높은 것은 알았지만, 설마 이런 부대 행동이 가능할 줄은 몰랐다.

그리고 마침내 화살을 쏘려는 그때…….

—샤아아아아아아아아아아아악!

풀숲에서 갑자기 뱀, 【바이퍼】가 토끼에게 달려들었다.

""""""지금이다!""""""

다섯 개의 화살이 일제히 날아가 바이퍼의 머리와 토끼를 꿰뚫었다.

"두 마리를 동시에?! 설마 노리고 한 거야?!"

"와…… 저 애들, 대단해……."

두 마리 토끼를 쫓지 말라는 속담이 무색하게 난데없이 기적의 기술을 선보였다.

"의외로 간단하네."

"격이 안 올랐어……. 뭐, 어쩔 수 없지."

"해체한다? 고기고기 ♪"

"너무 쉬워. 다음 사냥감을 찾아야겠군."

"이걸 판다고 용돈이나 벌릴까?"

아이들은 시시덕거리며 해체를 시작했다.

해체 솜씨도 뛰어나서 도저히 초보자의 기량이 아니었다.

그런 아이들을 본 아저씨는 『오— 미라클』이라고 중얼거릴 수밖에 없었다.

이리하여 아이들은 해가 기울어 주위가 어두워질 때까지 토끼 여섯 마리, 뱀 일곱 마리, 슬라임을 서른한 마리나 잡았다.

 ## 제9화 아저씨의 고난

창문으로 따뜻한 아침 햇살이 들고 새들이 지저귀는 소리가 들렸다.

어젯밤, 좀처럼 잠들지 못한 루세리스는 침대에서 비몽사몽으로 눈을 비볐다.

그녀는 평소에도 아침에 잘 일어나지 못했고 정신을 추스를 때까지 한참이 걸렸다.

자기가 숙소에 묵었다는 사실은 간신히 이해했지만, 다른 사실은 죄다 머리에서 빠져나가 있었다. 그래서 평소처럼 정화 의식을 하려고 비틀비틀 샤워실로 갔다.

정화 의식이란 다른 종교에서 행하는 특별한 수행이 아니라 4신교에서 습관적으로 이루어지는 일과였다. 딱히 의식으로서 의미는 없었다. 어디까지나 수습 신관의 정신 수련을 명목으로 규율을 지키고 협조성을 키우기 위한 행위에 불과했다.

하지만 한번 습관으로 몸에 밴 행위는 바꾸기 쉽지 않았다. 루세리스는 거의 무의식적으로 탈의실에서 옷을 벗어 버렸다.

그리고 젊은 여자와 같은 방에 있던 아저씨도 잠에서 깨려고 샤워를 했고, 밖으로 나오다가 탈의실에서 루세리스와 맞닥뜨렸다.

"후우…… 시원……하……다?!"

발가벗고 멍한 표정을 지은 루세리스와 이제 막 샤워를 끝내고 나온 아저씨의 눈이 맞았다.

시간이 멈췄다.

"".......""

아저씨는 눈앞에 펼쳐진 광경을 보고 경직했다. 그리고 남자이기에 눈을 떼지 못했다.

아직 의식이 흐릿한 루세리스는 역시 아저씨에게 흐리멍덩한 시선을 보내고 있었다.

그러나 시간이 흐르면서 정신이 또렷해지자—.

"노ㅇㅇㅇㅇㅇㅇㅇㅇㅇㅇㅇㅇㅇㅇㅇㅇㅇㅇㅇㅇ?!"

"흐아아아아아아아아아아아아아아아아아아아?!"

—그리고 시간은 움직이고 두 사람이 동시에 비명을 터뜨렸다.

다행히 이 방은 방음이 잘 되어 있었다.

여담이지만, 아저씨는 이날 본 멋진 광경을 평생 잊지 않기로 마음에 맹세했다나 뭐라나…….

아침 식사 시간. 제로스와 루세리스 사이에서 어색한 기류가 흘렀다.

그런 분위기와는 별개로 아이들은 밥을 우걱우걱 열심히 먹고 있었다. 마치 전쟁이라도 하는 것처럼 계산적으로 반찬을 집어 닥치는 대로 위장으로 집어넣었다.

입안에 넣은 음식을 옆에 있던 우유로 말끔히 목구멍으로 넘겼다. 왠지 전원이 같은 타이밍에 같은 행동을 했다. 싱크로율이 너무 높았다.

"……왜 모두 싱크로했지? 사이가 너무 좋잖아……."

"……아으으."

루세리스는 머리에서 김이 날 정도로 얼굴이 새빨갰다.

재기동하려고 해도 시간이 걸릴 것 같았다. 깨작깨작 음식을 먹는 것만 해도 다행이었다.

"아~, 잘 먹었다. 그럼 오늘은 뭘 노릴까?"

"음…… 포레스트 그리즐리는?"

"어제 격이 안 올랐지? 그럼 거물을 노리는 게 좋지 않아? 난 와일드 울프에 한 표!"

"나는 오크를 희망한다. 어제는 한 번도 칼을 못 썼어."

"고기를 먹을 수 있는 녀석이면 뭐든 상관없어."

전에 루세리스가 예상했던 대로 역시 거물에 눈독을 들였다.

아이들은 기능 스킬이 너무 높아서 역으로 신체 레벨이 오르기 어려웠다. 그래서 거물을 노릴 수밖에 없었다.

"거물을 노리면 사냥감을 옮기기 위한 신호탄을 살 필요가 있겠어. 숙소에서도 판매한다니까 카운터에 가서 아주머니에게 물어봐."

"""""오~, 숙소에서도 도구를 살 수 있구나~."""""

"카운터 구석에 있던 통이 그거겠지. 흠, 서비스라는 것이 잘 되어 있군."

"카에데, 관찰력이 좋은데~? 그럼 바로 사러 가자~."

"""""가자~!"""""

숲에서 거물을 해치워도 그대로 옮길 수는 없었다. 그래서 숲을 개척해 짐마차가 다닐 수 있도록 길을 포장하고, 용병 길드 소유 짐마차가 항상 일정 루트를 순회했다. 그리고 마을에서는 그런 짐마차를 부르기 위한 신호탄을 팔았다.

거물을 해치웠을 때는 마차를 부르는 것이 상식이며 적재 작업을 돕는 것 또한 상식이었다.

"아줌마! 신호탄 팔아요?"

"어머나, 큰 마물을 잡으려고? 용감하기도 하지. 물론 판단다."

"맞아, 우리는 맛있는 고기를 구하러 갈 거야~♪ 그러니까 신호탄 다섯 개 줘요."

"고기가 아니라 사냥감이겠지. 뭐, 잡으면 고기도 들어오지만."

"나는 칼을 쓰는 게 목적이야. 사냥은 수단일 뿐."

"여기 있다~. 한 사람당 하나씩이면 되겠니?"

신호탄을 종이봉투에 넣은 아주머니는 루세리스와 아저씨를 보고 빙그레 웃었다. 아무리 봐도 괜한 오지랖을 부리는 동네 아줌마 같은 웃음이었다.

"어머나, 어젯밤은 뜨거웠나 보네? 역시 젊음은 좋은 거야~."

""아니거든요?! 착각하지 마세요!""

"다 알아~. 모르는 척해 달라는 거지? 아가씨는 신관 같은데 사이가 안 좋은 마도사와 연상연하 커플이라니~. 괜찮아, 아줌마는 응원하니까. 궁합도 좋아 보이고 어젯밤에는 격렬했겠어~. 부러워라♪"

"뭐, 뭐가요?! 우, 우리는, 그, 그그그, 그런 관계가 아니에요!"

"부끄러워하기는, 우후후후. 풋풋하구나. 나도 옛날에는 아가씨 같을 때가 있었어. 첫날밤을 보낸 다음 날에는 남편이 자꾸 신경 쓰이지 뭐니. 지금 떠올려도 부끄럽지만, 그래도 행복했어……. 지금은 손자도 있는 할머니지만. 그때가 그리워~."

"아…… 꼭 있죠…… 남의 이야기는 안 듣고 일방적으로 자기 할 말만 하는 사람……."

이런 부류는 대개 남의 말을 듣지 않는다. 루세리스가 부정하면 할수록 아주머니라는 이름의 늪에 빠진다. 이 아주머니는 바닥이 보이지 않는 늪이었다…….

'음…… 불가항력이었다지만, 응시해 버렸더니 어색해…….'

'우우…… 잊으려고 하는데 왜 자꾸 물어……. 부끄러워서 쥐구멍에라도 숨고 싶어.'

"처음이었지? 상냥하게 해줬어?"

""부탁이니까 더는 묻지 마세요오오~!""

아주머니는 무자비하게 억측을 들이댔다.

그녀는 정도를 몰랐고 남의 마음과 사생활을 자기 집 안방마냥 헤집고 다녔다. 심지어 악의가 없어서 더 상대하기 어려웠다.

어느 세상에서나 배려심 없고 눈치 없는 아줌마는 골치 아팠다. 엮이는 사람에게는 고난이었다.

끈질기기 짝이 없으며, 그리고 짜증 났다.

어떻게든 숙소 아줌마를 떼어 놓은 제로스는 아이들과 함께 다시 숲으로 들어갔다.

오늘은 격을 올리기 위해 본격적인 사냥을 할 예정이었다.

하지만 곤란하게도 제로스가 아이들에게 가르칠 것은 아무것도 없었다. 아이들은 독자적으로 사냥과 해체 방법을 고안했고 꼬꼬들의 훈련으로 어지간한 신인보다 기량이 뛰어났다.

부모 없이도 아이는 자란다지만, 이 아이들의 행동력과 실력은 일반적인 아이와 비교해 명백히 수준이 달랐다.

그런 괴물 같은 잠재력을 가진 아이들은 일렬로 정렬해 있었다.

"자, 오늘은 너희 실력을 고려해서 조금 숲 안쪽까지 들어가려고 해. 각자 꼬꼬들과 콤비를 짜서 한 사람, 혹은 콤비로 사냥을 하러 가려고 해. 거물을 잡으려면 안전을 기해 다 함께 덤빌 것. 언제나 긴밀히 연락하는 게 중요해."

"잠깐만요, 제로스 씨?! 그건 조금 위험하지 않아요?"

"글쎄요? 이 아이들의 기량은 충분히 프로 수준이에요. 부족한 건 경험뿐이고 자신들이 보유한 스킬도 노련하게 쓸 줄 알죠. 이제는 격만 올리면 돼요."

"하지만 이 아이들은 아직 어려요. 처음부터 혼자 사냥을 보낼 수는 없어요!"

"지켜줄 꼬꼬도 있으니까 무리하지 않으면 달성할 수준이라고 보는데……. 그래도 만약을 위해 위치를 알려주는 아이템도 준비했으니까 위험할 때는 제가 도와주러 나서겠습니다. 이런 곳에서 죽기에는 너무 아까운 인재니까요."

아저씨는 전에 츠베이트를 호위할 때 제작한 아이템을 나눠주며 말했다.

그때는 마스크 타입 감지기를 장비했지만, 이번에는 약간 소형화한 안경 타입이었다. 안 그래도 수상하게 생긴 아저씨가 안경을 착용하자 수상함이 배가됐다.

어제 사냥을 보고 아이들이 유난히 의욕적이라는 사실은 알았다.

동기는 다소 불순하나, 목적을 가지고 스스로 효율적으로 단련하는 것은 일종의 재능이었다.

그래서 제로스는 단독으로 기량을 높이길 기대한 것이었다.

"괜찮아, 수녀님. 우리는 그렇게 안 약해."

"이날을 위해 훈련했어. 반드시 성공할 거야."

"걱정하지 않아도 파트너도 있으니까 어떻게든 될 거야!"

"그리고 장래에는 고기를 먹으면서 게으르게 살 거야~. 꿈을 향해 힘내야지."

"우리는 여기서 더욱 경험을 쌓아 높은 경지에 오르고자 한 걸음을 내디딘다. 아무리 수녀님이라도 여기서 우리를 말리면 눈치 없는 행동이 아닌가?"

아이들은 반지를 손바닥 위에 놓고 씩씩하게 대답했다.

정말로 다부졌다.

"루세리스 씨도 격을 올리고 올래요? 마력이 오르면 회복 마법의 폭도 넓어질 텐데요."

"그럴까요……. 치료만 해도 마력은 많을수록 좋고 가죽도 팔면 양육원 운영 자금으로 쓸 수 있으니……."

"세상 참 팍팍하네요. 휴가니까 개인적으로 쓸 용돈을 벌어도 되지 않습니까? 만드라고라를 판 돈으로는 부족한가요?"

"만드라고라는 제법 수익이 남지만, 미래를 대비해서 저금은 있어야죠. 유사시 준비는 미리 해야 하니까요."

루세리스의 양육원에서 돌보는 아이는 다섯 명밖에 없었다.

채소 같은 식료품은 싸므로 현재는 생활에 어려움이 없었다. 하지만 의료품은 언제나 물가가 변동하고, 특히 마법약은 가게마다 가격이 크게 달랐다.

안정된 가격으로 판매할 수 있는 곳은 거대 상회 정도일 것이다.

그 후, 일행은 세 시간 정도를 걸어 환경 불안정 구역에 발을 들였다.

이곳부터는 방심이 허용되지 않는 영역이었다.

"이 부근에 거물은 없지?"

"조금 더 안쪽으로 갈까? 뭐가 나올지도 몰라."

"커다란 멧돼지는 없어? 빅 보어라고 했나?"

"두두두 보어라는 마물도 있어. 돌진만 해 오는 녀석."

"뭐든 상관없어. 어서 베고 싶군."

"""""그런 고로, 돌격———!"""""

"잠깐?! 너희 너무 안일하잖아! 사냥을 쉽게 생각하면……."

—퍽!

그때, 아저씨의 몸이 갑자기 하늘에 붕 떴다.

본인도 무슨 일이 일어났는지 몰랐지만, 아래로 맹속력으로 통과하는 짐마차가 보였다.

그것도 슬레이프니르 세 마리가 견인하는 마차가.

"히——하———! 내 Road를 막지 마라! 막아서는 것들은 치어 죽인다. 내 뒤에 있어도 되는 건 고깃덩이뿐이야! 케헤헤헤헤헤헤!"

아저씨는 마차에 치였다.

정신 나간 마차는 흙먼지를 일으키며 사라져 갔고 아저씨는 그대로 땅바닥과 키스했다.

"꺄아아아아아아아아아, 제로스 씨———!"

"정통으로 치였어……. 아니, 날려 버렸다고 해야 하나……."

"아찌, 괜찮아?"

"주변을 똑바로 경계하지 않으면 위험해."

"……경계해서 어떻게 되는 속도가 아니지 않아? 말 그대로 질풍 같은 질주…… 질풍노도였어."

"아찌, 살아 있어?"

"이, 이 자식…… 역시 그 녀석은…… 【하이 스피드 조나단】……. 크흑! 그딴 녀석을 고용하다니…… 여, 여기도…… 인력난인가……."

흐려져 가는 의식 속에서 아저씨는 확신했다.

그 정신 나간 마차의 마부가 【소드 앤 소서리스】에서 자신을 친 소환사라는 것을.

천적이라고도 원수라고도 할 수 있는 인물이 이 세계에서, 그것도 용병 길드 직원으로 일한다는 사실에 의문을 품으며 제로스의 시야는 어둠에 싸였다.

"앗, 죽었다……."

"어쩌지? 시체 묻을래?"

"그 전에 명복을 빌자. 묻는 건 그 다음이야."

"아찌는 어차피 먹지도 못하고 좀비가 되면 큰일이니까. 이 가엾은 죄인에게 영혼의 구제를……."

"""""아아아아아아아아아아메에에에에에에에엔!"""""

아이들은 매정했다.

그리고 왠지 검과 나이프를 양손에 들고 십자로 겹쳐 놓았다. 당장에라도 칼로 찌를 것 같은 분위기였다.

아저씨는 치트지만 흡혈귀는 아니다.

"얘들아, 왜 사람을 죽이려고 해! 제로스 씨는 살아 있어요! 그리고 그 이상한 기도는 뭐예요?!"

아저씨를 걱정하는 사람은 한 명밖에 없었다. 처량한 인생이었다.

그 후 정말로 화를 내는 루세리스에게 쫓겨 아이들은 쏜살같이 사냥터로 도망쳤다.

그들에게 엉덩이 때리기는 사양하고 싶은 공포의 체벌이었다.

"으…… 여기는……?"

정신이 돌아온 제로스는 나이를 알 수 없을 만큼 큰 거목 옆에 누워 있었다.

루세리스도 나무에 등을 기대고 잠들어 있었다.

기쁘면서도 쑥스러운 무릎베개에서 눈을 떠서 어쩐지 쑥스러웠다.

"사냥터에서 기절하다니, 이상한 녀석들이 없어서 다행이야. 고블린이나 오크가 나타났으면 위험할 뻔했어. 그나저나 설마 그 녀석도 이 세계에 있었을 줄이야……."

【소드 앤 소서리스】유저에게 【하이 스피드 조나단】은 유명인이었다. 하지만 그 이름은 어디까지나 그를 본 유저가 마음대로 붙인 별명에 불과했고 진짜 이름은 아무도 몰랐다.

신출귀몰하고 언제나 맨얼굴을 숨기고 다니며 【위장】스킬로 스테이터스 표기를 의도적으로 조작하기 때문에 그 충격적인 소행과 소환사라는 직업 외에는 모든 것이 불명이었다.

한때는 운영자 중 한 명이라는 추측도 나돌며 다양한 억측을 낳았을 정도였다.

그리고 미친 듯이 날뛰는 그에게 휘말린 피해자도 많았고, 전에 설명한 대로 아저씨도 그중 한 명이었다.

"그건 그렇고…… 젊은 처자가 이런 곳에서 잠들면 쓰나. 나쁜 인간이 있으면 어쩌려고……."

어젯밤에는 서로 잠을 못 잤다. 아마 그 반동으로 곯아떨어진 것 같았다.

하지만 이곳은 사냥터였다. 용병 중에는 타인의 물건을 훔치거나 습격하는 인간도 적지 않아 아무 대책 없이 잠드는 것은 상당히 위험했다.

제로스는 몸을 일으켜 자신의 장비를 확인하고 아무것도 도둑맞지 않았다며 안심했다.

"으…… 음…… 응? 여기는……."

"앗, 일어나셨나요? 사냥터에서 잠들다니, 조심성이 부족하시네요."

"잠들어요? ……앗?! 제, 제로스 씨?! 모, 몸은 괜찮으세요……?"

"다행히 무사하네요. 설마 그놈이 용병 길드에 소속됐을 줄이야……."

"그 마부를 아세요?"

"옛날에…… 똑같이 치인 적이 있습니다. 틀림없이 그놈이겠죠……."

아저씨에게도 떠올리고 싶지 않은 과거, 가능하면 두 번 다시 만나고 싶지 않은 자였다.

"아는 분이라면 주의를 주면 폭주를 그만두지 않을까요?"

"그 정도로 그만둘 인간이 아니에요. 실제로, 저거 보세요⋯⋯."

아저씨가 숲 쪽을 가리키자―.

"악―――!"

"크아아악―――!"

"으가아아악―――!"

"비켜라, 비켜, 망할 자식들! 그 누구도 내 앞을 막아설 수는 없어! 네놈들은 My Honey에 치여서 빽빽 울기나 해! 이 퍼킹 몽키들아! 히하하하하하하하하하하!"

사냥을 하던 용병들과 마물을 날려 버리면서 무서운 속도로 마차가 달렸다.

누가 뭐래도 마차를 끄는 동물은 지상에서 최고의 속도를 자랑하는 성수, 슬레이프니르. 달리기 시작하면 멈추지 않는 폭주 기관차였다.

사냥터는 다른 의미로 위험해졌다. 마물이 아니라 인간에 의하여⋯⋯.

"일단 다른 사람이 해치운 마물을 운반하러 온 것 같네요⋯⋯. 하지만 저게 남의 이야기를 듣는 위인일까요?"

"아니⋯⋯겠죠. 저래서는 마차를 피하기도 전에 치일 거예요. 너무해⋯⋯."

"대규모 레이드에서 놈에게 희생된 사람은 많습니다. 저 속도로 전선에서 싸우는 자들을 짓밟고, 무리 지은 악마와 오크 군단에 돌격하고는 했죠. ……저러고도 소환사라는 게 미스터리예요."

제로스는 투덜댔지만, 본인이 할 소리는 아니었다.

【소드 앤 소서리스】에서 많은 희생자를 내고 지금도 이 이세계에서 희생자를 양산하는 소환사. 그가 무엇을 바라는지는 모르지만, 아무리 생각해도 아저씨와 같은 부류였다.

"이 이야기는 넘어갑시다. 아이들은 어디로 갔죠?"

"제로스 씨가 치인 후에 각자 사냥을 하러 갔어요."

"……위치는 아니까 사냥터를 한번 돌아보죠."

"네, 가요."

먼저 사냥을 간 아이들을 쫓아 아저씨와 루세리스는 사냥터 지도를 손에 들고 나란히 걸었다. 마차에 치인 용병들을 그대로 둔 채로……. 이 두 사람도 은근히 매정했다.

그들이 지나간 뒤에는 신음하며 도움을 요청하는 용병들만이 남았다.

〈케이스1. 안제+카에데+꼬꼬 두 마리의 경우〉

안제와 카에데는 여자 2인 콤비를 짜고 꼬꼬 두 마리(와일드 꼬꼬 아종인 【검은 띠 꼬꼬】와 【검도 꼬꼬】)를 데리고 숲을 산책했다.

탐사 능력에 문제가 있는 구성이지만, 그 부분은 하이 엘프인 카에데가 커버하여 불필요한 마물과 접촉하지 않고 숲 안쪽까지 들어왔다.

숲 속에서는 엘프의 능력이 현격히 향상됐다. 일종의 지형 효과라고 할 수 있었다.

그런 두 사람이 찾는 것은 직립 보행 돼지 머리 마물, 오크였다.

오크는 인간을 닮은 형상에 무기를 다루는 지성도 가졌다. 겉모습에 어울리지 않게 무척 강하며, 두껍고 억센 털이 온몸을 덮어 방어력도 높았다. 성격은 몹시 호전적이고 다른 종족을 납치해 번식에 이용하는 에로 몬스터로 유명했다.

얼마 가지 않아 목표를 발견한 두 사람은 바로 나무 사이로 몸을 숨겼다.

하지만 이미 한 용병 무리가 싸우고 있어 자신들이 늦었다고 판단했다.

"카에데, 어떡해~. 먼저 싸우는 사람이 있어."

"음…… 하지만 저 자들에게는 버거워 보여……. 오크는 세 마리 더 있어. 못 이긴다고 판단하면 바로 퇴각하겠지."

두 사람은 숨어서도 칼을 잡거나 활을 겨눠 언제든 쏠 수 있게 준비하고 있었다.

그리고 카에데의 예상대로 용병들은 냅다 도망치기 시작했다. 오크에게 이기지 못하는 것으로 보아 아마 신인 용병일 것이다. 견제로 시간을 벌고 도망친다는 선택을 한 것만으로도 냉정한 판단력이었다.

"갔나? 음?"

"오크가 이쪽으로 오는데? 어쩌지?"

"오크 두 마리는 우리가 담당하지. 남은 두 마리는 꼬꼬들에게 맡긴다."

""꼬꼬!(잘 알겠다!)""

꼬꼬들은 합류하려는 오크를 향해 바람처럼 달려 나갔다.

"꼬꼬——!(호풍(豪風) 정권 찌르기—!)"

"꼬끼오꼬꼬!(계승섬(鷄昇閃)!)"

첫 번째 오크는 강력한 타격을 맞고 나무에 격돌하고, 다른 한 마리도 배가 단숨에 갈라졌다.

꼬꼬들은 무자비했다. 그야말로 일격필살. 단순히 상대가 약할 뿐인지도 모르지만…….

카에데는 자신들 쪽으로 오는 오크에게 돌진해 거합술로 일격을 넣었다.

"목을 내놓아라——!"

엘프 소녀는 살벌했다.

그 일격은 목을 뼈째로 절단했고 절단면에서는 대량의 피가 솟구쳤다.

그야말로 일섬필살.

"에잇, 【질풍영시(疾風影矢)】!"

안제가 날린 화살이 오크의 두 눈을 꿰뚫고 고통에 몸부림치는 오크에게로 카에데가 순식간에 접근했다.

동시에 단도를 뽑는 거합술로 경동맥을 끊었다.

아무리 재생 능력이 높아도 주요 혈관을 자르면 쉽게 막을 수는 없었다.

한번에 많은 피를 잃고 쓰러진 오크의 이마에 마지막 일격이 내

리꽂혔다.

"끝났어?"

"음…… 격이 오른 기분이 들지만, 썩 강해진 느낌은 아니군."

"마물과 격차가 적으면 얼마 안 오른다고 들었어."

"그렇군…… 이게 항간에서 말하는 격차 사회라는 것인가."

어떻게 보면 옳았다. 이 세계는 격(레벨)이 차이를 낳는 사회였다.

"더 센 걸 잡고 싶지 않아?"

"그래. 이것들로는 아직 한참 부족해."

스킬 레벨은 비정상적으로 높은 두 사람이 격을 올리려면 더 강한 마물을 해치우거나 여러 마물을 연속으로 해치워야 했다.

드물게 거물도 나타나지만, 대개 다른 용병들에게 선점당했다. 누가 먼저 만나는지도 순전히 운이었다.

"응? 지금 저 돌…… 안 움직였어?"

"돌? 흠…… 저거 말인가?"

숲 여기저기에는 돌과 바위가 굴러다녔는데 안제는 그중에서 움직이는 돌을 발견했다.

그 돌에서 단단한 갑각류의 다리가 나오더니 곧 모습을 드러냈다.

생김새는 소라게지만, 빨갛고 파란 얼룩무늬가 특징인 생물. 【록쉘】이었다.

돌과 바위로 위장한 단단한 껍데기를 가지고 주로 동물 사체를 먹는 갑각류 마물이며, 별칭은 【사냥터의 청소부】였다. 몸은 식용으로 쓰이지만, 단단한 껍데기로 무장해 쉽게 쓰러뜨리기 어렵고 무기가 손상되기 쉽기 때문에 기피하는 사람이 많은 생물이기도 했다.

"저건 검이나 활로 상대하기 어렵겠지?"

"타격 무기가 좋아 보이지만, 아쉽게도 우리에게 그런 무기는 없군."

참격 계통 무기로는 단단한 껍데기를 파괴하기 전에 도리어 날이 상할 가능성이 컸다.

"꼬낏—!(발기장타(發氣掌打)!)"

""오오!""

현재 보유한 무기로는 해치울 수 없다고 망설이는 사이 검은 띠 꼬꼬가 내부 파괴 기술로 공격을 감행했다. 그것을 본 안제와 카에데는 록 쉘의 대처법을 깨닫고 눈을 크게 떴다.

참격으로 해치울 수 없다면 타격으로 내부에 충격을 주면 된다. 지금까지 근접 전투를 훈련한 그녀들이 쓰지 못할 기술이 아니었다.

"그렇군. 저거라면 통하겠어."

"많이 있으니까 싹 쓸어 가자♪"

록 쉘은 살이 맛있어서 요리 재료로 수요가 많고 껍데기와 갑각이 무기나 방어구 재료로 사용되며, 푸른 혈액도 약재로 중요시되기 때문에 사실 버릴 게 없었다.

반면, 치가 떨릴 만큼 가공이 힘들어 요리든 장비든 약이든 제법 고가에 거래됐다.

신출내기 용병이 어엿한 프로로 인정받기 위한 등용문, 그것이 록 쉘 장비였다.

그런 마물에게 지금 두 소녀가 달려들고 있었다.

그것도 맨손으로. 꼬꼬들은 즉시 주위 경계에 나섰다.

—빡! 퍼걱! 쿵! 콰드득!

아무리 껍데기가 단단해도 내부에 직접 충격을 가하면 막을 방도가 없었다. 록 셸들은 소녀의 발과 주먹에 일방적으로 나가떨어졌다.

타격하는 순간 흘려보내는 마력 파동 앞에서 방어력 따위 무의미했다.

레벨 차이가 나는 꼬꼬들과 훈련한 아이들은 그 레벨에서는 상상도 못 할 실력을 몸에 익혔다.

크면 어떻게 될지 무서운 소녀들이었다.

"좋아, 대충 끝났어. 신호탄을 쓸까?"

"그래. 정리되면 조금 더 안쪽으로 들어가 보지."

안제는 신호탄을 꺼내서 설명문을 읽고 통을 하늘로 들어 끈을 잡아당겼다.

『퐁!』하는 소리와 함께 푸른 연기를 내는 작약이 날아오르고 하늘에서 빛을 냈다.

잠시 기다리자 정신 나간 웃음소리를 내는 마차 한 대가 맹속력으로 달려왔다.

용병 길드 소속 운반 마차는 신속했다. 이 마차만 그런지도 모르겠지만…….

이날, 모브 마을에 대량의 록 셸이 운반되었다.

이것이 훗날 【붉은 머리 안제】와 【나찰 공주】라고 불리는 S랭크 용병의 데뷔전이었다.

용병 길드는 이번 성과에 박수갈채를 보냈다고 한다.

장래가 기대되는 괴물 신인의 탄생과 록 쉘 대량 납품이라는 두 가지 의미로…….

아저씨와 루세리스는 아이들을 찾으며 숲을 걸었다.

GPS 같은 반지를 줬으므로 아이들이 있는 지역은 지도로 대충 알 수 있었다.

"이얍!"

귀여운 소리를 내면서 모닝 스타로 곤충형 마물을 뭉개는 루세리스.

카이트 실드를 등에 지고 무리 지은 갑각 마물【혼 비틀】을 박살 냈다.

소재 목적으로는 삼류 이하인 마물이며 고기는 뭐라고 말하기 힘든 떫은맛이 나서 식용으로 적절하지 않았다. 인기가 없어서 사냥하는 사람이 거의 없는 탓에 대량 번식하지만, 사냥을 방해하러 끼어드는 귀찮은 마물이었다.

그래도 경험치는 쏠쏠했다.

"이 마물은 마석밖에 얻을 게 없네. 그마저도 품질이 낮아. 이러니까 인기가 없지."

"하지만 수도 많고 경험 쌓기에는 좋지 않나요?"

"바꿔 말하면 그것밖에 이점이 없어요. 이런 마석으로는 애들

용돈밖에 못 법니다. 수지타산이 안 맞아요. 마석을 결합하는 연금술사라면 또 몰라도…….”

연금술사의 【결합】, 【압축】, 【연성】 효과를 사용하면 품질이 낮은 마석을 상급품으로 바꿀 수 있었다. 그러나 그러기 위해서는 열악한 마석이 다수 필요하며, 그것들을 고생해서 모을 바에야 레벨 높은 마물을 잡아서 양질의 마석을 얻는 편이 빨랐다.

이 세계의 연금술사도 똑같은 생각을 가져 어지간해서는 마석을 생성하는 일이 없었다.

“뭐, 그건 넘어가고 마석부터 회수할까요?”

아저씨는 쓰러진 혼 비틀에게서 마석을 회수해 주머니에 담았다.

루세리스는 해체 작업을 잘하지 못했다.

수녀니까 당연할지도 모르지만. 생선 손질은 할 수 있는데 이상한 이야기였다.

“아…… 제로스 씨?! 뒤에…….”

“네? 뭐가…… 부허헉——?!”

“히하하하하하하! 이런 곳에서 농탕질하지 마, 썩을 것들! 치어 죽여 버린다, 퍼킹 가이! 내 앞을 막는 놈은 디스트로이다아아아아아아아아아아아!”

—두두두두두두두두두.

마차가 맹렬한 속도로 제로스를 날려 버리고 지나갔다.

그곳에는 역시 【하이 스피드 조나단】이 있었다.

안제가 날린 신호탄을 본 그는 광속으로 현장에 직행하는 중이었다. 그 길에 벌어진 교통사고였다.

"꺄아아아아아아아아아, 제로스 씨?!"

루세리스의 비통한 외침이 숲에 울려 퍼졌다.

아저씨는 【소드 앤 소서리스】도 포함해 세 번이나 치인 셈이었다.

기절한 제로스의 손끝에는 【조나단】이라는 다잉 메시지가 남아 있었다.

제10화 아저씨, 일반 용병의 현실을 알다

"쿠웨에!"

"큭……."

고블린이 힘껏 휘두른 곤봉을 카이트 실드로 막고 움츠러든 루세리스는 즉시 적을 밀어내려고 두 다리에 힘을 넣었다. 카이트 실드를 기울여 힘을 한쪽으로 흘리자 고블린은 균형을 잃었다.

루세리스는 쓰러지려는 고블린의 허점을 놓치지 않고 공격했다.

"이야아압!"

―퍼걱!

아래에서 올려 친 모닝 스타가 고블린의 턱에 깨끗하게 꽂히고 뼈가 부서지는 끔찍한 소리가 났다. 이어서 회전을 더해 후방에서 달려온 다른 고블린에게 통렬한 일격을 가했다.

고블린의 얼굴이 움푹 들어가고 추악한 얼굴이 더 추하게 일그러졌다.

숨통을 끊으려고 했을 때, 또 다른 고블린이 잽싸게 거리를 좁혔다.

"키아아!"

"뭐?!"

고블린은 작은 덩치에 비해 높은 도약력으로 배후에서 달려들었다.

"으랏, 차아!"

하지만 루세리스도 돌아서자마자 뛰어 묘한 기합을 지르며 고블린에게 플라잉 니 킥을 먹였다.

그녀도 가끔 아이들과 꼬꼬 사이에서 훈련을 받은 탓인지 격투 능력이 높았다.

"아니— 진공 날아 무릎 차기[#3]?!"

발상이 화석 수준으로 낡았다. 하지만 아저씨가 그렇게 생각할 정도로 멋진 일격이었다.

흡사 모 격투 게임에 나오는 무에타이 선수 같지만, 솔직히 성녀 같은 외모로 쓸 기술은 아니었다. 지독하게 어울리지 않았다.

심지어 몸부림치는 고블린을 자비 없이 둔기로 내리찍어 죽였다.

만약 결혼하면 남편은 꽉 잡혀 살 것이라고 아저씨는 생각했다.

"후, 이 근처에 있는 고블린은 조금 강하네요. 제법 고생했어요."

"아니…… 어려움 없이 전부 상대하셨으면서……. 마무리 짓는 것도 빨랐고."

성녀님은 과격했다.

"그나저나 고블린은 해치우는 보람이 없네요."

"아무리 마물이라도 목숨을 빼앗는 행위예요. 이 또한 죄라는 것을 잊으시면 안 돼요, 제로스 씨."

#3 진공 날아 무릎 차기 1960~70년대에 활약한 일본의 킥복싱 선수 사와무라 타다시의 기술.

"그건 그렇지만요. 하지만…… 고블린은 좀…….."

루세리스는 이동 중에 만난 고블린과 진심으로 싸웠다.

기껏 기회가 온 김에 격을 올리기로 한 것이었다.

그러나 고블린에게서는 마석 외에 아무 소재도 들어오지 않았다.

쓰러뜨린 사체를 마법으로 불태우거나 구멍을 파서 묻어야 한다는 규칙이 있어서 용병들은 대단히 꺼리는 마물이었다. 적어도 금속 무기라도 가졌다면 다행이지만…….

"그나저나 그 아이들은 어디로 갔을까요? 이만큼 찾아도 안 보이다니……."

기운차게 사냥터로 산개한 아이들을 뒤쫓았지만, 아직 한 명도 발견하지 못했다.

"어지간한 상대에게는 지지 않으니까 무사한 건 틀림없어요. 오히려 상대하는 마물이 더 불쌍하죠. 어서 합류하지 않으면 무슨 사고를 칠 것 같아요. 이미 쳤을지도 모르지만."

"그, 그러네요……. 블러드 베어와 싸워도 이상하지 않아요. 어서 붙잡지 않으면 점점 거물을 노리고 안으로 들어갈 거예요……."

걱정하는 방향성이 이상했다.

두 사람의 머리에는 아이들에 대한 걱정보다 마물에게 닥치는 대로 싸움을 거는 모습밖에 떠오르지 않았다.

그만큼 아이들의 전투력은 강했고 교활했다.

꼬꼬와 훈련한 아이들은 이 세계의 일반 상식에서 크게 일탈한 존재로 성장했다.

"일단 고블린 사체부터 처리해야겠네요. 방치하면 전염병이 발생할지도 모르니까요."

"부탁드릴게요. 저는 마법을 못 쓰니까요. 이럴 때 마법은 편리하네요."

"쓸 수 있을걸요? 한번 배워 보실래요? 직업이 【성마도사】로 변할지도 모르지만."

【성마도사】. 회복과 마법을 동시에 구사하는 마법사 직업이었다. 공격 면에서는 마도사보다 떨어지고 회복도 신관에 못 미치는 이도 저도 아닌 직업이라서 【소드 앤 소서리스】에서는 영 인기가 없었다.

무엇보다 【성마도사】의 경우 기껏 전투 기능을 배워도 격투 능력과 방어 능력 효과가 현저히 떨어졌다. 방어력도 보통 마도사와 같은 수준이므로 공격을 맞으면 치명적이었다. 오히려 마도사가 격투 기능을 배우면 각 전투 능력이 향상하여 쓰기 편했다.

성마도사를 한다면 생산직을 병행해서 키우는 편이 나았다.

"저…… 그러면 이단 심문을 받을 가능성이 있어서요……"

"그때는 저한테 말씀하세요. 이단 심문관을 두들겨 팰 테니까. 보나 마나 꽉 막힌 맹신자 집단이겠죠. 남의 말은 귓등으로도 안 듣는 정신 나간 것들이 틀림없어요."

"왜 그렇게까지 단언하시죠? 종교에 관해 어떤 편견이라도 있으신가요?"

"단순히 4신을 못 믿을 뿐입니다. 단지 그뿐이에요. ……정말로 그뿐이죠."

아저씨에게 4신은 적이었다. 필연적으로 맹목적으로 4신을 신봉하는 신자들도 적이었다.

역사적 관점에서 봐도 이단 심문이라며 만행을 저지르는 자가 신관과 사이가 안 좋은 마도사의 이야기를 들을 리 없었다. 그렇다면 싸움으로 발전하는 것은 안 봐도 뻔했다.

지리멸렬한 생트집을 잡아 다짜고짜 칼을 들이댈 것이라고 생각했다. 틀림없이 아저씨의 편견이었다.

"그럼 사체를 처분할게요. 【파이어】."

"사체…… 적어도 유해라고 시신이라고 말해주시면 안 될까요? 뜻은 같지만, 뭐랄까, 어감이 조금 신경 쓰여서……."

숲 속에서 시체를 태우는 냄새가 퍼졌다.

고블린 고기는 냄새가 고약했다. 불로 태우자 욕지기가 올라오는 악취가 발생했다.

소재로 쓸 부위가 없고 죽어서도 고생만 시키는 마물, 그것이 고블린이었다.

그 후 아저씨와 루세리스는 다시 아이들을 찾아 숲을 돌았다.

〈케이스2. 죠니+꼬꼬의 경우〉

조금 긴 머리를 아무렇게나 뒤로 묶은 소년, 죠니는 갑옷을 입은 채 풀숲에서 숨을 죽이고 주변을 살폈다.

눈앞에 있는 것은 용병 다섯 명과 무장한 오크 열 마리. 용병이 둘러싸여 수세에 몰려 있었다.

'이걸 어떻게 한다…… 이건 도와주러 나가는 편이 나을까? 하지만 수가 너무 많아.'

죠니는 냉정했다.

지금 도와주러 나서도 수적으로 오크가 유리했다. 하지만 못 본 척할 수도 없었다.

고작 어린애 한 명이 나가 봤자 할 수 있는 일은 적었다.

파트너인 【블랙 꼬꼬】는 똑같이 풀숲에서 숨죽이고 기회를 노리고 있었다.

여러 정보를 모으고 자신의 스타일을 시험해 보기 위한 사냥에서 무모한 실책을 범하고 싶지 않았다. 그런 실패담을 길드에서 많이 들었기 때문이었다.

죠니는 파트너에게 손짓으로 신호하고 풀이나 나무 사이로 우회해 반대 방향에서 습격하기로 했다. 용병들은 조금만 더 버텨주기를 바랄 수밖에 없었다.

"젠장! 더는 힘들지 않아……?"

"무슨 소리냐? 놈들은 움직임이 크다! 냉정하게 대처하면 빠져나갈 수 있어!"

"그렇지만 수가 너무 많아. 화살도 얼마 안 남았다고~!"

"나도 이미 마력이…… ."

"적어도 두 마리만 해치우면…… ."

용병 파티는 검사가 두 명, 중장병이 한 명, 궁병이 한 명, 마도사가 한 명인 정석적인 구성이었다.

하지만 실력이 부족한지, 그들의 움직임은 모두 따로 놀았다. 마치 뭔가 큰 요소가 빠진 것처럼 어색했다.

죠니는 상황을 보면서 그렇게 생각했지만, 무엇이 빠졌는지는 판단이 서지 않았다.

실전 경험이 없으면서 그 점을 깨달은 것만 해도 대단했다.

'좋아…… 포위망을 빠져나왔어. 이제는…….'

파트너와 함께 오크 포위망을 빠져나온 죠니는 수신호로 좌우로 나뉘어 습격 신호를 보냈다. 그러자 꼬꼬가 씩 웃어 보인 것이 신경 쓰였다.

사실 닭이라서 표정까지는 알 수 없지만, 어쩐지 그런 기분이 들었다.

포위망에서 벗어난 한 사람과 한 마리는 두 갈래로 나뉘어 한 마리씩 확실하게 처리하기 위해 행동을 개시했다.

무기는 검이 아니라 해체용 두꺼운 나이프를 쓸 생각이었다.

'우선 한 마리…….'

죠니는 오크 뒤에서 숨을 죽이고 나이프를 들었다.

타이밍을 재고 후방에서 목에 매달려 그 여세로 머리에 나이프를 꽂았다.

"으어……."

아무리 마물이라도 급소를 공격하면 죽는다. 완벽한 기습이었다.

'좋아, 다음은 저 녀석이다…….'

도시에서 모르는 사람을 스토킹해서 수련한 은신 기술을 최대한 활용해 다음 목표를 정했다.

용병보다는 암살자였다. 솜씨가 제법 악랄했다.

하지만 삶과 죽음이 오가는 마당에 비겁이고 나발이고 없었다. 죽이지 않으면 죽는 것이 자연계의 혹독함이었다. 그것을 가르쳐준 것은 교회 뒤편에 사는 마도사 아저씨였다.

교활한 아이지만, 아이이기에 순수했다.

다음 오크도 똑같이 등 뒤에서 덮치고 가르침대로 확실하게 목을 갈라 군더더기 없이 처리했다.

피가 묻지 않게 빠르게 일격을 가하고 풀숲에 숨었다. 파트너 꼬꼬도 오크 두 마리를 쓰러뜨려 이제 남은 수는 여섯. 용병들에게도 활로가 보였을 것이다.

"이건······."

"뭐가······ 일어난 거지?"

"오크가······ 갑자기 쓰러졌어?"

아니, 용병들 사이에 동요가 퍼졌다. 마찬가지로 오크도 경계하고 멈춰서 주위를 살폈다.

결국 모두 경계심이 강해져 버렸다. 큰 오산이었다.

'잠깐, 이 틈에 오크를 해치우라고······. 왜 멍청하게 서 있어!'

예상하지 못한 상황에 경계하는 것은 어쩔 수 없었다. 용병들은 조력자가 나타났다고 생각하지 못했으니까. 하지만 이 상황에서 굳어 버리는 그들이 앞으로 용병으로 살아남기는 힘들 것이다.

이 틈에 후퇴하든 기회를 보고 오크를 해치우든, 즉시 결단을 내렸어야 했다.

작은 방심이 죽음으로 이어진다─ 이것도 아저씨에게 배운 것이었다.

'으음, 어쩔 수 없지……'

죠니는 주위를 돌아보고 따로 떨어져 있는 오크를 노렸다.

풀 속에서 나와 단숨에 접근해 뒤룩뒤룩 살찐 배에 마력이 담긴 장타(掌打)를 먹였다.

"【기폭장(氣爆掌)】!"

2미터를 넘는 오크가 공중에 떠올랐다. 달려온 기세를 실은 일격과 내상을 입히는 통렬한 마력 충격파가 오크를 띄워 버리고 의식과 함께 목숨까지 앗아갔다. 아마도 즉사였다.

괴롭지 않게 해치우는 필살의 기술. 제법 자비로운 공격이었다.

"어, 어린애?!"

"마, 말도 안 돼…… 다른 오크도 저 아이가?!"

"뭐가 저렇게 강해……. 우리가 저 나이일 때는…… 젠장! 빌어먹을……."

그것은 용병들에게 경악스러운 사실이었다.

그리고 그들의 말에서는 뭔지 모를 고통이 느껴졌다.

죠니는 곧 성인이 될 나이지만, 궁핍한 생활 때문에 성장이 느려 어린아이로밖에 보이지 않았다. 그런 왜소한 소년이 오크를 연속으로 해치운 사실을 그들은 받아들이지 못했다.

『꼬꼬………….(지옥에 떨어져라.)』

거기에 추가타를 날리듯 고속으로 이동하는 검은 그림자가 오크의 배후에서 귓구멍에 자신의 검은 깃털을 수평으로 찔러 넣었다. 블랙 꼬꼬가 일격에 오크를 살해했다.

검은 천사나 다크한 사냥꾼, 혹은 크리티컬한 암살자. 죠니의 감시자치고는 파격적이었다. 게다가 그 일격은 빠르고 정확했다. 용병들의 상식이 파괴된 순간이었다.

"저, 저건…… 꼬, 꼬꼬?! 하지만…… 새까매……."

"뭘…… 한 거야? 그냥 지나갔을 뿐인데 오크가 쓰러졌어……."

마도사와 궁병 소녀는 눈앞에서 벌어진 일이 믿어지지 않는 눈치였다.

"거기, 멍하게 있지 말고 오크를 잡아줄래? 이제 네 마리 남았는데……."

"""""앗…….""""""

이곳은 사냥터. 작은 방심이 목숨을 앗아가는 위험한 장소였다. 분명히 놀라운 일이었지만, 지금은 해치워야 할 마물이 눈앞에 있었다.

오크는 고블린과 달리 맷집이 좋은 마물이었다. 게다가 한 대라도 맞으면 팔 하나 정도는 가볍게 날아가는 무서운 힘을 가졌다. 수가 줄었다고 마음을 놓아서는 안 됐다.

"조, 좋아, 얼마 안 남았어! 이대로 단숨에 밀어붙인다!"

"""""우, 우오오———!""""""

용병들은 활로를 발견하고 함성을 지르며 오크에게 달려들었다. 하지만 어딘지 모르게 무리를 하는 느낌이 들었다.

그들이 싸움에 가세한 것을 확인한 죠니는 이제 도울 필요는 없다고 판단하고 바로 오크에서 마석을 회수했다.

얼마 지나지 않아 용병들도 싸움을 마치고 해가 조금 기운 하늘에 신호탄을 쏴 올렸다.

잠깐 시간을 두고 시끄러운 웃음소리를 퍼뜨리는 마차가 도착했다.

◇　◇　◇　◇　◇　◇　◇

제로스는 표식을 따라서 아이들을 찾아다녔지만, 아직 아무도 만나지 못했다.

사냥에 열중했는지, 아이들은 한곳에 가만히 있지 않고 단시간에 장소를 옮기고 있었다. 이래서는 아무리 돌아다녀도 합류하기는 글렀다.

그렇게 고생하며 새로운 곳에 도착했을 때, 또 그 마차가 엄청난 속도로 지나쳤다. 은근히 【하이 스피드 조나단】이 대활약하는 모양이었다.

하지만 그가 지나간 뒤에는 여전히 희생자가 나왔다.

"꺄이아아아아아아아아아?! 눈을 떠, 케인!"

"정신 차려, 이런 곳에서 죽을 순 없어! 우리에게는 꿈이 있잖아!"

"눈을 떠──! 난 유리아에게 뭐라고 말해야 하냐고!"

"부탁해, 죽지 마! 나를 두고 가지 마!"

사냥터 도처에서 비통한 외침이 메아리쳤다.

다른 의미로도 대활약이었다.

"……."

"저기, 제로스 씨? 저 마부는 아는 분이라고…….."

"치인 적이 있을 뿐이고 모르는 사람이거든요? 이야기도 해 본

적 없어요.”

딱히 친구도 아니니까 그가 한 일의 책임을 들이밀어도 곤란했다.

애초에 주의를 줘도 남의 말에 귀를 기울일 거라는 생각은 들지 않았다.

“그나저나 이곳에는 아이들이…… 있군.”

아저씨가 주위를 돌아보자 5인조 용병과 함께 죠니와 블랙 꼬꼬가 있었다.

왠지 크게 감사받는 분위기였다. 리더로 보이는 청년과 열렬한 악수를 나누고 있었다.

그런 죠니 곁으로 루세리스가 뛰어갔다.

“죠니! 여기 있었나요? 한참 찾았어요.”

“앗, 수녀님. 늦었네? 이미 오크는 다 해치웠어.”

“오크?! 그런 마물과 싸웠어요?! 다친 곳은…… 없죠?”

“걱정도 팔자야~. 틈을 찔러 해치우면 의외로 간단해. 정면에서 상대하면 어떨지 모르지만.”

죠니는 득의양양했지만, 방심한 것은 아니었다.

사실을 있는 그대로 말했을 뿐이지만, 듣는 사람은 간담이 서늘했다.

누가 뭐래도 오크는 힘이 세고 방어력도 높은 마물이었다. 무리 행동도 하므로 상황에 따라서는 상당히 위험했다.

“그런데 죠니…… 다른 아이들은 어디 있죠? 여기에는 없나 본데…….”

“정말로 수녀님은 걱정도 많아. 다들 어디선가 사냥하고 있지 않을까? 그런데 아찌. 나, 신중하게 한 마리씩 해치우니까 쉽던데?"

"꼬꼬도 함께 있었고 네 실력이라면 오크 정도로 고전하지는 않겠지……."

아저씨는 진화한 종을 구별하지 않고 모두 싸잡아서 꼬꼬라고 불렀다.

블랙 꼬꼬는 아처 꼬꼬에서 다른 계통으로 진화한 은신 위주의 신종 꼬꼬였고, 또 하나의 진화형은 섀도 꼬꼬라고 했다. 어느 쪽이나 고기동 은신 기습형 마물이었다.

또한 활을 쓰는 저격도 특기인 암살 전문가였다. 우케이, 센케이, 잔케이를 필두로 한 특수 진화 꼬꼬들은 계속해서 불어나고 있었다.

참고로 지금 이 세 마리는 얼티메이트 포스 마스터 꼬꼬와 얼티메이트 다크니스 마스터 꼬꼬, 얼티메이트 블레이드 마스터 꼬꼬로 진화했다.

아저씨에게 훈련받은 탓에 꼬꼬의 이상 진화가 진행됐다고도 볼 수 있지만……. 강자를 상대하면 진화가 촉진되는지도 모르겠다.

여담이지만, 꼬꼬들은 진화해도 겉모습이 변하지 않아서 제로스도 감정해 보기 전까지는 진화한 줄 몰랐다. 게임처럼 빛을 뿜으면서 진화하지는 않았다.

"저…… 죄송합니다."

"응? 뭔가요?"

망설이며 말을 건 청년에게 아저씨가 대답했다.

용병으로서 제법 경험을 쌓은 청년으로 보이지만, 그 표정에는 피폐한 기색이 보였다.

아니, 다른 멤버에게서도 피로감이 아닌 다른 무거운 감정을 느낄 수 있었다.

"사실 방금 그 아이가 우리를 구해줬습니다……. 보호자신가요?"

"정확하게 말하면 아니지만, 비슷한 입장입니다. 그나저나 구해줬다고요? 설마 오크에게 둘러싸였나요?"

"네. 하마터면 동료가 희생될 뻔했습니다. 구해주셔서 정말로 감사합니다."

"제가 구한 게 아닌데 말이죠. 감사라면 죠니 군에게 해주세요."

그들은 모두 젊었다. 아이들에 비하면 3년은 선배로 보였다.

오크를 상대로 하려면 그만큼 시간이 걸리는 것이 보통이었다. 일반 용병들과 비교해 양육원 아이들이 얼마나 급성장했는지 이 상황으로 봐도 알 수 있었다.

'아, 일반적인 용병의 성장 속도는 이 정도구나. 내 주위가 이상한 건가~?'

제로스는 자신의 인식을 고쳤다.

보통 용병이라면 위험한 행동은 피하고 언제나 안전을 확보하며 행동했다. 그것마저 완벽하게 풀린다는 보장은 없으나, 마물 사냥은 특히 신중하게 행동할 필요가 있었다.

제로스처럼 흉악한 마물을 포박 마법으로 고정해 패는 사람은 없었다. 게다가 다른 사람에게 마무리를 양보해 레벨 업을 돕는 일은 생각할 수도 없었고 확실하게 경험을 쌓으며 강해졌다. 이 청년 용병의 성장이 오히려 정상이었다.

'이 상황에서 아이들의 레벨이 오르면 어떻게 되지? 현시점에서 이 정도니까 밑도 끝도 없이 강해지는 거 아니야?'

격이 높은 꼬꼬들을 상대로 수행하거나 길에서 미행하는 등 아이들은 창의적으로 궁리하며 능력을 키웠다. 그리하여 그들은 이미 몇 개나 되는 직업 스킬을 익혔고 스킬 레벨 자체도 높았다.

직업 스킬은 여러 개 모으면 새로운 직업 스킬이 탄생할 수도 있고 그 직업 스킬 보유 효과가 신체 능력에 영향을 미쳐 시너지로 신체 보정에 큰 영향이 나왔다.

다시 말해 그 시너지가 폭발적인 효과를 낳을 가능성도 있었다.

그렇다. 바로 이 아저씨처럼…….

"—그래서 오크에게 둘러싸이는 바람에…… 저기, 듣고 계십니까?"

"앗, 죄송하네요. 잠깐 딴생각을 하느라……. 이 아이들의 미래가 두려워져서……."

"그 아이, 강하더군요. 어떻게 그렇게……. 말이 안 돼요. 경험을 쌓은 우리보다 강하다니……."

"매일 훈련하기 때문이라고밖에 할 말이 없어요. 격투와 무기 사용법을 배우고, 남의 뒤를 쫓아다니며 기척 없애는 법을 배우고, 자기 외모를 이용해서 정보를 캐낸다고 하네요."

"……그거, 범죄 아닌가요? 싸우는 법을 배우는 건 그렇다고 쳐도 스토킹은……."

"사생활 침해죠……. 뭐, 범죄에 이용하지 않으니까 정상 참작해야죠."

까딱 잘못하면 강력한 범죄자를 육성한 꼴이 된다.

가뜩이나 뒷골목 부랑아는 범죄자 예비군이 되기 쉬우며 각국에서도 문제가 되고 있었다. 만약 아이들이 범죄자가 되면 다양한 의미로 위협적이었다.

"저는 저 아이가 너무 강해서 걱정이에요. 이 근처 마물을 쉽게 쓰러뜨린다는 건 어지간한 거물이 아닌 한 이길 수 있다는 말입니다. 지금은 괜찮지만, 이 상태가 계속되면 거만해져서 방심하게 돼요."

"그 방심으로 죽을지도 모른다는 말인가요? 확실히 위험하군요……."

"자기만 죽는다면 그나마 낫죠. 문제는 남이 말려드는 경우입니다. 동료가 죽고 자기가 살아남으면…… 아마 마음이 망가지겠죠. 강하기에 동료의 죽음을 견디지 못할 겁니다."

"……이해합니다."

제로스는 청년이 보인 어두운 표정에서 최근 동료가 죽은 적이 있다고 직감했다.

왜냐면 이야기를 듣던 다른 동료들도 비슷한 표정을 지었으니까.

제로스도 가끔 자기 힘에 취할 때가 있었다. 너무 강한 탓에 힘 조절이 어려운 탓이었다.

전력으로 싸울지 말지를 판단할 경험이 너무나도 부족했다. 그런 감각으로 계속 싸우면 언젠가 돌이킬 수 없는 실패를 저지를 우려가 있었다.

실제로 싸우는 도중 남의 목숨이 가볍게 느껴질 때가 있었다. 간혹 그런 점이 무척 무서워졌다.

"죽은 인간과는 두 번 다시 못 만납니다. 모르는 곳에서 병이나 사고로 죽었다면 포기할 수도 있지만, 함께 싸우다가 죽으면……."

"그렇죠. 동료가 죽으면…… 남은 사람은 괴롭지요."

"……뻔한 말이지만, 시간을 들여 받아들이는 수밖에 없습니다. 동료가 죽어서 괴로운 시기는 가능한 한 쉬운 의뢰를 받는 게 좋을 겁니다. 잃은 것이 크다는 건 알지만, 무리하면 또 뭔가 잃을지도 몰라요. 용병은 그런 일이 많으니까……."

"알고 계셨나요……. 저희는 파티 리더를 잃었어요. 어릴 때부터 함께 자란 친구를……."

"그 슬픈 표정을 보면 바로 압니다. 지금이 괴로운 시기겠죠……."

듣고 싶지 않은 무거운 이야기를 듣고 말았다. 아저씨는 답답한 분위기에서 도망치듯 담배를 물고 불을 붙였다. 담배 맛이 썼다.

가까운 사람이 갑자기 죽은 경험은 있지만, 싸움 속에서 잃은 경험은 없었다.

영화나 드라마, 라이트 노벨 따위에서 본 어쭙잖은 지식으로밖에 위로할 수 없는 자신이 답답했다. 원래 일본에서 살았던 사람이니까 당연하지만, 적어도 40년 인생살이로 얻은 짧은 생각 정도는 말해주고 싶었다.

"강해지고 싶어요……. 동료가 죽지 않게……."

"괴롭다면 동료와 이야기하세요. 슬픔을 나눌 수는 있을 겁니다. 다만, 절대로 혼자서 짊어지지는 마세요. 경우에 따라서는 파티가 분열될지도 모릅니다."

"……왜 우리는 이렇게 약할까요……. 강하면, 지킬 수 있었을 텐데……."

"자세하게 묻지는 않겠습니다. 제가 무슨 말을 해도 위로가 되지는 못할 테니까요. 받아들이기 어려운 현실을 받아들이고 발버둥 칠 수밖에 없어요. 단, 괴로운 건 자기 혼자만이 아니라는 사실을 기억해 두세요."

"……그거밖에, 없군요. 이렇게나 괴로운데……."

"앞으로 어떻게 활동할지는 서로 이야기해서 정하십시오. 한 명이 빠지면 파티가 움직이는 법도 달라집니다. 리더가 없으면 더더욱 그렇죠. 우선 지금 할 수 있는 일을 본인들끼리 정리하세요. 절대로 혼자서 모든 것을 결정하려고 하지 말고요. 아마 그쪽이 서브 리더겠죠?"

파티를 짜서 경험을 쌓아 가면 리더와 서브 리더가 저절로 생기게 마련이었다. 함께 행동하는 사이 각자의 역할이 저절로 보이기 때문이었다. 그래서 독단을 내리는 사람은 리더 후보에 들지 못하고 냉정한 판단력을 가진 사람이 추대받는 경향이 강했다.

하지만 그 시기가 올 때까지 이어지는 파티는 생각보다 적었다. 대개 내부 분열이 일어나거나 누군가 멤버가 죽어서 자신들의 미숙함을 깨닫기 때문이었다.

결과적으로 그 파티는 해산하거나 위로 올라가려고 계속 발버둥치거나, 둘 중 하나였다.

"지금 당신들이 어떤 상황인지는 모릅니다. 다만, 앞으로도 용병을 계속하겠다면 동료를 믿을 수밖에 없고 실패한 책임을 서로 떠미는 일은 있어서도 없습니다. 동료들과 함께 계속 고민하세요. 답은 자연스럽게 나올 테니까……."

"그러면…… 좋겠네요. 솔직히 지금은 어둠 속을 걷는 기분입니다."

"동료들도 그럴 겁니다. 괴로울지도 모르지만, 동료가 죽은 상황을 냉정하게 분석하고 실패한 원인이 무엇인지 생각하는 것도 중요합니다. 설령 실패하지 않더라도 위험한 상황은 얼마든지 있습니다. 매정하게 들리겠지만, 경험을 다음 기회에 살리지 못하면 다시 동료를 잃을걸요? 현실은 잔인하니까요. ……그럼 슬슬 다른 아이들을 찾으러 가 볼까~."

"죄송합니다. 약한 소리를 들려드려서……. 정말로 저는 안 되겠네요……."

"신경 쓰지 마십시오. 이르든 늦든 언젠가는 경험할 일입니다. 계속 발버둥 치는 사람만이 앞으로 나아갈 수 있어요. 약한 마음은…… 절대로 부끄러운 게 아닙니다."

거만한 말이라고 스스로도 생각했다.

하지만 이런 무거운 짐을 짊어진 용병 파티를 만나고 『강해질 수 있냐고? 아저씨가 그런 걸 어떻게 알아! 내가 인생 상담소야?』라고는 할 수 없었다.

아저씨는 죄책감이 시달렸다. 왜 이렇게 성가신 일이 벌어졌는지 이해할 수 없지만, 자기 생각을 바탕으로 진솔하게 발언했다. 적어도 지금 한 말에 거짓은 없었다.

"다른 아이들은 어디에 있으려나……."

무거운 분위기와 무력감에 짓눌리면서도 제로스는 돌아서서 한 손으로 인사하고 루세리스에게 다가갔다. 그리고 죠니와 꼬꼬를 데리고 다른 곳으로 이동했다.

그 뒤에서 젊은 용병 파티가 말없이 고개를 숙인 것을 아저씨는 몰랐다.

제11화 아저씨, 뜻밖의 인물과 재회하다

무거운 발걸음으로 다음 장소로 향하던 도중, 루세리스는 죠니의 상태가 이상하다고 깨달았다.

평소 자유분방한 태도와 달리 진지한 표정으로 고개를 숙이고 있었다.

"죠니, 왜 그러니……?"

"수녀님, 저 형들…… 동료가 죽은 거지……?"

"그, 그건…….'

죠니가 갑자기 던진 질문에 루세리스는 바로 대답하지 못했다.

오늘 함께 웃은 동료가 내일 말 없는 시체로 변한다. 용병의 세계란 그런 곳이었다.

무거운 이야기가 아직 이어지는가 싶어 아저씨는 깊이 한숨 쉬었다.

"맞아. 그 사람들은 동료를 잃었어. 그리고…… 그건 너희에게도 일어날 수 있는 일이야."

"우리는…… 강해. 다들 죽을 리가 없어…….'

"죠니 군, 그런 생각은 버려야 할 거야. 아무리 주의해도 동료가 죽을 가능성은 얼마든지 있어. 지금은 모를 수도 있지. 하지만 그

225

들에게 일어난 일을 마음속에 간직해 둬."

"제, 제로스 씨?! 그렇게 가혹한 말을 하실 것까지는……. 아직 그렇게까지 어려운 생각을 할 필요는 없잖아요……."

"필요 있습니다. 아이들은 던전을 목표로 하고 있습니다. 던전에는 함정이 수도 없이 깔렸고 한 번 걸리면 죽을 확률이 높아요."

동료가 죽은 용병 파티를 알게 된 죠니는 마음에 적잖은 불안이 싹텄다.

죽음의 불안은 경계심으로 변한다. 자립해도 용병을 목표로 하는 이상, 죽음의 위험에 둔감해지면 바로 목숨을 잃을 수도 있었다. 그렇게 될 바에야 지금 알아 두는 편이 나았다.

"기술, 신체 능력, 정보, 장비, 그 모든 요소를 갖추어도 죽을 때는 죽는 법입니다. 그게 현실이에요. 던전이라는 꿈을 좇는다면 그만한 각오와 책임은 반드시 따라붙습니다."

"그, 그건 그럴지도 모르지만, 지금 이 아이들에게 필요한 말인 기요? 공포에 사로잡히면 좌절할지도 몰라요……. 제로스 씨는 너무 엄하세요."

"죽는 거보다는 낫지 않습니까? 용병으로 살아가는 건 자기 목숨, 동료의 목숨, 경우에 따라서는 타인의 목숨까지 짊어져야 합니다. 상상 이상으로 괴로운 일 아닌가요?"

"우리가…… 너무 쉽게 생각했나? 강해지면 쉽게 이루어질 꿈이라고 생각했어."

"너무 안일하지. 과감하다고 다 되는 일이 아니야. 동료 한 명의 죽음이 지금까지 쌓아 온 것을 모조리 바꿔 버리지. 오늘 일로 좋은 공부가 됐지?"

제로스는 자기 자신에게 들려주듯 담담히 말했다.

죠니에게 한 말은 자신에게도 해당하는, 마음에 푹푹 꽂히는 이야기였다.

죽을 때는 죽는다. 생명의 가치가 낮은 세계.

이번 사건으로 제로스는 그 의미를 새삼스럽게 인식했다.

〈케이스3. 라디+카이+꼬꼬 두 마리의 경우〉

깍두기 머리 라디와 뚱뚱보 카이는 풀숲에서 어떤 사냥감을 노렸다.

두 사람에게도 호위로 꼬꼬가 따라왔지만, 지금은 사냥을 방해하는 마물을 제거하러 뛰어다니고 있었다.

그보다 두 사람은 거리낌 없이 사냥에 집중할 수 있었지만, 문제는 앞에 있는 사냥감이었다. 날카로운 이빨을 가진 중형 마물, 잡식이고 높은 기동력과 맷집을 가진 멧돼지, 빅 보어였다.

이 마물의 특징은 앞뒤 생각하지 않고 돌진하는 공격성이었다. 적으로 간주하면 당장 돌격을 감행하며 겉모습에 어울리지 않게 민첩하여 아주 성가셨다.

"카이…… 의외로 큰 놈이야. 우리가 잡을 수 있을까?"

"음…… 맛있어 보이는 고기야. 괜찮지 않을까? 우리도 훈련해서 빠른 움직임에 대처할 수 있게 됐잖아. 그리고 우케이 스승님

만큼 빠르기야 하겠어?"

"그럼 좋겠지만……. 이게 첫 사냥이잖아. 확실하게 하고 싶어."

꼬꼬들과 훈련하며 그 흉악하기 그지없는 속도에 익숙해질 때까지 꽤 고생했다.

그 속도에 비하면 빅 보어의 속도는 빠른 축에도 끼지 않았다. 문제는 무식하게 튼튼한 맷집이었다.

털가죽을 팔 수 있어서 가능하면 화살로 구멍을 내는 일은 피하고 싶었지만, 타격으로 싸우자니 마땅한 무기가 없었다.

"가죽은 포기하는 게 나아. 아무리 생각해도 검이나 창으로 싸우면 구멍이 날 수밖에 없어."

"그렇지? 만약 노리고 해치운다면…… 머리에 한 방. 이것밖에 없어."

"지금 우리 실력으로는 힘들어. 그냥 싸워도 애먹을 것 같은데……."

"그럼 깔끔하게 잡을 생각은 접자. 다치기도 싫고……."

아이답지 않은 신중함이었다.

꿈은 게으르게 사는 것. 그러기 위해서는 거금이 필요하지만, 돈을 벌다가 다치면 의미가 없었다. 마석만으로도 소일거리보다는 충분히 많은 돈이 들어오므로 여기서 무리할 이유도 없었다.

"자, 그럼 시작…… 응?"

빅 보어가 이쪽으로 고개를 돌리고 앞발로 땅을 차고 있었다.

그것은 【돌격】을 감행할 예비 동작이기도 했다.

"고기에게 들켰어?! 하지만 어떻게……."

"내가 어떻게 알아! 아무튼 행동을 보고 대처하자!"

정답은 바람이었다. 두 사람이 등진 바람 때문에 냄새로 발각된 것이었다.

빅 보어는 후각이 좋아 늑대만큼은 아니어도 약한 냄새에도 반응했다. 이것은 자연계에서 먹이를 찾기 위해 발달한 능력이며 많은 야생동물이 보유한 능력 중 하나이기도 했다.

청각과 후각은 야생동물이 스스로를 지키기 위해 필요한 능력이었다.

"꾸워어어어어어어어어억!"

"“오, 온다—————!”"

빅 보어는 높은 기동력으로 돌진해 날카로운 후각으로 적과의 거리를 쟀다.

돌진하면서도 미세하게 방향을 조정해 정확하고 강력한 한 방을 노린다.

그래서 냉정하게 움직임을 주시하고 스쳐 지나갈 때 일격을 가하는 방식이 정석이었다.

하지만 초보 용병에게 그럴 재주가 있을 리 없으니 많은 사람이 이 강력한 돌진에 된통 혼이 난다.

물론 가끔 예외도 있지만…….

"지, 지금이야!"

"피해—!"

평소부터 꼬꼬와 훈련한 두 사람에게는 이 돌격이 완만한 움직임으로 보였다.

어려움 없이 피한 순간 허리에 찬 쇼트 소드를 뽑아서 선제공격에 성공했다.

하지만 정통으로 피해를 줬는데도 불구하고 상처는 찰과상 정도로 그쳤다.

"새, 생각보다 단단한데? 튕겨 나가는 느낌이었어⋯⋯."

"아마 신체 강화를 썼겠지. 털뿐만 아니라 가죽도 단단하게 변했어."

"아⋯⋯ 어쩌지? 이제 곧 해가 질 거야⋯⋯."

"으음, 카운터로 필살의 일격을 먹이면 되지 않을까? 마나 포션은 있지?"

"그거 말고는 방법이 없나? 검은 잘 안 통하니까 격투 기술로 갈까?"

"OK! 나도 그게 좋다고 봐. 저 고기를 기절시키면 땡잡은 거고."

논의는 바로 끝났다.

사냥터를 어슬렁거린 것까지는 좋으나, 어찌 된 영문인지 두 사람은 좀처럼 사냥감을 만나지 못했다.

그러다가 겨우 발견한 빅 보어는 고블린과 전투 중이었다. 꼬꼬에게 부탁해 고블린을 몰아내고 두 사람은 빅 보어와 싸우기로 결심했다.

이때만은 꼬꼬의 조력은 바랄 수 없었다.

"하아아아아⋯⋯ 승화하라, 나의 마력이여!"

"나무하치만대보살, 앙골 모아는 내려오지 않았다⋯⋯."

소년들은 어디선가 들은 듯한, 어딘가 잘못된 듯한 말을 중얼거렸다.

옛날에 소환된 용사의 오타쿠 지식은 이런 어린아이에게까지 영향을 미치고 있었다.

돌진해 오던 빅 보어는 그 가속력 때문에 민첩하게 방향을 꺾을 수 없었다. 함부로 꺾으려고 하면 관성 때문에 넘어져 버릴 것이다.

그래서인지 크게 우회해 방향을 전환하고 라디와 카이 곁으로 다시 돌격해 왔다.

둔중한 몸에서는 생각할 수 없는 기동력이었다. 돼지와 멧돼지의 몸은 보통 군살이 없고 대부분 근육으로 구성됐다. 인간으로 따지면 나이스 바디였다. 게다가 신체 강화를 통한 육체 보정으로 신체 능력과 방어력이 강화되어 빅 보어를 육탄 전차로 바꾸었다.

"가자, 카이!"

"OK, 라디."

돌진하는 빅 보어와 타이밍을 계산하는 라디&카이.

승부는 일격에 결정된다. 거기에 모든 것이 달렸다.

빅 보어의 직격을 받으면 두 사람 모두 무사하지 못했다.

일격 필살의 순간은 찰나 속에 있었다. 두 사람의 뺨에 한 줄기 땀이 흘렀다.

"우리는 무적……."

"우리의 기술을 따라올 자 없으니……."

"꾸위이이이이이이이이이이이이이이익!"

""우리의 일격은 무적이다!""

빅 보어와 두 사람의 모습이 엇갈렸다.

그것은 누구나 눈을 돌리고 말 순간에 일어난 한순간의 기적.

"천승강권격(天昇剛拳擊)!"

"수라사습축(修羅死襲蹴)!"

끌어올린 마력이 담긴 일격이 빅 보어의 옆구리에 작렬했다.

마력이 강제로 신체 능력을 강화하고 한계를 넘은 강력한 주먹과 발차기가 빅 보어를 하늘 높이 쏘아 올렸다.

잠시 후, 가엾은 빅 보어는 풀 숲 안쪽에 추락했다.

""무적☆""

깍두기 BOY와 뚱보 파이터는 버거운 상대를 처치한 기쁨에 승리의 포즈를 잡았다. 완벽한 콤비 플레이였지만, 마력을 너무 많이 소비한 그들은 이내 쓰러졌다.

두 사람은 진이 빠져 급히 마나 포션을 마셨다.

마나 포션에서는 조금 쓴 오렌지 맛이 났다.

"그럼 해체해 볼까? 라디, 고기는 어디야?"

"응? 저쪽 수풀에 떨어졌는데…… 켁?! 망했다…….."

수풀 잎은 세곡이었다. 그렇게 높지는 않지만, 빅 보어는 아래로 떨어져 버렸다.

문제는 그 빅 보어에게 깔린 사람이 있다는 것이다.

두 소년은 핏기가 가신 얼굴로 아래만 내려다봤다.

아저씨와 루세리스, 그리고 죠니는 사냥터를 이동했다.

다른 아이들이 자유롭게 이동하는 탓에 따라잡지 못하고 있었다.

그런데 한 마커가 모브 마을로 이동하는 것이 보였다.

"이 반응은 안제와 카에데 양인가요? 마을로 돌아가는 루트로 이동 중…… 그렇다면 이 앞에 있는 건…….."

"라디와 카이겠네요. 드디어 찾았어요."

"그 녀석들, 둘이 손잡고 거물을 노릴 거라고 했었지~. 뭘 잡았을까?"

세 사람과 한 마리로 이루어진 탐사대는 마력 반응이 나오는 사냥터에 들어섰지만…… 그곳에는 코를 틀어막고 싶어지는 냄새가 떠돌았다. 이건 아저씨도 잘 아는 냄새였다.

"고블린인가……. 라디 쪽에서 해치웠나? 그런 것치고는…….."

"앗, 저기 라디랑 카이가 있어요. 해체 중인가 봐요."

"저 녀석들에게는 【아이템 백】을 줬으니까 거물을 노렸을 거야."

"너희, 정말로 다부지구나…… 응?"

제로스는 두 사람 곁에 있는 낯익은 여성을 발견했다.

마도구 전문점의 점장인 벨라돈나였다.

그리고 상대방도 제로스를 알아본 모양이었다.

그녀가 설렁설렁 손을 흔들면서 걸어왔다.

"희한한 곳에서 만났네? 이름이…… 제로스 씨였나? 오랜만이야. 요즘은 마석을 팔러 오지 않던데, 바빴어? 혹시…… 좀 이상한 노인한테 부탁을 받았나?"

"비슷합니다. 정확하게는 공작님에게 의뢰를 받았죠. 그러는 벨라돈나 씨는 크레스톤 씨와 아는 사이신가요? 혹시 솔리스테어 파……?"

"나는 이름만 빌려줬을 뿐이지만, 자주 의뢰가 들어오거든. 예를 들어…… 냉장고에 쓸 마법석 제작 같은 거. 당신에 관한 이야기도 그때 들었어."

냉장고. 그것은 제로스가 스스로 사용하기 위해 제작한 마도구였다.

크레스톤이 제로스의 집에 방문했을 때 흥미를 보여 구조를 알려줬는데 한 달도 지나지 않아 솔리스테어 상회에서 팔기 시작했다. 지금은 항구에서 냉동 저장고까지 만들어 지금까지 없던 사업까지 발을 넓히고 있었다.

"벨라돈나 씨도 부품 제작을 도우시나요? 수가 꽤 많을 텐데……."

"잘 시간도 없을 정도로 바빠. 나 말고는 도움 안 되는 점원밖에 없으니까……."

"그 점원은 안 보이는군요? 드디어 해고하셨나요?"

"아…… 그랬으면 다행이겠지만, 안타깝게도 그 애는 저기 있어……."

벨라돈나가 해체 작업 중인 빅 보어를 손가락으로 가리키자 그 아래에서 거대한 망치를 등에 진 피투성이 메이드가 기어 나왔다.

솔직히 말해 좀비가 따로 없었다. 바이오한 해저드 세계를 방불케 했다.

루세리스는 얼굴이 새파랗게 질려 머뭇머뭇 벨라돈나에게 말을 걸었다.

"저…… 저분 괜찮으세요? 피투성이인데……."

"괜찮아, 저건 다 마물 피니까. 괜히 【피투성이 박살자】라고 불리는 게 아니야."

"끔찍한 별명이네요……. 냄새도 끔찍하고요……."

피투성이가 된 메이드 점원이 피비린내를 풍기며 귀신처럼 다가
왔다.

"저어어엄자아아앙니이이임…… 너무해요오오오오, 고소할 거
야아아아……."

한 맺힌 신음을 흘리면서…….

"쿠티, 고소하고 싶으면 해. 하지만 증인으로 네 예전 동료를 법
정에 세울 거야. 지금까지 가게에서 일으킨 소동도 전부 폭로할
건데 이길 수 있겠어? 누명을 뒤집어쓰고 경비병한테 잡힌 손님도
있었지, 아마?"

"……주제도 모르고 기어올랐습니다, 죄송합니다……. 전부 제
가 못난 탓입니다."

한 방에 녹아웃. 벨라돈나가 더 강했다.

절대적 상하 관계가 정립되어 쿠티가 벨라돈나에게 이기기란 불
가능했다.

애초에 쿠티가 자기 멋대로 자폭을 반복했을 뿐이지만.

그리고 만약 재판에서 벨라돈나가 승소해도 그녀에게 얻을 것은
아무것도 없었다.

솔직히 말해서 시간 낭비일 뿐이었다.

"아무것도 못 본 척하는 게 낫겠네요……. 엮이기 싫어요."

"그러게요……. 아마 조금 모자란 사람인가 보네요."

루세리스도 의외로 말을 심하게 했다. 하지만 정답이었다.

"오, 빅 보어다. 오늘은 고기라도 구울까?"

"오~, 그거 좋지. 얼마 안 남았지만, 해체를 도와줘."

"알았어. 그러고 보니 해체는 처음이야. 가죽도 다 벗겼고, 남은 건 고기뿐이야?"

"내장도 있어. 돌아가는 길에 씻어서 오늘 밤은 전골을 해 먹자. 나 곱창 먹고 싶어."

벨라돈나와 쿠티를 무시하고 아이들은 씩씩하게 해체 작업에 매달렸다.

결국 해체는 해가 질 때까지 이어졌다.

 ## 제12화 아저씨, 쿠티의 악행을 알다

친구를 사귀는 가장 좋은 방법은 사냥이다.

그런 말이 있는지는 모르겠지만, 제로스와 루세리스 앞에는 벨라돈나, 카운터석에는 쿠티가 앉아 자연스럽게 식사하고 있었다. 알고 보니 이들은 같은 숙소에 묵고 있었다.

카운터에 있는 아주머니가 굉장히 호기심에 찬 눈으로 바라보는 것이 못내 신경 쓰였다.

해체가 끝나고 마을로 돌아온 제로스 일행은 용병 길드에서 먼저 돌아온 안제, 카에데와 합류했다. 대량의 록 쉘을 잡아 와서 길드가 열렬히 감사하는 모습이 인상적이었다.

그 후 숙소로 돌아와 저녁을 먹으려고 나왔는데 거기서 생각지도 않은 벨라돈나와 재회했다. 이런 우연의 연속도 있나 보다.

"하지만 설마 벨라돈나 씨가 사냥을 올 줄은 몰랐네요. 가게는 비워 둬도 괜찮나요?"

"괜찮을 리가 있어? 하지만 이 바보 점원 때문에 손님이 뚝 끊겼지 뭐야. 그래서 이제 그냥 확 내쫓아 버리려고. 그럼 그전에 내가 입은 금전적 손해를 메워야 하지 않겠어?"

"문제 있는 점원을 고용한 시점에서 꽤 이상한 가게라고 생각했는데, 이제야 자르기로 마음먹으셨어요? 너무 늦지 않아요……?"

"쟤 부모님이 울면서 매달리는 걸 어떡해……. 저 애는 【피투성이 박살자】라는 살벌한 별명을 가진 용병이었는데 이미 여러 곳에 폐를 끼쳤으면서 절대로 반성하지 않는 골칫덩어리였어."

"과거형으로 말씀하시는데 지금도 골칫덩어리 아닙니까……?"

"그건 그렇지……. 그래도 친척이고 청소 정도는 할 수 있을 줄 알고 고용했어. 그런데 결과는 이 모양 이 꼴이야……. 아무짝에도 쓸모가 없는 백해무익한 애였어."

아저씨는 벨라돈나의 가게에 들렀을 때 난데없이 도둑 취급받은 기억을 떠올렸다. 그 얼토당토않은 누명을 다른 손님에게도 씌웠다고 생각하면…… 손님이 올 턱이 없었다.

그 문제의 점원은 카운터석에서 음식을 게걸스럽게 먹어 치우고 있었다. 본 것만 해도 커다란 접시에 담긴 요리를 두 그릇은 비웠다. 생긴 것 이상으로 대식가였다.

"고생이…… 많으시군요……."

"말도 마……. 쿠티, 네 식비는 네가 계산해."

"부흡————————!"

"힉?! 저기…… 괜찮으세요?"

벨라돈나의 기습에 쿠티는 입에 든 것을 전부 뿜었다.

그리고 우연히 카운터 안쪽에 있던 아주머니에게 직격했다.

아주머니는 가만히 있다가 날벼락을 맞았다.

과연 루세리스가 걱정한 것은 아주머니와 쿠티 중 누구였을까?

"점장님?! 왜 식비가 안 나와요?! 저 오늘 일했잖아요?"

"너…… 내가 빚 있는 거 몰라? 그런데 왜 곱빼기를 시켜? 그리고 그거 몇 그릇째야? 너 정말 뻔뻔하다……."

"친척이라서 연을 끊지 못하는 건가……. 무자각한 이기주의자, 귀찮겠군."

제로스도 가족 중에 비슷한 사람이 있었다.

차이점은 원래부터 악당이냐, 악당은 아니지만 화를 부르느냐, 였다.

난감하게도 쿠티는 자각증세가 없었다. 짜증 유발률 100퍼센트인 천연산 분노 제조기였다.

"아, 그런 사람 있죠. 취직이 안 된다고 아르바이트를 하지만 일은 대충대충. 주의를 줘도 고치려고 안 하고 며칠 무단결근하더니 일 그만둔다고 통보하는 인간."

"그건…… 자기가 이기적이라고 자각하는 경우지? 자기에게만 무한히 관대한 인간……. 쿠티의 경우는 달라. 자기가 이기적이라는 자각이 없어. 그래서 똑같은 짓을 계속 반복하고 주의를 줘도 금방 까먹고 고치지 않아. 아니, 금방 까먹으니까 고치지 못한다고 해야 하나? 오늘의 악몽도 내일이 되면 깨끗하게 잊을 정도로 낙관적인 성격이야……."

"바꿔 말하면 쿠티 씨는 엄청나게 긍정적인 사람이네요. 지금도 요리를 더 시켜서 무서운 속도로 먹고 있어요……."

루세리스가 바라보는 곳에는 커다란 그릇을 들고 요리를 퍼먹는 쿠티가 있었다.

식비는 내지 않지만, 주문해서 입을 댄 요리를 버릴 수도 없는 노릇이라 계속 먹기로 했지만…… 또 요리를 추가한 모양이었다.

식비를 낼 수 없다는 사실은 이미 머리에서 빠져나갔다.

"쿠티…… 식비는 네가 벌어. 내가 내는 건 처음에 주문한 음식 뿐이야. 나머지는 전부 네가 내! 외상은 지지 마. 어차피 넌 외상 으로 달아도 안 내잖아."

"잠깐만요, 점장님?! 그럼 이 음식값은 누가 내요! 전 돈 없다구 요~!"

"마음대로 추가 주문한 사람은 너잖아? 네가 한 일에 책임을 져. 괜찮아. 내일 거물을 잡으면 돼. 깨끗하게 잡으면 고가에 팔려."

"너무해요~! 그럼 이번 식비는 어떡하고요~!"

"왜 나한테 물어! 앞뒤 생각 없이 돈을 써 대는 네 잘못이지. 왜 네 뒤처리를 내가 해야 하냐고!"

두 사람의 언쟁은 계속 이어졌다.

"저 두 분은…… 항상 이런 일을 반복하나요?"

"제가 전에 봤을 때도 이랬으니까 아마 그렇겠죠. 지금 들은 바로 는 돈을 빌려도 빌린 사실을 까먹는 성가신 사람인 건 확실합니다.

그렇게 생각하면 악의를 알 수 있는 그 멍청한 누나가 나으려나?"

루세리스의 질문에 아저씨는 못난 가족과 쿠티를 비교했다. 방향성은 달라도 동류라는 결론밖에 나오지 않았다.

괜히 기분이 울적해져서 에일을 마시고 별생각 없이 아이들을 봤다.

"흠…… 록 셸이라고 했나? 이거 맛있는데."

"껍데기는 방어구로 쓴다지만, 소재 매입가는 얼마 안 된대~. 오히려 살이 더 비싸게 팔린다나 봐."

"내가 해치운 건 얼룩 오크인데 안타깝게도 못 먹는 녀석이었어……."

"고기 말고도 건질 게 있다라……. 고민돼. 록 셸에서 마석은 나와?"

"껍데기 안쪽에 있대. 약한 곳을 단단한 껍데기로 지키는 거지. 우리는 빅 보어 한 마리뿐이야."

아이들은 요리를 우걱우걱 먹으며 오늘 있었던 일을 서로 이야기하면서 정보를 교환했다. 정보 공유의 중요성을 아는 것 같았다.

그렇게 날뛰고 돌아왔거늘 정말로 기운이 넘쳤다.

"그래도 우리…… 조금 더 신중하게 움직이는 게 좋을지도 몰라."

"뭐야, 죠니? 언제나 밀어붙이는 건 너잖아? 갑자기 왜 그래?"

"아니, 나…… 오늘 다른 용병을 구했는데 얼마 전에 동료가 죽었다고 해. 우리도 똑같이 되지 말라는 법은 없잖아?"

"흠…… 생각해 볼 문제군. 우리는 분명히 강해. 하지만 힘에 빠지면 언젠가 누가 죽을지도 몰라."

"뭐~? 우리라면 괜찮지 않을까? 오늘 사냥도 쉬웠어."

"강한 마물은 더 있어. 실제로 우리 실력은 대체 어느 정도지?"

"새고기…… 맛있다…… 맛있다……."

아무래도 죠니는 자신의 힘을 다시 돌아보기 시작한 것 같았다. 좋은 경향이지만, 그것이 다른 아이들에게도 전해지리라는 보장은 없었다.

그러나 언제 죽을지 모르는 용병이 되겠다면 자기 힘에 관해 생각하는 것은 틀리지 않았다. 근거 없는 자신감만큼 위험한 것은 없었다.

"그래, 죠니 군은 좋은 경험을 했어. 강한 것은 절대 조건이지만, 그것만으로 살아갈 수 있을 정도로 세상은 녹록하지 않아. 세상을 살아가는 건 생각 이상으로 힘들고 잔인해. 아주 좋은 경향이야♪"

"역시 저는 아이들이 용병이 되지 말았으면 좋겠어요. 교회나 신전에 실려 오는 용병이 많고 무리하다가 타계하는 분도 많으니까요……."

"그래도 목숨 바쳐 일하는 사람이 지켜주는 목숨도 있어. 용병이 되지 말았으면 하는 마음은 이해하지만, 아이들이 스스로 선택한 길이라면 응원해줘야 하지 않겠어?"

"둘 다 이해되고 틀리지도 않았습니다. 하지만 결국 저 아이들이 골라야 할 길이고, 경험이 부족한 지금은 신중하게 나아가야겠죠."

무엇이 옳고 그른지 누가 알 수 있으랴.

살아가다 보면 후회하지 않을 수 없고 언제나 선택의 기로에 서

야만 했다. 용병의 세계는 선택에 따르는 위험이 더 클 뿐이며 죽음도 흔한 선택의 결과에 지나지 않았다.

"사람은 언젠가 자립하는 법이죠. 저 아이들이 자립할 수 있도록 지지해주는 것도 어른의 역할 아닐까요? 이대로 가면 위험한 것도 사실이지만."

"하긴…… 언제까지고 양육원에 있을 수는 없고 자립한다면 기쁠 거예요. 하지만……."

"용병은 사망률이 높으니까 걱정될 만도 해. 자립시켜도 돌아오는 애도 있지만……."

벨라돈나는 큰 맥주잔으로 에일을 벌컥벌컥 마시는 쿠티를 보았다.

루세리스와 제로스도 그쪽을 돌아보고 벨라돈나가 하고 싶은 말을 대충 짐작했다.

자립해도 남에게 폐를 끼치는 사람이 많은 직업 또한 용병이었다.

"으음~, 식후에 마시는 술은 최고예요~ ♪"

그녀의 뇌에서는 이미 식비라는 단어가 깨끗이 사라진 뒤였다.

타인에게 폐를 끼친다는 사실조차 모르는 사람은 정말로 행복해 보였다. 그 후 어떤 불행이 찾아올지는 생각하지 않고 현재에 만족하며 살기 때문이겠지.

"응? 왜 저를 보시나요~? 그렇게 쳐다봐도 이 술은 안 줄 거예요~."

""와…… 엄청 짜증 나아아!""

아저씨와 벨라돈나의 의견이 완벽하게 일치했다.

루세리스는 아이들이 쿠티처럼 되지 않기만을 빌었다.

"좋아. 이제 남은 이야기는 방으로 돌아가서 하자."

"""찬성!"""

"자기 관리는 중요하지. 자신을 단련해야 더욱 높은 경지에 도전할 수 있는 법."

아이들은 방으로 돌아가려는 듯했다.

그 말을 듣고 제로스와 루세리스는 떠올렸다. 자신들의 방에 관해서…….

"방으로…… 돌아가……? 앗…….."

"그러고 보니…… 우리 방은……."

그렇다, 같은 방이었다. 그리고 이날도 두 사람은 뜬눈으로 밤을 지새웠다.

다음 날도 수면 부족에 시달린 것은 굳이 말할 필요도 없었다.

◇　◇　◇　◇　◇　◇　◇

이튿날 아침, 노곤한 몸을 일으킨 제로스는 루세리스와 함께 어제와 똑같이 아주머니에게 붙잡혔다.

이틀째가 되니 적게나마 면역도 생겨 끈질기게 잠자리에 관해 묻는 아주머니를 피해 아침을 가볍게 먹고 산책할 겸 거리로 나왔다.

사냥한 후에는 한 번 숨을 돌리라는 아주머니의 충고를 따른 것이었다. 선의라고 생각하지만, 아줌마 특유의 【오지랖】인지도 몰랐다.

"하아…… 왜 숙소 아주머니는 아무 일도 없는데 이상한 질문을 하는 걸까요……."

"그 나이대 사람은 원래 남의 일에 참견하고 싶어 해요. 나쁜 뜻은 없겠지만, 쓸데없이 호기심을 우선하는 게 아닌가 싶군요……."

의도는 몰라도 남의 사생활을 미주알고주알 캐묻는 사람은 제법 있었다.

악의가 없으니 순수하다고도 할 수 있지만, 그래서 더 성가시기도 했다. 어찌나 끈질긴지 끝난 이야기도 갑자기 돌이킬 때가 있었다.

좋든 나쁘든 파워풀하고 자제할 줄 모른다. 아무런 진척이 없어도 순진하게 억측을 펼치는 터라 상대하기 무척 귀찮았다. 착한 사람이면 모질게 내치기도 어려웠다.

"그나저나…… 마을이라고 생각하기 어려울 만큼 발전했군요. 그만큼 상인이 많이 오갈 테고 가게도 다양하네요."

"그러게요. 보세요, 책방이 있어요. 종이는 비쌀 테지만 재미있어 보이는 책이 저렇게 많네요. 한 권쯤 사야 할까요?"

"오…… 그러네요. 인쇄 기술도 발달하지 않은 세계인데 만화까지 있고…… 응? 만화~?!"

그랬다. 그것은 분명히 만화였다.

심지어 제로스가 잘 아는 모 소년 만화 잡지와 모 주간지, 모 월간 소녀 만화를 표절한 것 같은 책이 팔리고 있었다. 자세히 보니 **그렇고 그런 동인지**까지 누구나 쉽게 읽어 볼 수 있게 진열되어 물의를 일으킬 것만 같았다.

아무것도 모르고 집어 든 아이들에게 악영향이 미칠까 봐 겁났다. 심지어 쓸데없이 많았다.

어느 책이나 띠지에는 『예술은 폭발이다!』라는 문구가 적혀 있었다. 만화 문화도 예술이 될 수는 있겠지만, 이 세계에는 어울리지 않은 물건이라 부적절하게 보였다.

한 권을 들어 내용을 확인하자 졸도할 것 같은 내용에 머리가 아팠다.

울고 싶어질 만큼 원작 파괴가 심각했다. 분노가 치밀 정도였다.

'왜 일본 만화가 이런 곳에…… 이것도 용사인가? 용사의 영향인가?! 용사가 뜯어고쳐서 퍼뜨린 거야?!'

얼른 확인해 보자 책 뒤쪽에는 【메티스 성법 출판】이라고 적혀 있었다. 4신교가 외화벌이를 위해 만화를 제작, 판매하는 곳이라고 예상됐다.

저자가 용사인지 이 세계 주민인지는 모르지만, 이세계로 소환당한 용사들은 싸움 외에도 문화 방면으로 성가신 포교 활동을 하는 듯했다. 이런 윤리관과 도덕을 털끝만큼도 배려하지 않는 방식은 만화를 처음 본 사람이나 어린아이에게 안 좋을 영향을 줄 것 같아 걱정이 앞섰다.

제로스에게는 머리가 아픈 상황이었다.

참고로 루세리스가 문제의 동인지를 보고 살짝 패닉을 일으키는 사건도 있었다.

◇ ◇ ◇ ◇ ◇ ◇ ◇

책방에서 정신적 충격을 받은 루세리스를 달래려고 제로스는 근처에 있는 아무 가게로 들어갔다.

그곳은 검과 갑옷이 정렬된 무기점이었다.

루세리스는 여전히 얼이 빠져 있었지만, 제로스는 가게에 들어오자마자 마음이 차분해졌다.

원래 생산직이었던 탓인지 전문가가 만든 무기를 보자니 왠지 거칠어진 마음이 진정되었다. 위험한 취미가 있는 사람처럼 보이기는 싫지만, 검을 들고 완성도를 감상하는 제로스는 대단히 만족스러워 보였다.

"솜씨가 좋네요. 정성이 느껴져요 ♪"

"오? 당신, 보는 눈이 있군? 그건 아는 드워프가 만든 작품이지."

"흠…… 보아하니 다마스쿠스를 썼군요. 철검의 강도를 높이기 위해서인가요?"

"이 사이즈를 다마스쿠스로 만들면 바스타드 소드만큼 무거워. 금속 배분이 어렵지……. 실패하면 물러지고."

"이해합니다. 저도 금속 배분 때문에 몇 번이나 실패했으니까요. 최고의 작품을 만들려면 몇 번이나 단련해야 하죠. 그런 점에서 이건 우수한 작품이군요."

무기점 아저씨와 의기투합했다. 근육질에 수염이 난 아저씨는 친구의 작품을 인정받아 뿌듯해 보였다.

"댁도 검을 만들어? 차림새를 보면 마도사 같은데?"

"마법을 담은 마검을 만들고는 했죠. 최근에는 만든 적이 없지만, 저는 사실 그쪽이 메인인 기술자입니다."

"굳이 따지면 무구보다는 마도구를 만들 것 같은 인상이야."

"마도구도 만들지만, 질렸어요. 마도구에만 기대는 인간이 많아서……."

"알아. 용병들도 자기 실력이 문제면서 무기 탓을 하지. 그래서는 무기가 울 거야. 도구는 제대로 써야 의미가 있는데……."

생산직의 비애라고 해야 할까? 실력이 없으면서 좋은 무기만 찾는 사람이 많았다.

하지만 자기 실력이 따라주지 않으면 도구로는 넘을 수 없는 벽에 막히게 마련이었다.

장인이 만든 무기는 분명히 뛰어나지만, 제대로 사용할 기량이 없으면 무기는 제빛을 발하지 못한다.

제로스가 무기를 만들 때는 상대방에게 맞춰 제작하므로 다른 사람이 사용하면 적응하기 어려웠다. 주문 제작 무기는 대개 그러했다.

"그런데 그 꼬마들은 용병이라도 될 작정인가? 꽤 좋은 장비를 가졌잖아?"

"저건 제가 선물한 겁니다. 양육원에서 독립하려고 해서 최소한 몸이라도 지킬 수 있게 만들어줬죠."

"흠, 꼬맹이에게는 아까운 장비인데……. 그러고 보니 방금 들었는데, 어디 사는 꼬마들이 마물을 대량으로 길드로 가져왔다더군. 설마 그 애들이야?"

"네. 열심히 훈련했으니까 저 정도 장비는 필요할 겁니다. 어중간한 무기를 주면 무기가 먼저 망가지니까요."

"허어…… 장래가 유망하군. 요즘 젊은것들은 근성이 없어. 겉만 꾸미고 실력이 없으니까 자주 다쳐서 실려 온다니까."

무기점 아저씨는 용병에게 불만이 있는 듯했다.

"그 나이대 녀석들이 자주 죽지. 용병을 목표로 하는 사람 중 절반은 사냥터에서 죽고 남은 녀석 중 일부는 도적에게 걸리거나 속아서 죽어. 제구실을 할 때까지 성장하는 건 손에 꼽을 정도야."

"역시 그런가요? 경험이 적은 건 알지만, 이것만은 가르칠 수가 없네요. 어려운 문제예요. 뭘 보고 배우느냐는 개인의 자질에 맡기는 수밖에 없겠죠."

"옛날에 크게 될 거라고 촉망받던 신인이 있었는데 그 녀석은 아무것도 배우지 못했지. 여기저기에 피해만 주고 전혀 반성할 줄 모르는 녀석이었어. 그러다가 동료에게 버림받고 혼자서 사냥을 계속했지만, 전부 실패했었지……."

"어디서 많이 들은 이야기네요?"

어떤 점원의 모습이 뇌리를 스쳤다.

우연이겠거니 생각했지만, 깜짝 놀랄 정도로 일치하는 점이 많았다.

"실력은 있어서 기대받았지만 정도를 몰랐어. 먹을 수 있는 마물조차 모조리 뭉개 버려서 고기를 구해달라는 의뢰를 전부 망쳐 놨지. 물론 실패했다는 뜻이야."

"그거…… 【피투성이 박살자】라는 여성 용병 아닌가요? 반성과

학습이라는 말을 엄마 배 속에 두고 나온 사람……."

"뭐야? 알고 있었어? ……어제 오랜만에 그 녀석을 봤는데 여전하더군. 그나저나…… 그 녀석은 왜 살아 있지?"

"죽길 바라셨어요?! 쿠티 씨가 얼마나 피해를 주고 다닌 건가요……?"

"녀석의 동료 중에 동년배 여자애가 있었는데, 사정이 있어서 마음고생을 많이 한 아이였지. 그런데 녀석은 파티를 해산할 때 재미 삼아 그 애의 과거를 떠벌렸어. 그 애는 반년 이상 우울증에 시달렸고……."

"정말로 욕먹을 짓만 하고 다녔잖아?!"

쿠티는 상상 이상으로 모자랐다. 악의가 없으니 자기 행동으로 남이 얼마나 상처받는지 이해하지 못하는 듯했다.

요컨대 그녀는 타인을 위하는 마음이 희박했다. 어쩌면 아예 없을지도 몰랐다.

"지금은 그 애도 행복하게 살아. 같은 파티 리더였던 남자와 결혼해서 아이도 세 명이나 있지……. 산토르에 가게를 내고 겨우 행복을 잡았지."

"그거 다행이네요. 가능하다면 쿠티 씨와 만나지 않는 게 좋겠군요. 지금 재회해도 좋은 일이 없을 것 같으니까."

"만약 그렇게 되면…… 녀석을 처리해주면 안 될까? 가능하면 사고로 위장해서……."

"설마 살인 의뢰?! 오늘 처음 본 사람한테 뭘 부탁하는 거예요?!"

"녀석이 살아 있는 한 앞으로도 불행한 사람이 늘어나! 댁이 괴물 같은 실력자라는 건 한눈에 알았어. 믿을 사람은 당신뿐이야! 부탁해, 아무도 모르게 녀석을 처리해줘!"

제로스도 눈물을 머금고 부탁하는 무기점 아저씨에게는 당황했다.

쿠티가 얼마나 오래 용병 생활을 해왔는지 모르지만, 이곳 주인과는 당분간 만나지 않았을 것이다. 그런데도 이토록 증오하는 것을 보면 상당히 악질이었나 보다.

게다가 이야기를 들은 바로는 우울증에 걸린 여자는 이 아저씨 동생의 딸, 즉, 조카였다. 인간쓰레기인 아버지 아래에서 어머니와 함께 학대받았다고 했다. 성인도 되지 않은 어린 나이부터 어머니와 함께 매춘에 가까운 일을 강요받았다나?

어머니가 죽은 후, 아버지는 어떤 불량배에게 살해당해 겨우 자유의 몸이 된 그녀는 자립하기 위해 용병을 지망했다. 약한 자신에게서 벗어나기 위해서였다.

주인아저씨도 가급적 힘이 되어주고 싶었지만, 쿠티와 알게 된 것이 악몽의 시작이었다.

그놈의 탐정 흉내로 그녀의 과거를 장난삼아 조사하고 악당이라고 단정 지은 후 끈질기게 자수를 권했다. 게다가 그 독선적 착각으로 파티를 괴멸 상태로 이끌어 놓고 그게 모두 그녀 탓이라고 주장했다.

그때 공공장소에서 과거를 떠벌렸다는…… 듣기에도 처참한 이야기였다.

"……죽이느냐 마느냐는 별개로 무슨 일이 있으면 마법을 쏴 버릴게요. 쿠티 씨는 반성할 줄 모르니까요."

"부탁하지……. 이제 그 아이가 괴로워하는 모습은 보고 싶지 않아. 남편과 행복해졌다고…… 남편과…….."

죄인 쿠티의 생각 없는 행동이 낳은 희생자는 한둘이 아니었다.

'하아…… 귀찮아.'

가능하다면 문제를 일으키지 말아달라고 아저씨는 간절히 기도했다.

귀찮은 일을 부탁받았다고 낙담해 있는데 안제가 가벼운 말투로 말을 걸었다.

"아찌, 지금부터 사냥터에 가고 싶은데 괜찮아?"

"오늘은 쉰다고 했잖아? 왜 갑자기?"

"으음, 생각보다 격이 안 올라서 오늘도 사냥하고 싶어. 안 돼?"

"뭐, 상관없겠지. 대신 거물을 노린다면 루세리스 씨도 동행해야 해. 그리고 어제처럼 따로 행동하지 말 것. 알았지?"

"알았어. 꼬꼬들도 오늘은 어디 가 버렸으니까 어쩔 수 없지."

안제는 신이 나서 친구들에게 보고하러 갔다.

그리고 듣고 보니 오늘은 꼬꼬들이 안 보인다며 제로스는 고개를 갸웃거렸다.

꼬꼬들이 어디로 갔는지는 아무도 몰랐다.

결국 아저씨도 아이들에게 동행해 사냥을 하러 출발했다.

제13화 아저씨, 지켜보다

사냥을 개시하고 3일째.

아이들은 더 깊은 숲으로 들어갔다.

평범한 초보 용병이 이 근처 오크를 해치우면 적어도 레벨이 10은 오를 것이다.

하지만 기능 레벨 보정으로 강화된 아이들은 그렇지 않았다. 그 힘에 걸맞은 강력한 마물과 싸우지 않으면 레벨은 얼마 오르지 않았다.

스킬 효과가 너무 높아진 탓에 레벨 업 조건이 이상하게 높아지고 만 것이었다.

평범하게 레벨을 올렸다면 이런 일은 없었겠지만, 자제할 줄 모르는 아이들은 그런 기본도 이해하지 못하고 수련을 쌓았다. 제로스가 이 구조를 알았을 때는 이미 물은 엎질러진 뒤였다.

'없군……. 그럼 뒤에 있는 안제에게…….'

죠니가 수신호로 마물이 없다고 알리자 안제도 수신호로 응답했다. 말소리로 마물에게 들키지 않도록 용병들이 자주 이용하는 무언의 대화였다.

미개척 지역에서는 자신들의 목소리로 마물을 끌어들여 위험에 빠지는 용병이 많았다.

언제나 기본은 중요했다.

『안제, 오케이. 다른 애들에게 전달할게.』

『알았어. 경계 늦추지 마. 어디에 뭐가 숨어 있을지 몰라.』

『죠니도 조심해~.』

죠니와 안제는 수신호로 자연스럽게 대화했다.

그것은 다른 아이들도 마찬가지였다.

『알겠다. 라디에게 전달하지…….』

『라디, 오케이. 카이에게 전달할게.』

『알았어. 고기를 발견하면 알려줘.』

아이들은 수신호로 능수능란하게 의사소통을 나눴지만, 이런 신호는 파티가 독자적으로 만드는 경우가 많아 다른 파티와는 소통이 불가능했다. 파티의 수만큼 신호가 존재하는 셈이었다.

그래서 같은 신호라도 각 파티에서 의미가 전혀 다른 일도 많았다. 습관처럼 익숙한 신호를 보냈다가 궁지에 빠지는 파티는 의외로 많았다.

외부에서 멤버를 받아들였을 때 가장 고생하는 부분이 사실 이 수신호였다.

"정말로 익숙한걸. 여기 온 후로 감탄의 연속이야……."

"어디서 이런 걸 배웠을까요……."

수녀님도 모르는 아이들의 비밀이었다.

원래 부랑아였던 그들은 루세리스에게 피해를 주지 않도록 비밀리에 움직였을 것이라고 제로스는 추측했다. 어디까지나 그랬으면 좋겠다는 수준의 희망 사항이었지만…….

아무도 모르게 교활하게 움직였다고 말할 수도 있겠지만, 깊이 파고들지는 말자.

자신의 정신 위생을 위해서.

'죠니 군은 은밀성이 특징이야. 척후병이 리더인가? 파티 밸런스가 안 좋아 보여⋯⋯.'

파티를 짜면서 중요한 점이 역할 분담이었다. 예를 들어 적의 공격을 막는 탱커, 기동력을 살린 유격대원 같은 식으로.

하지만 리더가 척후병으로 탐색에 나서는 파티는 적었다. 마물과 가장 먼저 만날 확률도 높고 자칫 죽을지도 모르기 때문이었다.

리더를 잃은 파티가 어떻게 되는지는 어제 만난 젊은 용병 파티를 보면 알 수 있었다. 동료의 목숨이 위험에 처할 확률이 늘고 살아남는다고 해도 마음에 깊은 상처를 입었다.

'누가 방어를 하고 누가 유격을 담당할까? 뭐, 카에데 양은 유격밖에 못 하겠지만⋯⋯.'

루세리스와 제로스가 멀리서 사냥을 지켜보는데 죠니가 무엇을 발견했다.

차례대로 수신호를 보내서 전원이 **그것**을 포위하듯 주위로 퍼졌다.

"제로스 씨⋯⋯ 저 아이들이 뭔가를 발견했나 보죠?"

"네⋯⋯. 성가신 마물이 아니면 좋겠네요. 이 부근에는 그런 마물이 없다고 믿고 싶군요."

목소리를 죽이고 이야기하는 사이 라디가 활을 들고 시위를 당겼다.

그리고 신중하게 겨냥해서 단숨에 화살을 쐈다.

하지만 그 화살은,『띠용』하고 맥 빠지는 소리를 내며 튕겨 나왔다.

─꾸웨에에에에에에에에에에엑!

굵다란 포효가 들렸다.

나타난 것은 거대하고 무지막지하게 뚱뚱한 개구리.【두둥 토드】였다.

흙색에 우둘투둘한 피부는 기름이 분비되어 광택이 났다.

라디가 쏜 화살은 두꺼운 피부에 막혀 튕겨 나왔을 뿐이었다.

"가자! 저 녀석을 해치워!"

""""우오오————!""""

적에게 발견됐다고 안 두둥 토드는 앞발로 마력을 집중해 가볍게 땅을 때렸다.

그러자 땅에서 맹렬한 기세로 바위 창이 튀어나와 아이들을 덮쳤다.

땅 속성 마법【가이아 랜스】였다.

"이런 걸로 나를 막을 수 있다고 생각하지 마라!"

바람처럼 돌진한 카에데는 재빨리 허리에 찬 칼을 뽑아 가이아 랜스를 모조리 절단하며 두둥 토드에게 접근했다.

"이야아압!"

그리고 기합과 함께 두꺼운 피부를 노리고 칼을 휘둘렀다.

"웃?!"

그러나 두꺼운 피부와 미끈미끈한 기름에 칼이 들지 않고 오히려 부드러운 몸에 파묻혔다.

위험하다고 판단한 카에데는 즉시 뒤로 뛰었고 그와 동시에 두둥 토드의 돌기에서 어떤 액체가 튀어나왔다. 그 액체가 땅에 떨어지자 저절로 인상이 찡그려지는 악취와 연기가 났다.

"강산?! 그런 능력이 있어?!"

"저런 걸 어떻게 잡아!"

"생긴 것만 보면 맛있는 고기인데~."

외부 공격은 잘 먹히지 않고 강산을 맞으면 무사하지 피해는 가볍지 않을 것이다. 이러면 방법이 없었다.

하지만 그 정도로 포기할 아이들은 아니었다.

"그렇다면 이렇게 하면 돼. 【발기장파】!"

—둥!

"—꿰에에에에에에에에에에에에엑!"

안제가 사용한 것은 격투 스킬 중 하나, 【발기장파】였다.

손바닥에 담긴 마력을 파동으로 바꿔 중거리에서 날리는 침투형 기술이며 대상의 내장을 안쪽에서 파괴하는 간접 공격이었다.

두둥 토드의 피부는 타격을 거의 무효화하기 때문에 같은 침투형 타격 기술인 【발기장타】로는 마력 피해밖에 주지 못해 위력도 반감되기 때문에 【발기장파】를 사용했다.

다만, 효과가 나타날 때까지 약간 시간이 걸리므로 통각이 둔한 마물과 몸이 마비된 마물은 공격의 성패가 겉으로 판단되지 않았다. 두둥 토드가 이에 해당했다.

반격당하기 전에 안제가 이탈한 자리에 강산이 쏟아졌다.

"우웩~, 냄새 때문에 토하겠어…….."

쉽게 말해 히트 앤 런으로 싸우면 된다.

그렇게 판단한 아이들은 같은 기술로 두둥 토드에게 덤볐다.

"다행이다……. 이길 수 있겠어요."

"그렇게 쉽게 볼 마물이 아닙니다. 저건 개구리예요. 방심하면 호된 꼴 당하기 십상이죠."

아이들이 위기에 빠졌다고 생각하던 루세리스는 상황이 호전되어 조금 안도했나 보지만, 제로스는 절대로 낙관시하지 않았다. 마물의 무서움은 이 정도가 아니었다.

"—구에에에에에에에에에에에엑!"

덩치와는 대비되게 두둥 토드가 상상을 초월하는 도약력으로 뛰어올랐다.

동시에 땅바닥에서 다시 가이아 랜스가 출현해 아이들은 전력으로 도망쳤다. 하지만 그것이 목적이라는 것을 깨닫지는 못했다.

가이아 랜스로 변한 지면은 아이들이 도망가는 속도를 늦추는 걸림돌이 됐다.

카에데조차 칼로 베면서 이동하면서도 연속으로 솟아오르는 바위 창 때문에 마음대로 거리를 벌리지 못했다.

그때, 하늘에서 두둥 토드가 낙하했다. 부드러우면서도 강도 높은 피부는 가이아 랜스에도 뚫리지 않았다.

그 대신 몸의 돌기가 자극받아 모든 돌기에서 강산 액체가 일제히 분출했다.

"으아아아아아아아아아아?!"

"앗, 뜨거뜨거뜨거뜨거!"

"이게 목적이야?! 멍청하게 생긴 주제에 머리가 좋아!"

"개구리 주제에 제법이군……. 반드시 베고 싶어졌다."

"젤라틴 맛있겠다…… 주릅."

그런 상황에서도 동요하지 않는 사람이 두 명 있었다.

주변은 강산 냄새로 가득 찼다. 자극이 심해 눈이 따가울 지경이었다. 시야가 닫히지 않게 실눈을 뜨는 것도 고작이었다.

"공격하면 저 이상한 액체, 치고 빠지면 범위 공격…… 의외로 애먹이는데."

"맹하게 생긴 주제에 제법 버거워. 검도 안 통하고 어쩌지?"

아이들에게는 결정타가 없었다.

이렇게 공격과 방어가 안정된 마물을 상대할 때는 역시 마법 엄호가 효과적이었다. 그러나 제로스는 아이들에게 마법 스크롤을 주지 않았다. 직접 돈을 벌어 마법을 배우라는 교육의 일환이었지만, 그 배려가 이번에는 좋지 않게 작용했다.

"제로스 씨…… 어떻게 안 될까요? 이대로 가면 저 아이들이……."

"이기지 못할 상대는 아닌데 경험 부족으로 고전을 면치 못하는군요……. 그렇지만 포기한 것 같지 않으니까 조금만 더 지켜보죠."

"너무 태평하잖아요! 저 애들에게 무슨 일이 있으면 어떡해요?!"

"마도사라면 쉽게 이길 텐데……. 얼려서 급소를 때리면 되니까. 저 아이들이 어떻게 나오는지 한번 볼까?"

두둥 토드에게도 약점은 있었다.

정수리의 가장 피부가 얇은 부분이었다. 그곳이라면 확실하지는 않아도 참격이나 타격이 통하기 쉬웠고 잘하면 치명상을 줄 수 있었다.

문제는 그 약점을 아이들이 깨닫느냐 마느냐였다.

마물의 생태와 약점을 이해하는 것은 무척 중요했고 신속, 정확하게 사냥감을 처리하는 데도 도움이 됐다. 하지만 이런 지식은 경험을 쌓으며 배우는 것이고 남에게 듣기만 해서는 몸에 익지 않았다.

'공략법은 있어. 너희가 그걸 잡을 때까지 과연 얼마나 걸릴까?'

제로스는 아이들을 지켜보면서 검에 손을 댔다. 무슨 일이 있으면 바로 뛰쳐나갈 준비는 되어 있었다.

하지만 그래도 아슬아슬한 순간까지 참견할 생각은 없었다.

아이들은 몇 번이나 두둥 토드에게 덤비지만, 그때마다 튕겨 나가거나 강산에 막혀 후퇴를 반복했다. 피해를 주기도 하지만, 치명상을 주기에는 한참 부족했다.

맷집이 강한 마물은 아무래도 까다로웠다.

"젠장, 여유만만하군……."

"치명상을 주지 못하면 마력이 못 버텨. 어쩌지, 라디?"

"어딘가에 약점이 있을 거야. 그때까지 마력을 온존할 수밖에 없군……. 다만, 우리가 버틸 수 있을지가 관건이야, 죠니."

"아뵤ㅇㅇㅇㅇㅇㅇㅇㅇㅇㅇㅇㅇㅇ!"

""카이?!""

쩌렁쩌렁한 기합과 함께 뚱보 파이터가 날아올랐다. 하늘 높이 뛰어올라 2회전 뒤공중돌기 반 비틀기를 선보이고 두둥 토드 머리를 향해 낙하했다.

"고기고기고기고기고기고기고기고기고기이이이~, 【파암열장(破岩裂掌)】!"

─쿠우우우우우우우웅!

깔끔하게 착지함과 동시에 강렬한 일격을 머리에 선사했다.

카이는 마력 소비는 신경 쓰지 않았다. 오로지 눈앞에 있는 고기를 먹는다는 생각밖에 없었다.

두둥 토드 고기는 대단히 맛있었다. 담백하면서도 새고기보다 자르르한 고소한 기름, 거죽 안쪽에 있는 지방은 푹 삶으면 사르르 녹아 단맛을 내고 오돌토돌한 식감도 중독성이 있었다. 또한 미용에도 좋아 여성에게 인기 있는 음식이었다.

"고기를 두고 가라──! 오라오라오라오라오라오라오라오라오라오라오라오라!"

"……이게 식욕을 모두 해방한 카이의 실력인가? 한번 진심으로 싸워 보고 싶군."

"평소의 카이가 아니야……. 식욕은 대단하구나. 나, 저런 카이를 본 적이 없어."

뚱보 파이터는 고기를 바라는 악귀가 되었다.

두둥 토드의 머리 위에서 맹공격을 퍼붓고 한 방 한 방에 모두 마력이 실렸다.

다 큰 어른도 기절할 일격을 누가 이기나 보자는 식으로 때려 박았다.

"대단해, 어떤 집념이 느껴져……."

"지금 저 녀석은…… 진심이야."

카이의 변모에 죠니와 라디도 할 말을 잃었다.

그 정도로 카이의 행동은 평소와 동떨어져 있었다.

'고기…… 고기 덕분에 친구들과 만났어. 사제님이 준 내 친구들…….'

카이는 수년 전 자신을 떠올리고 그 마음을 주먹에 담아 하염없이 내질렀다.

고기를 향한 터질 것 같은 마음이 카이의 마음을 스쳤다.

카이는 수년 전까지 뒷골목에서 생활했다.

체형은 지금처럼 뚱뚱하지 않고 불쌍할 정도로 삐삐 말랐었다.

먹을 것도 식당 음식물 쓰레기를 뒤져서 구했고 들키면 가게 사람에게 얻어맞았다. 손에 넣은 얼마 안 되는 식량도 같은 뒷골목 고아들에게 들키면 빼앗겨 공복에 견뎌야 했다. 하루하루가 지옥이었다.

그 날도 겨우 얻은 식량을 빼앗겨 배고픔을 견디기 위해 오러스 대하 옆에 있는 창고 그늘에 혼자 웅크려 있었다.

그때, 여신을 만났다…….

"뭐야? 무슨 꼬마애가 뼈밖에 없어? 애야, 너 죽었니?"

그 여신은 엄청나게 입이 거친 아줌마— 아니, 초로의 여성이었다. 신관 법의를 입었지만, 손에 술병과 꼬치구이가 든 종이봉투를 들고 눈이 흐리멍덩한 카이를 내려다봤다.

한편, 말을 쥐어짤 힘도 없던 카이는 고개를 들어 쳐다보는 것이 한계였다.

"흥, 살아 있구만. 으이구, 어린놈이 이런 곳에나 있고 말이야. 그래도 살아 있다면 운이 좋은 거야. 이거라도 먹어."

바닥에 대충 던진 봉투에서 흘러나온 냄새가 카이의 위장을 자극했다.

"아…… 아아!"

"안 뺏어 먹으니까 빨리 먹어. 너 같은 걸 보면 입맛이 싹 가셔, 나 원……."

멈출 수가 없었다.

종이봉투에서 꺼낸 꼬치구이를 무작정 목구멍으로 밀어 넣었다. 마치 짐승처럼 꾸역꾸역 입에 넣고 입안에 퍼지는 고기 맛에 눈물 흘렸다.

말은 나오지 않았다. 그저 기뻐서, 그저 맛있어서 배가 차는 것만으로 눈물이 쏟아졌다.

그런 카이를 지키는 것처럼 여성은 옆에서 술병을 들이키며 자애로운 눈으로 카이를 바라봤다.

어느새 봉투에 있던 꼬치구이는 몽땅 사라졌지만, 아직 부족했다.

"앗……."

더 먹고 싶었다.

그러나 꼬치구이는 없었다.

"뭐야? 벌써 다 먹었어? 어쩔 수 없지, 너도 우리 집에 갈래? 내가 이래 보여도 양육원 높은 사람이야."

"양육……원?"

"그래. 너 같은 꼬마들을 보호하고 키우는 게 내 일이야. 돈은 안 되지만 말이지, 으헤헤헤헤헤헤!"

뭐가 우스운지 모르겠지만, 여성은 호쾌하게 웃었다.

카이는 고민했다. 자신과 같은 아이가 있다면 식량을 빼앗긴다는 뜻이었다.

자신은 약하니까 식량을 빼앗긴다. 약하면 배를 채울 수 없다는 것을 잘 안다.

"안심해. 아무도 네 거 안 뺏어 먹으니까. 그런 짓을 하는 놈이 있으면 내 주먹이 머리에 떨어질 걸 알거든. 그래서 너는 어떡할래?"

"……갈래…… 양육원……."

"그럼 가자. 흐흐흐, 또 시끌벅적해지겠구만. ……음?"

여성이 항구 쪽으로 얼굴을 돌리자 남자 몇 명이 한 손에 칼을 들고 달려왔다.

왠지 살기등등하여 안 좋은 예감이 들었다.

"찾았다! 저 할망구, 이런 곳에 있었군!"

"죽여 버려! 우리를 우습게 봐? 죽음으로 사죄해라!"

"어이쿠, 들켰구만. 나 참, 의외로 잘 찾네. 물론 잡힐 생각은 없지만! 꽉 잡아…… 에이, 가볍네. 이러면 도망치기도 쉽겠어."

뭐라고 대답하기 전에 여성은 카이를 들고 달렸다.

솔직히 이때 카이는 휘둘리기만 하느라 무슨 일이 일어났는지 전혀 기억하지 못했다.

"잡을 수 있으면 잡아 봐! 뭉치지 않으면 아무것도 못 하는 고자 놈들한테 그럴 능력이 있으면 말이지. 으헤헤헤헤헤헤♪"

"거기 서, 할망구! 제기랄, 뭐가 이렇게 빨라!"

"저거 진짜 노인네 맞아?!"

"실력 있는 놈이 50명이나 당했어. 방심하면 죽어!"

"둘러싸! 포위해서 반드시 후회하게 해주겠어! 오러스 강에 담가 버릴 거야!"

그리고 카이가 정신을 차렸을 때는 양육원 침대 위에 있었다—.

그 후 카이는 같은 처지인 안제, 죠니, 라디와 만났다.

네 사람이 함께 먹은 꼬치구이는 정말로 맛있었다.

이리하여 카이는 처음으로 친구라는 것을 얻었다.

꼬치구이가 이어준 인연.

카이에게 고기는 인연이었다. 양육원 생활과 친구, 안식을 준 명확한 형태를 가진 인연.

그렇기에 그것은 신앙에 가까웠다. 카이에게 고기는 신과 다를 바 없었다.

여담이지만, 꼬치구이의 여신 멜라사 사제는 그 후에도 여전히 소란을 일으켜 어느샌가 불량배를 부려먹는 입장이 됐다.

이런 인간이 사제라는 사실이 뭔가 이상했지만, 카이는『그 사제님이라면 무슨 짓을 해도 이상할 게 없지~』라고 훗날 이야기했다.

'다 같이, 다 같이 고기를 먹을 거야아아아아아아아아아아아아!'

마음속으로 외치며 카이는 마지막 일격을 꽂으려고 했다.

그러나 상대 또한 생물. 고통에서 벗어나기 위해서 두둥 토드가 뛰어올랐다.

"으악?!"

허를 찔렸지만, 카이는 어렵지 않게 자세를 바로잡아 땅에 착지했다. 뚱뚱해도 몸은 날렵했다.

그러나 마력이 부족한지 착지한 순간 휘청거렸다.

"약점은 머리인가……. 라디, 창을 쓰자!"

"그래. 안제, 카에데! 창을 장비해!"

"네~. 하지만…… 꽂히려나?"

"마력을 담으면 되겠지. 몸보다는 살가죽이 얇은 것 같으니까 우리 힘으로도 해치울 수 있을 거다."

약점을 안 이상, 이대로 도망 다닐 필요는 없었다.

아이들은 의지가 샘솟았다. 그러나 그들은 중대한 실수를 깨닫지 못했다.

창을 준비하는 동안 아이들은 카이를 잊고 있었다. 주먹에 마력을 둘러 싸우는 방법은 격투 스킬이지만, 당연히 기술을 쓰면 마력을 소비했다.

그만큼 맹공을 퍼부은 카이의 마력이 남아 있을 리 없었다.

한마디로 어떻게 됐느냐면…….

"응……? 카이가 안 보인다만? 안제, 카이는 어디 있지?"

"어? 방금 저기에…… 없네? 카이이이~, 어디 있어어~?"

"잠깐, 카이는 마력을 많이 썼잖아? 움직일 수 있을 리가…….."

"죠니, 지금…… 불길한 소리 안 했어? 마력을 소비해서 움직이지 못한다면……."

"……서, 설마……."

그랬다. 카이는 용병이라면 가장 조심해야 할 마력 결핍에 빠져
있었다.

아이들은 지금까지 마력 결핍으로 쓰러진 경험이 없었기 때문에
동료를 보호하는 배려를 잊었다.

죠니가 시선을 돌리자 두둥 토드가 무언가를 입안에서 맛보고
있었다. 입은 넓지만 목구멍은 좁아 입으로 간신히 다리가 보여
무슨 일이 벌어졌는지 여실히 보여줬다.

""""카이가 먹혔다————?!""""

"이런, 카이, 괜찮은가?!"

아이들은 처음으로 치명적인 실수를 범했다. 다행이라고 해도
될지 모르겠지만, 두둥 토드에게는 이빨이 없어 먹이를 거의 통째
로 삼키는 마물이었다.

아직 완전히 삼키지 못한 것을 보면 카이가 필사적으로 저항하
는 것 같았다.

""""뱉어————!""""

—푸와아아아아아아아아아아악!

네 명이 동시에 사용한 마력 타격이 꽂혀 두둥 토드가 카이를 삼
키기 직전에 토하게 만들었다. 예상대로 카이의 몸은 체액으로 범
벅이 되었다.

"놀래라……. 하마터면 카이가 개구리밥이 될 뻔했어."

"간 떨어지는 줄 알았군. 카이…… 살아 있나?"

"기분 안 좋아……. 끈적끈적하고 미적지근하고 비려. 훗, 나는 더러워졌어……."

"건강하네. 그래도 눈을 뗀 건 우리니까…… 정말로 미안."

"그래. 마물을 상대한다는 걸 잊다니, 용병으로서 실격이야……."

군데군데 아이답지 않은 대화가 섞여 있었지만, 아이들은 카이가 무사한 모습을 확인하고 안도했다.

그러나 전투는 아직 끝나지 않았다. 지금은 일단 눈앞에 있는 사냥감을 해치우는 게 급선무였다.

"카이 덕분에 약점을 알았어. 지금부터가 진짜 시작, 죽은 카이의 복수전이다!"

""""오오————!""""

"나, 안 죽었는데……."

네 사람은 창을 들고 일제히 달려 나갔다.

두둥 토드는 긴 혀를 뻗었지만, 아이들은 직선으로만 날아오는 것을 간파하고 사방으로 퍼진 뒤 단숨에 거리를 좁혔다.

""""【연기창자살돌(鍊氣槍刺殺突)】!""""

사방에서 달려들어 머리를 향해 창으로 공격을 감행했다.

머리의 살이 적은 부분에 깊숙이 꽂힌 창은 그대로 두개골을 관통해 뇌까지 도달했다.

두둥 토드는 한순간 경련하더니 곧 천천히 쓰러졌다.

그리고 거물을 쓰러뜨리면 예의 그것이 찾아온다.

""""위메————————!""""

바로 레벨 업이었다.

한 자릿수였던 아이들의 레벨이 단번에 15 정도 올랐다.

안타깝게도 제로스는 아이들의 레벨을 모르고 있었다. 『왠지 보기가 무서웠다』라는 겁쟁이 같은 이유였다나 뭐라나.

어쨌거나 급격한 레벨 상승으로 모두 권태감에 사로잡혀 한 발자국도 움직이지 못하게 됐다.

"저 아이들…… 이겼……어요. 다행이다~."

"위태로운 장면도 있었지만, 성공했네요. 카이 군이 먹혔을 때는 등골이 서늘했습니다."

카이가 두둥 토드에게 포식당했을 때, 제로스는 초조했으나 일부러 행동하지 않았다.

이빨을 가지지 않은 마물이며 위장까지 들어가도 당분간은 죽지 않는다고 알기 때문이었다. 물론 개입할 준비도 게을리하지 않았다.

위험에 민감해지려면 역시 실제로 경험해 봐야 했다.

"그렇지만 제로스 씨…… 저렇게까지 힘든 경험을 시킬 것까지는……. 삼켜지는 것까지 지켜볼 필요가 있었나요?"

"자립하려면 위험에 과할 정도로 예민해지지 않으면 죽습니다. 여기서 제가 끼어들면 괜한 기대심을 품게 될지도 몰라요. 정말로 위험할 때 누가 도와주리라는 보장은 없습니다. 그건 자립한 뒤 목숨을 단축할 가능성이 있어요. 가능한 한 자신들끼리 극복하지 않으면 용병으로 살아가지 못할 겁니다."

"험난한 세계네요……. 그보다 이 아이들을 어떻게 옮기죠?"

"일단 신호탄을 쏴서…… 오?"

숲 안쪽을 보자 마침 용병 길드 운반 마차가 이쪽으로 오고 있었다. 짐수레는 비어 두둥 토드와 아이들을 실을 여유가 있었다.

마차를 모는 마부는 왠지 말 옆에서 고삐를 잡고 걷고 있었다. 이유는 뭐가 됐건 적절한 타이밍에 나타났다.

"응? 사냥 중이셨나요?"

"아뇨, 지금 막 끝났습니다. 운반 마차를 부르려던 참이에요."

"그거참…… 운이 좋은 건지, 나쁜…… 크흠……."

마부가 뭔가 수상하게 말을 흐렸다. 제로스는 고개를 갸웃거렸다.

보아하니 직업은 마도사 같았고 길게 자란 머리카락에 가려 눈은 보이지 않았다. 소심해 보이는— 나쁘게 말하면 음침해 보이는 청년이었다. 낯을 가리는지, 안절부절못하는 태도가 조금 신경 쓰였다.

"그래서…… 뭘 잡으셨죠? 큰 마물이라면…… 도와주시면 고맙겠네요."

"두둥 토드입니다. 아이들이 해치웠어요. 의외로 커서 옮기기 힘들겠지만요."

"그건…… 앗, 정말로 크네……. 개구리야, 미안해……."

"왜 그쪽이 사과하죠?"

청년은 눈물을 조금 머금으면서도 두둥 토드를 열심히 짐수레에 실었다.

제로스도 작업을 도우며 계속해서 질문을 던졌다.

"저기요, 왜 웁니까? 그냥 마물을 회수할 뿐이지 않습니까?"

"제가…… 동물을 좋아해서요……. 그래서 이유 없이 죽은 모습을 보면…… 훌쩍……."

271

"그 기분은 저도 알아요. 무의미한 살생은 가능한 한 피해야죠. 목숨을 빼앗는 행위는 죄악이니까요."

"저도 사실 알아요. 이러지 않으면 우리는 살아가지 못한다는 걸……. 다만, 의미도 없이 죽는 이 아이들이 불쌍해서……."

"……아니, 그럼 이 일을 왜 합니까? 아무리 생각해도 성격에 안 맞잖아요?"

제로스의 말도 지당했지만, 그것은 『수입이 좋아서』라는 현실적인 이유였다.

사람이 살아가려면 돈이 필요했다. 하지만 이 일을 하기에는 문제가 있는 성격으로 보였다.

"훌쩍…… 그럼 길드로 옮길게요…… 흐흑……."

"가는 김에 아이들도 태워주실래요? 격이 오른 부작용 때문에 지금 못 움직이거든요."

"괜찮지만…… 오늘은 이 아이들도 지쳤으니까 조금 느릴 거예요."

"그건 알아서 해주십시오. 어차피 우리 두 명이 다섯 명을 옮기지는 못하니까."

말을 쓰다듬으며 말하는 청년에게 아저씨는 그렇게 대답했다.

아이들을 태운 마차는 천천히 모브 마을로 출발했다. 청년이 고삐를 쥐고 걸어서…….

"마음씨가 착한 분이네요."

"으음…… 뭔가 마음에 걸리는데 뭐지…… 흐음?"

제로스는 마음 한쪽이 찝찝했다.

그 해답을 미리 말한다면, 청년이 두둥 토드를 실을 때 중력 마법을 사용했기 때문이었다.

중력 마법은 고위 마도사밖에 쓰지 못하여 이 세계의 마도사 중에는 쓸 수 있는 사람이 적은 희귀한 마법이었다. 그러나 제로스는 그것을 마지막까지 눈치채지 못했다.

【소드 앤 소서리스】에서는 중력 마법은 흔하디흔한 마법이라서 제로스에게도 익숙했기 때문이었다. 그래서 이상하다고 느끼면서도 그 답을 끝내 알아내지 못했다.

제로스와 루세리스는 조금 멀리 돌아가면서 채집하며 모브 마을로 돌아갔다.

말고삐를 끄는 청년은 천천히 걸어서 마을로 돌아갔다.

왠지 마차에 타지 않고 말 옆에서 함께 걷는 점이 이상했지만, 아이들은 그것을 수상하게 여기지 않았다.

다만, 움직일 수 없으나 심심한 아이들은 괜한 말을 입에 담았다.

"형…… 우리, 빨리 마을에 가고 싶은데."

"그래, 피곤해서 당장 침대에서 쉬고 싶어."

"뭐? ……그건, 조금…….

"왜? 말을 몰면 금방이잖아? 이렇게 느리게 가면 다른 마물이 공격할지도 모르잖아."

"그건…… 그렇지만…….

거물을 쓰러뜨린 아이들은 한 시라도 일찍 마을로 돌아가고 싶었다.

하지만 마차는 슬로 페이스로 이동하여 마을에 도착할 즈음에는 해가 질 것 같았다.

참을성이 없는 아이들에게는 견디기 어려운 일이었다.

"우리 피곤해. 여기서 마물에게 공격받으면 죽어……."

"난 빨리 고기를 먹고 싶어……. 고기, 고기, 고기이이이~!"

"하지만…… 나는……."

"됐으니까 마차 몰아. 빨리 돌아가면 말들도 마을에서 쉴 수 있잖아."

"마물이 몰려와서 죽으면 오빠가 책임질 거야? 못 지잖아?"

건방진 소리를 찍찍 뱉기 시작했다.

아이는 사람을 보고 태도를 바꾼다. 이 청년을 자신들보다 아래라고 판단한 듯했다.

"으으…… 하지만…… 말들도……."

"말보다 인권이지. 무슨 일이 있으면 오빠가 고소당할걸?"

"으으…… 어쩔 수 없지……. 어떻게 돼도 난 모른다……?"

""""""어……?""""""

뒷골목 생활을 했기에 아는 위기감. 그것이 지금 하드록 밴드 드러머처럼 경종을 때렸다.

하지만 너무 늦은 깨달음이었다. 이 청년은 자신들이 생각하는 이상으로 귀찮은 인간이라는 사실을…….

마부석에 오른 청년은 지금 막 고삐를 잡고 마차를 몰려고 하고 있었다.

청년의 머리카락이 서서히 위로 솟구쳤다. 동시에 말들도 모습이 변화해 다리 여덟 개가 달린 칠흑색 군마로 변모했다. 슬레이프니르였다.

【변화】스킬을 통한 위장. 성수나 환수에게 자주 볼 수 있는 능력이었다.

"Ha~hahahahahahahaha! 빌어먹을 꼬맹이들, 나를 리퀘스트했겠다? 소원대로 천국의 계단으로 올려 보내주마! 내 허니들도 너희를 보내 버릴 생각이다! Tension Max! Fever Time 시작이다. 화려한 딕시를 들려주마! 사양할 필요는 없어, 너희가 바란 거니까~, 히헤헤헤헤헤헤헤헤!"

소심한 청년은 펑키하고 하이퍼한 위험한 인간으로 변모했다.

"자, 지옥으로 가는 드라이브가 시작된다~ ♪ 어뗘냐, 즐겁지~? 실신할 때까지 비명 질러야 할 거야~♡ 우는 소리는 안 들어, 너희 절규가 나의 뜨거운 BEAT다! 네놈들의 시건방진 Soul에 내 뜨거운 사랑을 듬뿍 뿌려주겠어! 케헤헤헤헤헤헤!"

"""""............(부들부들)."""""

악몽이 다시 시작됐다. 이미 돌이키기에는 늦었다.

"간다, 내 검은 빅 매그넘은 폭발 직전이다. 당장에라도 총알을 박아주고 싶을 정도로 격렬하게 끓어오르는 HEAT! 이제 멈출 수 없어, 이 몸은 지옥까지 NONSTOP! 응~? 천국 아니었나~? 아무렴 어때, 내가 킹 오브 아웃사이더다! 우하하하하하하!"

의미 모를 언동과 함께 마차는 폭주를 개시했다.

아이들은 건방진 소리를 했다고 격렬하게 후회했지만, 이미 늦었다. 세 마리 슬레이프니르가 끄는 마차는 맹속력으로 달려 나갔다.

금방 마을까지 갈 수 있을 텐데 일부러 멀리 돌아가며 폭주해 흙먼지를 일으켰다.

【하이 스피드 조나단】. 유저 닉네임은 【봇치 몬】. 말 등이나 마차에 타면 인격이 변하지만, 평소에는 동물을 한없이 사랑하는 평범하고 눈에 띄지 않는 소심한 청년이었다.

그 청년은 오늘도 흥분하여 사냥터를 폭주했다. 아이들의 절규와 함께…….

유일하게 칭찬할 부분이 있다면 그가 스킬 【봐주기】를 사용한 점이었다. 아직 사망자를 내지 않은 것이 그의 양심이라고 믿고 싶었다.

그러나 한번 폭주한 그를 말릴 사람은 어디에도 존재하지 않았다.

이날 아이들은 사람을 겉만 보고 판단하면 안 된다는 사실을 직접 몸으로 배웠다.

그 대가는 너무나도 컸지만…….

 ## 제14화 아저씨, 용사와 만나다

두둥 토드를 해치운 다음 날, 아이들은 양팔을 벌리고 길드를 기습했다.

접수처에서 보수를 얻은 아이들은 당장 배분 방법을 정하기 위해 테이블을 끼고 회의에 들어갔다.

루세리스의 휴가가 일주일인 관계로 일행은 오늘 모브 마을을 떠나야 했다.

정신 나간 폭주 마차 덕분에 채 하루도 걸리지 않고 도착하여 잊을 뻔했지만, 원래 산토르에서 이곳까지는 마차로 2~3일 거리였다. 보통 마차로 돌아간다면 오늘 출발해야 늦지 않았다. 가는 길에 야영 훈련도 할 수 있으므로 제로스의 형편상 이쪽 일정이 나았다.

원래 제로스의 예정으로는 모브 마을로 오는 도중 야영 훈련을 하고 이틀 정도 시간을 들여 사냥할 생각이었다. 하지만 기뻐해야 할지 슬퍼해야 할지, 그것이 생각지도 못한 존재 때문에 계획이 어긋났다.

불과 한나절 만에 모브 마을에 도착하고 약한 마물을 사냥할 여유까지 생겼다. 그만큼 슬레이프니르의 각력은 대단했다.

정신을 잃어 확실하지는 않지만, 지금 생각해 보면 그 마부는 【하이 스피드 조나단】이었는지도 몰랐다.

그래도 결과가 좋으면 만사 오케이였다. 짐을 마차에 싣고 이제는 올라타기만 하면 됐다.

"무기…… 강화할 수 있을까?"

"어렵지 않을까? 두둥 토드 가죽으로는 언더 아머밖에 못 만들 거야."

"응? 마도사 로브로 쓸 수 있지 않았어? 방수 효과가 뛰어나대."

"나는 칼 손잡이에 감는 미끄럼 방지 소재라고 들었는데?"

"고기가 맛있으면 됐어, 고기이이~!"

아이들은 한결같았다.

예상하지 못한 수입과 소재를 확보해서 사용처를 신중하게 상담하고 있었다.

이번에 얻은 소재 중에서 두둥 토드의 소재인【거대 개구리의 외피】는 갑옷 안에 받쳐 입는 언더 아머로서 많은 용병이 애용하는 소재였다. 신축성과 통풍성이 좋고 체형에 맞춰 달라붙는 착용감으로 인기가 좋았다.

통풍성이 좋은 이유는 두둥 토드가 분비한 기름을 배출하는 자잘한 땀샘 덕분이었고 이 특성을 활용해 의복으로 사용되는 것이었다. 그야말로 천연 소재라 할 수 있었다.

"얘들아, 이야기는 나중에 해. 지금은 산토르로 돌아가야지?"

""""네~. ……오늘은 그 사람 아니지?""""

봇치 몬은 아이들에게 심각한 트라우마를 심어줬다.

"으…… 나는 만족스럽지 않아. 칼을 쓸 기회가 너무 적었어."

"칼로 이길 수 있는 거물은 잘 없어. 굳이 칼로 잡으려면 대단한 실력이 있어야지. 기본적으로는 창이나 해머 같은 무기를 쓰는 경우가 많아."

"납득하기 어렵습니다……."

소형 마물, 예를 들어 울프나 오크라면 도검이 유효했다.

하지만 중형부터 대형 마물은 그렇지 않았다. 단단한 비늘이나 갑각, 두꺼운 피부나 근육에 막혀 피해를 주기 어려워 대형 중량급 무기가 필요했다.

설사 마력을 둘러 공격력을 높여도 무기 강도는 변하지 않으므로 쉽게 부러지기 좋았다. 그래서 용병은 기본적으로 여러 무기를 소지하고 다녔다.

현실은 모 헌터 게임처럼 한 가지 무기로 싸울 수 있을 만큼 녹록지 않고 상황과 용도에 따라서 무기를 맞춰 써야 했다.

"나도 거물을 상대로 쇼트 소드는 안 써. 기본적으로 마법 지팡이를 쓰지. 마법을 병용하고 상황에 맞춰 전투 스킬을 쓰는 식이야."

"으…… 칼만으로 쓰러뜨릴 수 없는 것도 있나? 세상은 넓군……."

"몸이 크면 그만큼 근육이 두껍다는 뜻이니까. 칼로 베어도 상대에 따라서는 대수롭지 않게 여기는 경우가 많아. 알기 쉬운 예를 들자면 드래곤이 그렇지."

"그렇군요. 그렇다면 참룡도처럼 대형 태도도 필요한가……. 【무기 기술】을 늘려야겠어."

【무기 기술】이란 【전투 직업 스킬】을 배움과 동시에 쓸 수 있게 되는 일종의 필살기 같은 기술이었다. 【대검】이나 【도】와 같은 특정 무기를 다루는 직업 스킬에 딸려 오며, 레벨 업이나 상위 직업 스킬로 변화하면서 늘어났다.

당연히 상위 직업 스킬로 배우는 기술일수록 위력도 높고, 그에 비례해서 마력 소비량도 커졌다.

그러나 이 세계는 【소드 앤 소서리스】 같은 게임 세계와 달리 필살기는 독자적으로 수련해서 배워야 한다는 것을 제로스는 깨달았다.

레벨 업으로 쉽게 배울 수 있을 만큼 세상이 쉽지는 않았다.

검도를 시작한 소년이 수년에 걸쳐 실력과 기술을 갈고 닦듯이 무기 기술은 수련을 쌓아 개발해야 했다. 이 점이 제로스를 크게 고민하게 만들었다.

꼬꼬들과 훈련하며 아이들은 【직업 스킬】을 배웠지만, 중요한 필살기는 레벨이 올라도 배우지 못했다. 【직업 스킬】이 특정 싸움 방식이나 필살기를 배우기 쉬워지는 보정에 불과하다는 사실을 깨달은 것은 최근의 일이었다.

제로스는 필살기를 가르칠 때 자신이 쓸 수 있는 기술을 독자적으로 해석해 설명할 수밖에 없었고, 그 해석이 반드시 옳다는 보장도 없었다. 【불】이나 【물】 등 속성이 포함된 기술은 발동 방법을 알 수 없어 어떻게 전해야 할지는 숙제로 남았다.

애초에 이론적이지 않은 현상을 이론으로 가르치기는 어려워 시험 삼아 『기합이다!』라고 정신론을 펼쳤더니 아이들은 금세 간단한 속성 기술을 배워 버렸다.

'현실은 녹록지 않구나~. 그러고 보니 츠베이트 군도 갑자기 쓰게 됐지…….'

영문을 알 수 없어 생각할 때마다 한숨밖에 나오지 않았다.

지금까지 본 바로는 개인의 자질이 문제라고 생각하지만, 아직 원리는 베일에 싸여 있었다. 앞으로도 제로스는 선생님으로서 시험받게 될 것이다.

하지만 아이들의 기대에 찬 눈빛을 보면 『미안, 어떻게 가르쳐야 할지 모르겠어』라고는 말할 수 없었다. 아저씨는 체면치레에 민감했다.

"본인은 【도귀(刀鬼)】 직업 스킬을 가졌지만, 그 외에는 【궁술사】나 【창술사】인지라 상위 속성 공격은 어떻게 해야 할지 감이 잡히지 않습니다. 어떻게든 원리를 해명해야 할 텐데……. 꾸준히 수련할 수밖에 없나."

개중에는 여러 속성이 섞인 기술도 있어서 상위 기술일수록 다양하고 복잡해졌다. 특히 중력 속성은 정신론이나 감각으로도 해결되지 않았다.

"상위 직업 스킬을 단련하면 신체 보정도 커져. 체력과 마력 성장에도 큰 효과가 있지."

"무도란 이리도 어렵단 말인가. 하지만…… 피가 끓는다!"

"정말로…… 왜 네가 엘프야? 이건 뭔가 잘못됐어."

"지금 본인의 수준은 어느 정도입니까?"

"으음…… 보통 용병보다는 강하지 않을까? 어제 격이 올랐다고 하니까 강한 마물과 싸우지 않으면 다음 단계로 올라가기 힘들걸?"

"갈 길이 멀군요……. 본인은 아버지를 뛰어넘어야만 합니다. 그 주정뱅이를 처단하고 말 테다……."

"그보다 빨리 마차에 타는 게 어때? 다들 기다리잖아."

"앗……."

아이들뿐 아니라 루세리스도 이미 짐마차에 올라 남은 사람은 제로스와 카에데뿐이었다. 두 사람이 얼른 올라타자 마차는 바로 출발했다.

이리하여 일행은 모브 마을을 뒤로했다.

"점장니이임~! 우리는 언제 돌아가요오오~?!"

"네가 전부 곤죽으로 만들어 버리니까 돈이 안 벌리잖아! 불평하

기 전에 네 돼지 같은 먹성과 닭대가리 같은 머리부터 고쳐! 그러
니까 【끝없는 늪의 물귀신】이라는 별명까지 붙는 거야. 나는 너랑
같이 죽을 생각 없어!"

"너무해요~, 갈 때는 같이 가자고요~! 사이좋게 지옥으로 떨어
져주세요~!"

"싫어! 죽으려면 혼자 죽어. 이 꼴통 점원!"

돌아가지 못하는 사람도 여기 있었다.

쿠티의 사전에 조절이라는 말은 없었다. 해치워야 할 마물은 전
력을 다해 으깨 버렸다.

당연히 멀쩡한 소재가 들어올 리 없으며 밑 빠진 독처럼 식비만
빠져나갔다.

그녀의 사전에 조절이라는 말도 없지만, 배려라는 말도 없었다.

계속 쌓이는 외상을 지불할 때까지 벨라돈나와 쿠티는 사냥을
계속할 수밖에 없었다.

두 사람이 무사히 산토르로 돌아갈지는 아직 아무도 몰랐
다……

마차는 천천히 가도를 달렸다.

모브 마을로 이어진 길은 중간에 파프란 가도와 만나고, 그 후로
는 길을 따라가면 산토르로 가는 갈림길로 이어진다. 거기서 산토
르가 아닌 다른 길로 가면 드워프들이 모여 사는 땅 【일루마나스

대유적)이나 다른 영주가 다스리는 땅이 나왔다.

파프란 가도는 기나긴 외길인데, 이 가도의 본래 목적은 대산림 지대에서 나타나는 마물 무리를 토벌하기 위한 군용로였다. 군사 파견 및 물자 운송을 원활히 하기 위해 만든 길이므로 상인에 대한 배려는 거의 없었다. 그래서 마물이나 도적이 자주 출몰하여 어지간히 큰 캐러밴이 아니면 이용하지 않았다.

그런 가도 주변에 마을이 들어서기 시작한 것은 최근 몇 년 사이의 일이었다. 아마 어떤 나라가 의도적으로 개발한 것으로 보였다. 최근에는 바다와 가까운 나라에서 온 캐러밴이 이곳을 이용하며 길은 급속도로 정비됐다.

"한가롭네요~."

"그러게요……. 솔직히 지루할 정도예요……."

제로스와 루세리스는 짐마차에서 느긋하게 하늘을 올려다봤다.

끝없이 펼쳐진 푸른 하늘에는 구름 한 점 없었다. 가끔 보이는 것이라고는 날아가는 새 정도였다.

한가롭다 못해 무료하여 아이들과 꼬꼬는 이미 꿈나라로 떠났다. 도적에게 기습이라도 받는다면 대처가 늦겠지만, 사실 용병 길드 마차를 노릴 도적은 거의 없었다. 이용자 대부분이 용병이니까 어찌 보면 당연했다.

"너무 심심하니까 졸리네요. ……자극이 없어서."

"제로스 씨, 위험한 생각을 하시지 않았나요? 마물이나 도적이 나와 주면 좋겠다거나……."

"설마요. 저는 나날이 평온한 일상이 모토예요. 불필요한 싸움은 피하고 싶어요."

"……정말인가요? 도저히 그렇게 안 보여요."

"그렇게 노려보지 마세요. 저도 좋아서 사건에 말려드는 건 아니라니까요? 어우, 귀찮아……."

"제 눈을 똑바로 보면서 말씀해주실래요? 왜 눈을 피하시죠?"

그건 눈을 맞추기 부끄럽기 때문이었다.

독신 생활이 길었던 제로스는 여성과 정면으로 바라보는 것도 어려웠다. 심지어 루세리스는 미인이었다. 은발과 모성애 넘치는 부드러운 표정은 나이를 잊고 가슴을 뛰게 할 만큼 매력적이었다. 심지어 가슴도 컸다. 숙소에서 같은 방을 쓰는 동안 치미는 욕정을 억누르느라 고생했다.

지금도 계기만 있으면 끌어안고 싶을 정도였다. 그리고 루세리스는 제로스에게 무방비에 가까웠다. 그런 상황에서 『전 제로스 씨 믿어요♡』라고 말하면 눈을 맞추기 어려울 만도 했다.

쑥스러움과 치미는 몹쓸 감정에 몸부림치는 불쌍한 아저씨는…….

"루세리스 씨…… 결혼합시다."

"네, 네에에엣~?!"

일을 치고야 말았다.

"더는 제 마음을 숨길 수 없습니다. 결혼하죠. 지금 당장, 이 자리에서, 빛보다 빠른 속도로! 허니문은 어디서 보내겠습니까?"

"너, 너무 갑작스러워요, 제로스 씨! 우선 서로의 마음을 확인하고, 장래 가족계획을 면밀히 세우고, 아이들이 무사히 자립하는 모습을 볼 때까지는……."

"OK, 맡겨주십시오! 아이들은 지금부터 파프란 숲에서 훈련시
키고 오겠습니다! 안심하세요. 일주일만 있으면 와이번 정도는 한
방에 목을 날려 버리도록 키우겠습니다!"

"아이들한테 무슨 짓을 하시려고요?! 일주일 사이에 와이번이라
니, 어떻게 해야 그렇게 강해지나요? 불길한 예감밖에 안 들어요!"

"괜찮습니다……. 저는 말이죠, 행복을 위해서라면 신에게도 침을
뱉을 사람이에요. 조금 엄한 수행이라면 이 아이들도 기뻐하겠죠.
훗, 후후후후후……. 레벨도 잘 안 오르던 차에 마침 잘 됐어……."

"악마예요?! 인격에 악영향을 끼칠 게 뻔하니까 그만두세요!"

"그럴 일은 없어요. 강해지면『수녀님, 결혼 기념으로 와이번을
잡아 올게. 끼얏호—♪』라고 말할 게 분명해요."

"그, 그게 바로 인격에 끼치는 악영향…… 응? 왜 위화감이 없지?!
이 애들이라면 정말로 그럴 거 같아요. 아니, 분명히 할 거예요!"

아저씨는 창피해서 농담을 지껄였지만, 루세리스는 여전히 진담
으로 받아들였다.

여기까지 이야기를 키워 놓고『농담입니다, 농담. 하하하하하』라
고는 말하기 힘들었다.

아저씨는 위기에 빠졌다. 웃어서 넘길 타이밍을 놓쳤다.

아니, 상대가 루세리스라면 처음부터 그런 타이밍은 없었는지도
몰랐다. 왜냐하면 루세리스는 길거리에서 파는『복을 부르는 돌』
을 살 정도로 인간의 선성(善性)을 믿었다.

이대로 가면 결혼하기 위해 아이들을 지옥의 부트 캠프로 끌고

285

가야 했다. 말을 꺼낸 입장인지라 물러나려야 물러날 수 없는 상황이었다.

"거 연애질은 다른 곳에서 해주면 안 되겠수? 배알 꼴려서 못 들어주겠네. 리얼충들, 다 죽어 버리라지…… 그렇게 생각하지 않수?"

막아주는 사람이 있었다. 마부인 중년 남성이 두 사람을 무시무시하게 째려봤다.

그는 당장에라도 두 사람을 죽일 것처럼 질투로 얼굴이 일그러졌다. 특히 아저씨에게 보내는 살의가 대단하여 『중년이 젊은 여자한테 집적대지 마, 젠장!』이라고 쏘아붙일 정도였다.

그건 아저씨도 안다. 이렇게 보여도 아저씨는 나이 차를 신경썼다.

"아, 아무튼…… 농담은 넘어가고, 결혼식은 언제…… 죄송합니다, 노려보지 말아주실래요?"

"어어엉? 리얼충은 소멸하라고! 웃기지도 않은 소리 하면 진짜로 죽을 줄 알아, 퉷! 누구는 어제 차였다고! 나는 리얼충이 미워!"

"그건 적반하장 아닌가요?! 타인의 행복을 바라는 게 인간의 미덕 아닐까요?"

"잔소리 집어치워. 행복한 것들이 뭘 알아! 연애에 들뜬 녀석들의 행복만큼 깨부수고 싶은 건 없어. 정 소원이면 너희부터 죽여줄까~? 엉?!"

마부는 점점 흥분했다. 루세리스에게 언성을 높일 정도로 타인의 행복이 미운 것 같았다.

그러나 잘 생각해 보면 이런 성격의 인물이 여성에게 사랑받을

리가 없었다. 왠지 차인 게 당연하다는 생각까지 드는 것도 사실이었다.

"그 편협한 마음 때문에 차인 거 아닐까요~? 자기만 행복하면 남의 마음은 거들떠보지 않는다는 뜻이니까."

"그게 뭐 잘못됐냐! 사람은 누구나 자기를 중심으로 살아간다고, 아니냐?! 너 같은 리얼충이 뭘 알아! 나는 매일 같이 아침부터 밤까지 그 녀석을 지켜봤다고. 그런데…… 『경비병 아저씨, 저 사람이에요! 항상 절 따라다니는 변태예요. 체포해주세요!』라고?! 이렇게 사랑하는데!"

""응, 그러니까 차이지……. 구제할 도리가 없네요.""

"왜——?! 왜 내 사랑이 인정받지 못해!"

아무래도 이 남자는 그냥 스토커였나 보다. 상식적으로 생각해도 신고당해 마땅했다.

체포당하지 않고 여기 있는 것이 신기한 수준이었다.

"애초에 당신…… 그 여성과 이야기한 적은 있나요?"

"없어! 하지만 마음은 통하는 법이잖아? 말 따위 그냥 장식이야!"

"그럴 리가 있나요……. 말 없이 마음이 통하면 세상은 전부 커플뿐이겠죠. 그런 건 환상이에요."

아주 자기중심적인 말이었다.

다르게 말하면 아주 이기적인 해석이었다.

"아니야! 그 녀석은…… 내 마음을 알면서 배신했어! 외출한 뒤에 방에 들어가서 다른 남자의 흔적이 없는지 꼼꼼히 조사하고, 밤에 괴한이 덮칠까 봐 걱정해서 뒤에서 감시해주고, 깜빡한 빨래

를 내가 가지고 돌아가서 보존…… 쿨럭, 집적댄 남자 놈들을 몰래 처리하고…….〃

"당신…… 변명의 여지가 없는 변태잖습니까? 왜 경비병을 불렀는지 이해하셔야죠. 당신이 준 건 사랑이 아니고 온몸의 털이 곤두서는 공포예요."

"마, 말도 안 돼……."

일방적인 사랑에 사로잡힌 사람은 독선적이었다. 자신이 옳다고 믿고 상대방의 감정을 무시한 채 혼자 들떠놓고, 그런데도 거절하면 자기 마음대로 화를 낸다.

그것은 일방적인 감정의 강요지 사랑과는 거리가 멀었다. 자기밖에 모르는 자의 아집이었다.

"아니, 내 사랑은 진짜야! 그 녀석은 그걸 짓밟았어———!"

이런 식으로…….

"후우…… 상상해 보세요. 본인이 방에 있는데…… 거기에 처음 보는 여자가 서 있는 걸……."

"으…… 그건 무섭군……."

"그 여자는 매일 같이 당신을 몰래 쫓아다니고, 방에 침입해서 물건을 뒤지고, 빨래를 훔치고, 밤마다 집 앞에서 감시합니다……."

"아, 아니, 내가 한 일은…… 그런 소름 돋는 짓이 아니야."

"당신이 그렇게 생각하지 않아도 상대방이 그렇게 생각하면 끝이죠. 당신이 한 짓은 틀림없는 범죄입니다!"

"그런 변태와 내 사랑을 똑같이 취급하지 마———!"

스토커는 자신의 행동을 범죄라고 인정하지 않는다. 자기와 비숫한 사람조차 격하게 혐오하며 자신을 정당화할 정도로 이기적이었다. 그런 자와 대화해 봤자 무의미했다.

처음에는 얌전히 알아듣는 척하다가 상식적으로 몰아붙이면 흉악하게 변한다.

결국에는 세상이 잘못됐다고 생각하고 상대를 죽여서 자신의 욕망을 채우려고 한다. 마음대로 감정을 품고, 마음대로 착각에 빠지고, 마음대로 폭주해서 피해를 끼치는 인간이었다.

당연히 이 남자도…….

"아~, 그래~? 너희도 날 방해하시겠다~? 헤헤헤…… 좋아, 전부 죽여주마. 너희도, 날 배신한 그 녀석도…… 전부 다 죽여주겠어어어어어어!"

폭주한다. 그리고 화풀이. 추했다, 정말로 추했다…….

남자는 허리에 찬 호신용 나이프를 뽑았다.

"날 방해하는 것들은…… 전부 죽어어어어어어어어어어어어!"

"에잇."

"꿱?!"

하지만 사람을 잘못 골랐다.

제로스는 나이프로 찌르려고 덤벼든 남자를 가볍게 한 대 쳐서 기절시켰다.

그 후에는 눈을 까뒤집고 기절한 변태가 굴러다닐 뿐이었다.

"……용병 길드는 사람이 없나? 인격에 문제가 있는 것 같은데……."

"난감하네요. 마차는 누가 몰죠? 저는 마차를 몰아 본 적이 없어

289

요……."

"그건 괜찮습니다. 제가 하면 되니까요. 아, 그립군."

아저씨는 일본 시골에 살던 당시를 떠올렸다.

이웃 중에 취미로 말을 키우던 사람이 농작물을 마차로 운반했었다. 사료비가 들지만 기름값이 들지 않아 좁은 농로에서는 이용하기 편했다. 아저씨도 당연히 재미로 마차를 몰기도 했다.

'밭에서 오는 길이 좁아서 소형 트럭도 못 지나갔지……. 용케 그런 곳에 집을 지었어. 노나카 씨, 불편하지 않았을까?'

아저씨는 마부를 밧줄로 묶으며 그리 오래되지 않은 그리운 기억을 되새겼다.

노나카 씨 집으로 가려면 일반 도로에서 산길로 들어가서 농로를 따라가야 했다. 그리고 그 농로는 소형 트럭도 지나기 힘들 만큼 좁은 외길이었다.

주변은 계단식 논이고 바퀴가 빠져도 견인차를 부를 수 없기 때문에 그대로 방치하는 수밖에 없었다. 낡은 소형 트럭이 풀밭에 넘어져 녹슬어 가는 풍경이 인상에 남아 있었다.

"그나저나…… 이 아이들, 세상모르고 자네요. 그렇게 소란을 피웠는데……."

"생각보다 피곤했겠죠. 어제는 격도 갑자기 올랐다고 하니까요."

"그렇다면 좋겠지만요…….(단순히 대담한 성격 때문이라면 경계심이 부족하다고밖에 할 수 없는데…….)"

용병이라면 쉴 때도 경계심을 버려서는 안 됐다. 특히 마물이 서식하는 숲에서는 주의해야 했다.

'시험해 볼까······.'

제로스는 칼자루에 손을 대고 살기를 뿜었다.

"뭐, 뭐야?!"

"지, 지금 그건 대체······ 엄청난 살기였어?!"

벌떡 일어난 건 죠니와 카에데, 그리고 꼬꼬 다섯 마리뿐이었다. 이것이 야생의 감일까?

"응, 죠니 군과 카에데 양은 합격이야. 다른 아이들은 훈련이 필요하겠어."

"지금 그거 아찌야? 뭘 한 거야? 무시무시한 느낌이 들었어."

"그건 살기······ 그래, 잘 때도 방심하지 말라는 뜻이군요. 안제, 라디, 카이는 지금 그걸로 죽었어. 합격이란 살기에 반응했다는 말이겠지."

카에데는 상황 판단이 빨랐다. 그에 비해 죠니는 아직 당황스러운 얼굴이었다.

그래도 지금까지 이런 훈련을 하지 않았으니 반응한 것만으로도 훌륭하지만.

"잘 때 이러기는 미안했지만, 조그만 기척에도 바로 전투태세로 돌입하지 못하면 비명횡사하기 좋으니까 한번 시험해 봤어. 여기가 사냥터나 숲 속이었다면 어떻게 됐을까?"

"······아찌, 자비가 없구나. 지금처럼 반응하지 못했다면 확실히 죽었겠지."

"본인도 긴장이 풀렸던 모양입니다. 가도라도 안전하다고는 할 수 없죠······. 도적들에게 습격받았다면 붙잡혔겠군요."

"내가 있으니까 그럴 일은 없겠지만……. 그래도 자립하면 모두 스스로 해야만 해. 기척을 지우고 다가오는 마물도 있으니까 살기에는 민감해지도록 해."

아이들에게 새로운 숙제가 생겼다. 카에데와 죠니는 어떻게 하면 살기에 예민하게 반응할 수 있을지 이야기를 나누더니 훈련 방법을 고민했다.

그 두 사람에게 꼬꼬가 조언했지만, 시점을 바꾸면 묘하게 훈훈한 광경으로 보였다. 피비린내 나는 훈련 내용을 이야기한다고 생각하기 어려울 정도였다.

"그건 그렇고 아찌……."

"왜 마부가 묶여 있지? 잡아먹을 듯이 노려보는데……."

멍석말이를 당한 마부는 뭍으로 나온 물고기처럼 팔딱대고 있었다.

그 눈에 강렬한 살의를 담아서…….

마부의 제어에서 벗어난 말들은 천천히 산토르를 향해 가고 있었다. 도시까지 가는 길을 아나 보다. 마부보다 말이 더 우수했다.

아저씨는 말이라는 동물의 프로 정신을 엿본 것 같았다.

야영. 그것은 용병에게 반드시 필요한 기술이었다.

특히 식사가 중요한데, 먹고 마시지 않으면 필요한 순간 싸울 수 없고 최악의 경우 죽을 수도 있었다.

호위 임무에서는 적은 식량으로 식사를 준비하고 사냥에서는 현지에서 조달하는 등 사전 계획 및 준비, 그리고 궁리도 필요했다.

　일행은 저녁이 되어 강가에서 야영을 하기로 했다.

　아이들은 반합(제로스 제작)을 들고 쌀과 밀을 씻거나 냄비 앞에서 고기와 채소를 나누고 있었다.

　이런 캠프는 처음인지, 무척 즐거워 보였다.

　그러나 이렇게 안심했을 때가 가장 위험했다. 마물이나 도적이 노리기 가장 좋은 타이밍이기 때문이었다.

　현재는 제로스와 라디가 경계를 서고 다른 인원은 저녁을 준비했다.

　"채소를 볶을 뿐인데 불이 너무 세지 않아?"

　"왜? 괜찮지 않아? 불로 지지면 부드러워지잖아?"

　"안제는 뭘 몰라……. 탄 채소는 몸에 해로워."

　"카이…… 그 지식은 어디서 들었지?"

　시끌벅적한 광경이었지만, 눈길을 돌리면 멍석말이 된 남자가 아무렇게나 굴러다녔다.

　빛과 어둠이 나뉜 이질적인 공간이었다.

　"아찌, 나 심심해……."

　"주변 경계는 중요한 일이야. 경계는 모두 돌아가면서 할 테니까 지금은 집중해."

　"으~, 귀찮아~. 더 편한 일일 줄 알았어."

　"던전에 들어가면 필요한 기술이야. 던전에는 쉴 곳이 없으니까 스스로 방법을 찾아야 해. 항상 안전을 확보하고 주변을 경계하면서 효율적으로 쉬어야 하지."

【소드 앤 소서리스】에 있는 던전은 안전 구역이 따로 없어서 휴식 중에도 마물에게 공격당할 때가 있었다. 그러면 식사나 수면은 당장 취소하고 싸워야 했다. 그래서 대규모 던전 공략은 성가셨다.

"카레라…… 아찌! 카레 가루 조합법 좀 가르쳐주라."

"그건 괜찮지만, 사람마다 취향이 갈릴걸? 만드는 법은 알려줄 테니까 자기 입맛에 맞게 연구해 봐. 참고로 나는 매운맛을 좋아해."

"쉬워 보이는데 아니야?"

"섞는 향신료의 양만으로도 맛이 변해. 아주 작은 차이로도 변하니까 조심해."

"설마 엄청나게 깊이 있는 요리야?"

"엄청나게……."

시판하는 카레에 허브만 조금 추가해도 향이 달라졌다. 카레의 심오함에는 끝이 없어 초보자가 섣불리 손을 대서는 안 되는 영역이었다.

조금만 틀려도 맵기만 하고 맛없는 요리가 되어 버린다.

'미나세 씨 카레는 지옥이었지~. 그건…… 이차원의 맛이었어.'

이제는 만날 수 없는 고향의 지인을 머리에 그렸다. 몸소 체험한 끔찍한 추억과 함께.

"매운맛 속에 감칠맛을 살려야 해. 그냥 대충 넣는다고 되는 게 아니야. 재료의 균형을 생각해서 볶고, 맛을 모두 파악한 뒤 향신료의 궁합을 생각해 선택하는 거지. 초보자는 못 해."

"아찌…… 설마 전문가야?"

"아니, 나도 초보보다 약간 나은 정도지. 전문가가 만들면 정말로 맛있어⋯⋯."

그 맛을 알기에 자신이 초보라고 단언할 수 있었다.

카레 가루 조합은 무척 어렵고, 그렇기에 심오했다.

"⋯⋯응?"

"아찌⋯⋯ 누가 와."

"무기를 잡고 있어. 방심하지 말고 주위에 신경을 곤두세우는 거야⋯⋯."

"알았어!"

다른 일행에게도 누군가 접근한다고 알린 뒤, 제로스는 무기에 손을 올리고 길 앞으로 펼쳐진 어둠을 바라봤다. 수는 열 명 정도일까? 소란스러운 목소리로 떠들며 급속도로 접근하고 있었다.

무모한 행동. 그렇게 말할 수밖에 없을 만큼 경계심이 없었다.

"이 냄새, 틀림없어! 카레다, 카레가 있어!"

"잠깐 기다려. 만약 그래도 이 세계에서 향신료는 귀해. 나눠주리라는 보장은 없어."

"그런 걱정일랑 말아, 여차하면 용사라고 이름을 대면 돼! 좌우지간 나는 카레를 먹고 싶다고!"

들리는 대화로 제로스는 모든 사정을 이해했다.

달려오는 사람은【용사】단체였다. 당당히 말하면서 다가오는 것만 봐도 그들이 얼마나 경계심이 없는지 알 수 있었다.

'용사⋯⋯. 이걸 어떻게 한다⋯⋯.'

4신의 첨병을 앞에 두고 제로스는 악랄한 웃음을 지었다.

"아찌, 무지막지하게 음흉한 얼굴이야."

라디가 지적해도 제로스는 그 웃음을 감추지 못했다.

제15화 아저씨, 4신교 신관에게 격노하다

얼마 있지 않아 제로스 일행 앞에 갑옷을 입은 남녀가 나타났다. 둘 다 고등학생 정도로 보였다.

"봐, 카레가 우리를 기다리잖아!"

한 소년이 갑자기 우쭐거리며 소리쳤다.

척 보기에도 모범생 같지만, 그 눈에는 어떤 오만함 같은 것이 보였다.

"죄송합니다, 정말로 죄송합니다!"

그에 반하여 한 소녀는 예의를 차리고 소년을 말리려고 하나 그는 이야기를 귓등으로도 듣지 않았다. 지금까지 했을 고생이 눈에 선히 보이는 듯했다.

소녀는 포니테일에 안경을 써서 성실한 인상을 줬다. 반장이라고 불릴 것 같은 외모였다.

바꿔 말하면 귀찮은 일을 떠맡을 것 같은 느낌이 들었다.

왠지 보고만 있어도 불쌍했다.

그 뒤에서 우르르 나타난 신관은 아마 수행원 같았다. 아니면 감시자거나.

"지금 중요한 건 카레야! 바로 먹어 볼까."

"그 전에 이분들한테 인사부터 해야지. 거절하면 어쩌려고!"

"그럼 징수하면 돼. 우리는 용사니까 허용되잖아?"

"그건 메티스 성법신국 내에서만 적용돼! 여기는 다른 나라니까 문제를 일으키면 외교 문제로 발전한다고."

"그건 나라 간의 문제잖아? 우리는 사신에게서 이 세계를 지키는 용사니까 괜찮아."

상당히 건방진 태도였다. 솔직히 용사란 존재에 실망하지 않을 수 없었다.

'이게 용사? 용사란 어떤 고난과 역경에도 목숨 바쳐 맞서 싸우는 자 아닌가? 어디 나오는 용자왕처럼. 그런데 이 녀석은 용사라는 권력을 이용해서 카레를 빼앗겠다고?'

마치 남의 집에서 아이템을 가져가는 옛날 게임 속 용사 같았다. 나쁜 의미로 용사다웠다.

"죄송하지만, 식사는 그쪽들이 알아서 준비하시죠? 우리도 가진 게 얼마 없습니다."

"뭐야, 당신? 우리가 누군지 알고 하는 소리야?"

"용사죠? 그게 왜요? 용사란 게 갑자기 튀어나와서 남이 만든 요리를 빼앗는 공갈범이었나요? 이야, 대단한 용사 납셨네~."

"죄송합니다! 다시는 이런 일이 없게 잘 말해 둘게요……."

"그쪽은 잘못이 없잖아요? 힘들겠네요…… 이렇게 세상 무서운 줄 모르고 거들먹거리는 사람을 봐주려면. 어떤가요? 카레 같이 드시겠습니까?"

"잠깐잠깐, 왜 이치죠는 되고 난 안 돼! 말이 이상하잖아!"

"왜 예의도 모르는 사람한테 베풀어야 합니까? 일반상식이잖아요? 그런 것도 몰라요? 때와 장소에 따라 그럴 수도 있겠지만, 적어도 지금이 그때는 아니네요."

버릇없는 인간에게 줄 음식은 없다.

아저씨는 확실하게 선을 그었다. 그리고 레이디 퍼스트였다.

"뭐~? 하지만 아찌, 이 사람들을 다 나눠주기에는 양이 부족해."

"맞아. 적어도 채소와 고기가 부족하고 카레 가루도 얼마 없어."

"이 사람들한테 줄 필요 있어~? 그리고 안제, 카레 가루는 아찌가 가지고 있으니까 괜찮아."

"나는 고기가 줄어드는 건 싫어. 고기를 빼앗는 자는…… 팬다?"

"예의도 모르는 인간에게 친절을 베풀 필요는 없지. 무시해도 되지 않습니까?"

아이들은 신랄했다.

그만큼 소년의 태도가 아니꼽다는 뜻이었다.

"봐…… 타나베가 무례하게 구니까 완전히 미움받았잖아."

"이게 나 때문이라고?! 이것들은 용사가 없으면 자기 몸도 못 지키는 약해 빠진 것들이야. 그런 녀석들이면 알아서 대우해야지! 우리는 이 녀석들 대신 사신과 싸워야 하니까!"

"사신이라…… 이미 없어진 존재한테서 지키긴 누굴 지킵니까? 웃기고 있네."

"없어져요? 최근 사신이 나타났다고 들었는데요?"

"아~, 4신이 그러던가요? 그래…… 그렇다면 4신은 4신교가 말하는 것처럼 전지전능한 존재가 아니란 게 확실해졌군. 좋은 정보

쥐서 고마워."

"".......?!""

유익한 정보를 얻은 아저씨는 무심결에 씩 웃었다. 아주 사악해 보이는 웃음이었다.

그런 제로스의 언동에 위화감을 느낀 용사 두 명은 퍼뜩 거리를 뒀다.

"왜, 왜 사신이 없어졌다고 단언했죠……? 그리고 왜 그렇게 웃으세요? 4신은 이 세계에서 절대적 존재였을 텐데요."

"이상해……. 우리를 앞에 두고도 그런 식으로 말해? 우리는 용사야! 이 세계에서 최강이라는 용사!"

"글쎄요~? 왜 그것까지 알려줘야 하죠? 알고 싶으면 4신한테 물어보든가요. 난 설명하기 싫네요…… 귀찮게시리."

""귀찮으니까 안 알려준다고?!""

"그런데요? 뭐든 남이 해줄 거라고 생각하면 안 되죠. 당신들, 귀찮은 일을 떠맡기고 이용당하고 있을 뿐이에요. 옛날 용사가 그랬던 것처럼……."

그 한마디에 그곳이 얼어붙었다.

주위 신관들에게서 살며시 살기가 흘러나왔다.

"앗, 카레가 타네요. 다 타기 전에 불에서 떨어뜨리세요."

"아, 그러네요. 안제, 그쪽 들어줄래?"

"OK."

아저씨는 살기를 내는 자들을 무시하고 카레로 주의를 돌렸다.

루세리스와 안제는 손잡이를 나무 막대기에 걸어 냄비를 불에서 떨어뜨렸다.

카레는 눌어붙으면 씻어도 잘 떨어지지 않아서 귀찮았다.

"잠깐, 지금 중요한 말 하는 중이잖아?! 왜 카레부터 챙겨!"

"나랑은 관계없는 일이니까요. 지금까지 편하게 살았죠? 그 대가로 죽어도 딱히 상관없겠네요. ……설령 속았다고 해도."

"그게 무슨 뜻이에요! 말해주지 않으면 몰라요!"

"아뇨, 저는 신 따위 안 믿는 마도사니까요. 신의 대행자인 용사에게 말해도 의미 없고 정말로 아무래도 상관없는 일이라서……."

""우리한테는 중요한 일이야(이에요)!""

"저한테는 보잘것없는 일인데요? 현재에 만족하고 사는 분들한테는 도저히 말 못 하죠…… 너무 심각해서."

실제로 용사와 만날 줄은 몰랐지만, 가끔 신문이나 소문으로 그들의 이야기를 들은 적은 있었다.

신의 기적인지 뭔지로 소환되어 경이적인 속도로 성장해 압도적인 전투력을 보유했다.

메티스 성법신국에 속해 가끔 이단 심문관과 함께 행동해 교의에 반하는 신관을 처단했다는 이야기도 이스톨 마법 학교 대도서관에서 신문으로 읽었지만, 진실인지 어떤지는 의심스러웠다.

이들은 아무리 생각해도 이용당했을 뿐이었다. 제로스는 잘됐다 싶어 그들에게 정보를 끌어내기로 마음먹었다. 카레는 생각을 유도하기 위한 교란일 뿐이었다.

"마, 만족하지 않았어요! 저는…… 저는 가족을 만나고 싶어요……! 이런 세계에서 빨리 도망치고 싶다고요……."

"나는 딱히 상관없어. 내 마음대로 살 수 있고 우리보다 강한 녀석도 없으니까. 특히 하렘이 최고야."

"흠, 그쪽 여자애한테는 가르쳐줘도 되겠는데요? 너는…… 뭐, 죽든가 말든가. 어차피 마지막에는 죽겠지만."

그 말에 반응해서 신관들은 마법에 시동을 걸었다.

이 행동으로 제로스는 이해했다. 신관들은 이 이상 이야기하게 두면 안 된다고 생각했거나, 아니면 4신을 모욕하는 태도에 화가 났거나, 둘 중 하나라고.

사실 어느 쪽이건 제로스의 추측이므로 조사해 보지 않으면 알 수 없겠지만, 갑자기 공격해 온다는 것은 절대로 예삿일이 아니었다.

"""""신의 빛이여, 우리 손에 깃들어 죄인을 불태우소서. 죄인의 영혼에 구원과 자비를 바라나니…… 【홀리 레이】!"""""

"【리플렉트】."

신관들이 날린 마법을 제로스는 무영창 마법으로 쉽사리 반사해버렸다.

그 결과, 그들은 자신들의 마법을 스스로 맛보게 됐다.

"으아아아아아아아아아아!"

"마, 말도 안 돼……. 신의 힘을 반사하다니…….."

"히이이이이이이이이이이이이이이익!"

"네 이놈…… 용사를 현혹하는 악마…….."

"너무하시네~. 내가 쓰는 마법이나 댁들이 쓰는 신성 마법이나 원래 같은 거예요. 자신들의 무지에서 눈을 돌리고 사람을 악마라고 부르다뇨? 저라도 상처받습니다? 예를 들면…… 【홀리 레이】."

신관들에게 같은 마법을 썼다. 나잇값 못 하는 유치한 아저씨였다.

맞추지 않도록 배려하는 점이 그나마 양심적이지만, 음흉한 웃음만은 감추지 못했다.

""""으아아아아아아아아아아아아아아아아아아아아?!"""""

"어, 어떻게…… 마도사가 신성 마법을…… 그것도 무영창으로?!"

"설마…… 그럼 정말로 우리 마법은 마도사와 같단 말인가……?"

"이럴 리 없다……. 이런 일이 있을 리 없어!"

말이 없는 사람은 용사 두 명뿐이었다.

신관들은 신성 마법이 신의 힘이며 마도사는 대처할 힘이 없다고 배웠다. 그 사실을 이 마도사가 보란 듯이 뒤집었다.

그들의 상식이 부서지는 순간이었다.

"잠깐만, 신성 마법이 마도사가 쓰는 마법과 같다고? 그럼 치유 마법도……."

"【신관】이라는 직업 효과로 회복량이 늘었을 뿐이고 실제로는 마도사도 쓸 수 있죠. 그 반대도 마찬가지고요. 설마 마도사가 치유 마법을 못 쓴다고 생각했나요? 그건 착각입니다."

"그렇다면 신성 마법이란 건……."

"마도사의 마법과 근간은 같아요. 그리고 빛 마법을 신성 마법이라고 주장한 게 4신. 어떻게 생각하나요? 사이비 같지 않습니까?"

"그럼…… 신관은 뭐야! 이것들은 이 마법으로 거대 세력을 이뤘다고!"

"신관은 원래 창생신을 신앙하던 사람들이에요. 그러니까 회복 능력이 강해지는 효과를 얻었겠죠. 하지만 지금은 창생신을 모시는 가르침은 극히 일부밖에 남지 않았습니다. 4신교가 그 지위를 빼앗았기 때문이죠. 용사 소환도 정말로 긴급 상황에서만 사용할 수 있었지만, 4신교는 빈번히 용사를 소환해요. 그 영향이 이 세계에 어떤 재앙을 불러올지 모릅니다. 최악의 경우 다른 세계까지 집어삼켜 멸망해도 이상하지 않아요. 시공에 구멍을 낸다는 건 그런 일입니다."

거짓말을 섞은 제로스의 말에 두 용사는 얼굴이 새파래졌다.

잘못하면 자신들이 살던 세계까지 말려들 위험성을 깨달았기 때문이었다.

그러나 제로스가 한 말은 억측이었다. 이스톨 마법 학교 대도서관에서 얻은 지식과 있을 수도 있는 가능성을 말한 것에 불과했다. 요컨대 입으로 나오는 대로 떠들었다.

그러나 용사들은 진실을 확인할 수단이 없었다.

그리고 그것은 아주 쉽게 진실로 포장된다. 짚이는 바가 있기 때문에 덜컥 믿어 버린 것이었다.

"그럼 카레도 다 됐을 테니까 다 같이 먹을까요?"

""""""와아, 카레다~! 맛있겠다~!""""""

"이 냄새…… 식욕을 자극하는군. 나도 이 맛에서 헤어나지 못할 것 같아."

"저기…… 제로스 씨? 신관분들이 괴로워하시는데……."

"입막음하려고 절 갑자기 공격했다고요. 상황이 안 좋으면 용사를 처리하라는 밀명을 띠었다고 해도 이상하지 않아요. 종교란 게 다 그렇죠, 뭐."

용사 두 명 사이에 싹튼 의구심과는 별개로 신관들은 신음하고 있었다.

자신들이 쏜 마법을 그대로 되돌아왔는데 저항조차 하지 못했으니까 그럴 만도 했다.

"사람에게 공격 마법을 쏘는 건 죽을 각오가 된 사람뿐입니다. 그런 상식도 모르나요? 4신교는 뭘 가르치나 모르겠네. 그냥 죽어줄 줄 알았나?"

"당신…… 정체가 뭐야? 열 명이 쏜 공격 마법을 튕겨 냈어! 보통 인간이 아니야……."

"……저는 그냥 별 볼 일 없는 마도사입니다. 적대하지 않으면 아무 짓도 안 해요. 적대하지 않으면…… 말이죠."

"그렇다고 이렇게 할 것까지는……."

"죽이려고 덤빈 상대를 봐줄 이유가 어디 있습니까? 여긴 비정한 세계예요. 인간보다 강한 괴물이 도처에 돌아다니죠. 특히 저 숲 안에……."

대충 손가락으로 가리킨 곳에는 녹음으로 뒤덮인 광대한 산들이 보였다.

용사 두 명은 숨을 죽였다. 메티스 성법신국에서는 저주받은 토지며 들어가서는 안 될 마의 영역이라고 말하기 때문이었다.

용사들도 그 이야기를 믿고 있었다. 실제로 틀린 말도 아니지만…….

"파, 파프란 대산림 지대…… 그렇게나 위험한가요?"

"그쪽들 실력으로는 하루도 못 가서 죽을걸요? 그렇지만 안쪽까지만 안 들어가면 됩니다. ……음? 강황이 부족했나? 반대로 커민은 조금 많이 들어간 느낌이…….”

““벌써 먹었어?!””

“빨리 안 먹으면 이 애들이 다 먹어 버린다고요……. 전에 만든 카레도 전부 빼앗겼고.”

아저씨는 카레를 사랑했다.

그리고 직접 조합한 카레에 조금 불만스러워 보였다. 본고장의 맛을 알기에…….

“역시 분량을 조사하는 게 좋겠어. 냄새만으로 맞추기는 어렵고 감으로 만들어도 실패한 카레만 쌓일 테니까. 어렵구만. 안정된 맛과는 거리가 멀어.”

“그런가요? 저는 맛있는데요……?”

“루세리스 씨…… 카레는 말입니다, 향신료의 배분에 따라서 맛이 크게, 그리고 세세하게 바뀝니다. 두둥 토드 고기를 쓴다면 조금 더 담백하고 확 올라오는 매운맛이 필요하다고요.”

“어렵네요. 맛의 세계는 심오해요.”

““저기요…… 카레 얘기에서 벗어나 주실래요?!””

추궁하는 두 용사에게 아저씨는 살며시 접시를 내밀었다. 그리고…….

“드실래요? 저는 조금 마음에 안 들지만, 의견을 들어 보고 싶네요.”

““잘 먹겠습니다!””

용사를 간단히 회유했다. 카레의 위력은 굉장했다.

용사는 지구의 맛에 굶주려 있었다.

"어, 얼마 만에 먹는 카레야? 나…… 3년은 못 먹었어……."

"맛있어……. 카레가, 이런 맛이었구나……."

"훗, 주책은……. 다 큰 녀석들이 울긴 왜 울어. 조용히 먹기나 해."

아저씨는 후미진 골목의 식당 주인처럼 멋들어진 대사를 날렸다.

대화에 끼지 못하는 신관들도 그 향긋하면서도 식욕을 자극하는 향에 말 그대로 군침만 삼키며 바라보았다.

"헤헷…… 고추 때문에 매워서 그래요……"

"마히허……엄마가 해주는 카레, 먹고 싶어…… 흑……."

그리고 함락됐다. 아저씨는 몰래 음흉한 웃음을 지었다. 【사디스트 주임】의 실력이 빛을 발했다.

"카레…… 용사 두 분에게는 그리운 맛인가 보네요."

루세리스는 그릇에 카레를 담았다. 보는 방식에 따라서는 바지런한 새색시였다.

그러나 그녀의 한마디는 그들에게 의문을 가져왔다.

"아니, 잠깐! 잘 생각해 보니까 당신, 어떻게 카레라는 말을 알아?! 설마 우리와 같은 용사야?!"

"헉?! 그러고 보니……. 지금까지 카레 가루는 찾아도 안 나왔는데……."

"아뇨? 저는 용사랑 아무 관련도 없어요. 답을 알고 싶으면 4신한테라도 물어보시죠. 물론 4신교 편은 아니지만요. 오히려 적인가?"

아저씨는 뻔뻔하게 시치미 뗐다. 두 용사는 손을 멈췄지만, 그래도 눈은 카레에서 떨어지지 않았다.

"적…… 그게 무슨 말이죠?"

"글쎄, 4신한테 물어보시라니까요. 상황에 따라서는 그렇게 된다는 것뿐입니다. 바꿔 말하면 용사의 적이 될 수도 있다는 말이지만."

"그렇게 말하면 못 알아들어. 자세하게 말해 봐……."

"그 결과, 죽게 되더라도 알고 싶나요? 괜한 지식을 가져 죽은 용사 선배들처럼……. 그거 아세요? 지금까지 소환된 용사는 그 누구도 고향으로 돌아가지 못했다는 걸."

""……?!""

두 사람의 손에서 숟가락이 떨어졌다.

마도사의 말에 어두운 표정을 지은 용사들은 어깨를 떨어뜨리고 땅바닥을 바라봤다.

그 모습을 본 제로스는 내심 가능성이 있다고 느꼈다.

이건 제로스가 자신의 가설을 확인하기 위해 지어낸 말이었다.

지금 알았다는 듯한 태도가 용사들의 무지함을 알려줬다.

그들은 용사가 원래 세계로 돌아갈 수 있는지 없는지, 정말로 모른다는 증거였다.

분명히 용사가 실제로 돌아가는 모습을 본 적이 없을 것이다.

"돌아간 사람이…… 없어? 말도 안 돼. 대사제는 전부 돌아갔다고 했는데……."

"순진하시네. 시공에 구멍을 뚫으려면 얼마나 많은 에너지가 필요한지 압니까? 그것도 30년 주기로 소환한다고요. 그 마력을 모으는 데만 30년이 걸리는 마당에 송환할 에너지가 있을 리가 있나요? 상식적으로 생각하세요. 4신교는 소환은 해도 돌려보낼 생각은 없어요. 돌려보낼 바에야 죽이는 편이 편하니까요. 어차피 이 세계 인간이기도 하고…….”

“그럼 이곳에서 죽은 친구들도 원래 세계로 돌아간 건…….”

“죽으면 끝입니다. 게임도 아니고 죽은 사람이 살아날 리가 없죠. 당연하지 않습니까? 설마 죽으면 원래 세계에서 다시 살아간다고 생각했어요? 진심으로? 그거야말로 황당무계한 이야기인데.”

카레를 먹으면서도 그 눈에는 웃음기가 없었다. 제로스는 한없이 어둡고, 심연이 자리 잡은 것 같은 눈으로 두 사람을 보고 있었다.

지금 한 이야기도 대도서관에서 조사한 내용과 여러 정보를 종합해서 내린 추측이었다. 그렇게 생각하지 않으면 이해되지 않는 부분이 많아 아저씨는 용사가 버려진다고 생각했다.

그리고 용사들은 점점 불안에 빠져들었다…….

“그래서 내린 결론, 4신은 신이 아니다. 그냥 대행자에 지나지 않겠죠. 믿을지 말지는 본인들 판단에 맡기겠습니다. 이대로 가면 이용당하다가 끝나겠지만요. 앗, 이미 늦었나? 하하하하하 ♪”

“거짓말……이지……? 우리는 선택받은 인간이라고…….”

“수상하다고는 생각했지만, 우리는 그걸 믿을 수밖에 없었어요……. 돌아갈 방법은 그 사람들밖에 모르니까…….”

“용사 소환 마법진에 송환 기능이 정말로 있다고 생각해요? 이 세계 주위에 얼마나 많은 이세계가 있다고 생각하죠? 당신들 세계 말고도 세계는 무한히 있을 겁니다. 거기서 사건, 시간축, 역사가 동일한 세계를 고를 수 있다고 정말로 생각하세요? 오히려 랜덤으

로 조건에 맞춰 소환한다고 생각하는 편이 타당하겠죠."

용사 두 명의 얼굴은 새파랗게 질렸다. 이러니저러니 하면서도 아저씨는 능구렁이처럼 용사에게 정보를 흘리고 있었다.

용사들의 이야기로는 그들은 죽지 않으며, 만약 이 세계에서 죽으면 원래 세계에서 눈을 뜬다고 들었다고 한다.

하지만 그것을 확인하기는 무척 어려웠다.

왜냐하면 그 진위를 확인하려면 죽을 수밖에 없으니까.

냉정하게 생각하면 수상하기 짝이 없고 4신교에게는 지나치게 편리한 이야기였다.

"그래…… 그래서 카자마는 진실을 알려고 했구나."

"그 오타쿠…… 이걸 알았던 거야? 그런데 우리는……."

"오호…… 용사 중에서도 정신이 제대로 박힌 사람이 있었나요? 아마 극진한 대우를 받고 기고만장했겠죠. 그리고 생각하길 포기하고 현재에 이르렀다…… 지금까지 죽은 용사는 몇 명입니까? 그 용사들은 정말로 원래 세계로 돌아갔을까요?"

확실히 극진한 대우를 받았다.

금전 원조부터 성적 봉사를 위한 인원 알선, 약간의 범법 행위는 면제되는 초법적 지위. 거기다가 호화로운 생활까지. 정상적인 나라라고 생각하기 어려운 조건이었다.

하지만 지금은 소환된 용사 절반이 이 세상에 없었다.

"미인계에 주지육림. 망나니짓조차 눈감아줘서 제 세상인 양 설친다. 흔한 방법이네요. 이런 걸 이고깽이라고 한다죠?"

"당신…… 정말로 용사 아니에요? 이상하게 잘 알잖아요. 카레도 만들 수 있고, 이 세계 사람 같지 않은데…….”

“이것저것 조사했거든요. 세상의 이치를 탐구하는 마도사니까요. 그럼 여기서 문제, 그쪽이 해치우려는 사신이란 뭘까요? 이세계에서 온 침략자? 아니면 돌연변이? 어느 쪽이건 차원 이동이 가능하다면 대단한 괴물이겠죠. 세상이 멸망하지 않은 게 신기할 정도예요.”

“지금까지 들은 4신 이야기를 곧이곧대로 믿을 수는 없어…….세상이 멸망하지 않고 지금도 이어지는 것을 보면 사신의 목적은 지배도 파괴도 아니었나? 4신이 필사적으로 없애려고 드는 건 사신이 있으면 곤란하기 때문이라고 가정할 수 있어……. 그렇다면 신의 지위를 위협하는 자, 혹은 소설 같은 설정이라면…… 사신이 이 세계의 신?!”

“정답입니다. 이름이…… 타나베 군이라고 했었나요? 4신은 사신을 어떻게든 없애고 싶어 합니다. 그러지 않으면 이 세상에 신으로 군림할 수 없으니까. 그렇게 생각하는 게 타당하겠죠. 그리고 용사에게 그 일을 떠넘기는 겁니다. 자신들은 못 이기니까.”

“그런 존재를 용사가 이길 수 있다는 것도 이상하지 않아요? 전승에 따르면 산을 없애 버렸다는 이야기도 있어요. 아무리 생각해도 승산이 없어요……. 생물 병기일 가능성도 있겠고요.”

“으음, 그게 어려운 부분이죠. 추측은 가능하지만 확증이 없으니까요~. 이 세계의 정당한 신인지 구시대 생물 병기인지, 만약 이세계에서 왔다면 목적은 무엇인지……. 이걸 인간의 몸으로 조사할 수는 없겠죠.”

상황 증거는 모여 있었다. 확증이 없을 뿐.

그런 가설 수준의 이야기를 의미심장한 얼굴로 당당하게 말하니 제로스의 말에는 이상하게도 신빙성이 더해졌고 용사 두 명은 그 말을 진실처럼 인식해 버렸다.

본인은 진실이라고 한마디도 안 했으므로 이건 그저 두 사람의 착각이었다.

아저씨는 나쁜 어른이었다.

4신 신탁으로 움직이던 용사들은 지금 생각하면 이해할 수 없는 지시가 많았다는 생각이 들었다.

예를 들면 성수 신앙을 가진 수인족 나라를 침공하거나 4신교가 아닌 종교를 믿는 나라에 전쟁을 선포하거나……. 4신에게 이득이 되는 일뿐이며 시각을 바꾸면 단순히 종교 탄압을 위한 전쟁이었다.

짐작 가는 부분이 있는 용사들은 제로스의 말에 완전히 넘어왔다.

"""""맛있다, 맛있어♪"""""

"그렇게 급하게 안 먹어도 아직 더 있어요. 입 데지 않게 조심하세요."

"음…… 맛있군. 그 와이번 고기도 맛있었어……"

"그렇지? 그런 고기는 지금까지 먹은 적이 없어."

"맛있었지~♡"

"살살 녹는 고기와 풍부한 육즙…… 고소하면서도 단 감칠맛이……."

"아찌, 와이번 고기는 없어?"

아이들의 혀가 고급스러워졌다.

이대로 가면 평범한 야영을 못 하게 될지도 모른다고 아저씨는 내심 당황했다.

원래 야영에서 카레처럼 향이 강한 요리는 피해야 했다. 냄새를 맡고 마물이 나타나기 때문이었다. 잘못하면 야영지에서 전투로 돌입할 수도 있었다.

'실수했나……. 카레는 나중에 줘야 했어.'

아저씨는 조금 후회했다.

"우리…… 뭘 위해서 소환된 거야?"

"다들…… 죽었어……. 그런데도……."

"4신은 향락적인 성격이니까 아마 이세계의 문화를 원했던 거 아닐까요? 시중에 팔리는 만화를 봤을 때는 전쟁을 일으키고 싶어졌어요……."

""그 정도로?!""

용사가 오락으로 애니메이션이나 라이트 노벨 이야기를 퍼뜨리는 것은 좋았다. 문제는 그 이야기의 각색이 엉성하고 오리지널 요소가 전혀 없다는 점이었다. 다른 스토리를 억지로 이어 붙여 원작을 파괴했으니까 팬으로서 용서하기 어려웠다.

"왠지…… 피터 팬이 근두운을 타고 기이한 포즈를 잡으면서 모라이더로 변신하고, 어둠의 포스에 각성한 후크 선장과 피 튀기는 사투를 펼치더군요……. 그것도 100만 불짜리 야경이 펼쳐진 고층 빌딩 위에서, 달에는 박쥐 신호가 비친 상태로. 그림체는 미국 만화풍이고!"

"호, 혼란하군……."

"확실히…… 이야기가 뒤죽박죽이네요. 표절에도 정도가 있지……."

"원작에 대한 존중이 조금도 느껴지지 않는 졸작뿐이었습니다. 그보다도 용서할 수 없는 게 교육상 좋지 않은 동인지가 아이들도 볼 수 있는 곳에 버젓이 진열돼 있었다는 겁니다. 출판사로 찾아가서 분서하고 싶어졌어요. 농담이 아니라 진짜로…… 후후후……."

""왜지. 엄청 공감돼…….""

제로스가 슬쩍 신관들을 보자 일제히 눈을 돌렸다.

그들 얼굴에는 심각한 죄책감이 떠올라 있었다. 그 모습을 보고 그게 누구의 소행인지 이해했다.

"네 놈들이었냐아아아아아아! 그래, 너희 4신교의 자금과 지명도를 위해서 그딴 같잖은 졸작을 퍼뜨려?! 사과해! 열심히 스토리를 짜서 만들어진 예술적인 작품에 진심으로 사과해! 작가와 만화가들에게 죽어서 사과하라고!"

아저씨는 분노의 불꽃이 맹렬하게 타오를 정도로 흥분했다.

그는 골수 오타쿠였다. 그래서 이 세계 만화는 절대로 용납할 수 없는 악의 경전이라는 생각만 들었다. 그런 것을 읽는 이 세계 사람이 불쌍해서 참을 수 없었다.

"기도는 마치셨나? 가족에게 남길 유언은? 죽을 각오는 OK?"

""이 사람, 진심이다————?!""

"아, 아니야……. 거기는 우리와 부서가 달라……. 우리도 모르는 일이라고……."

"그, 그래…… 우리도 그것 때문에 머리가 아파. 이 점도 고려해 봐주……지는 않으시겠죠……? 하하하."

"우리도 그건 너무했다고 생각하지만, 놈들은 『어차피 민중은 원작 따위 몰라. 돈만 모이면 돼!』라고 했어. 나도 말렸지만, 성녀님이……."

"동인지라는 것에 힘을 실으셨지……. 괜찮을까, 그런 동성애 책을 판매해도……."

""성녀님은 뭘 하는 거야?!""

생명의 위기에 직면한 신관들은 살아 보려고 필사적이었다.

심지어 만화 제작에는 성녀가 관련된 모양이었다. 용사 두 명은 충격적인 진실에 경악했다.

"그걸로 용서받을 수 있다고 생각했습니까? 그 광기의 만화를 검열도 하지 않고 그대로 팔아 놓고 자신들에게는 아무 책임도 없다고요? 판매하는 걸 알면서도 묵인했죠? 용서할 수 없는 대죄야……. 당신들 동문이라면 더욱 그래. 순수한 젊은이들에게 악영향을 끼치면 어떻게 책임질 생각이지? 백합과 장미는 가시밭길이라고. 심지어 로리에 빠지는 범죄자가 만연하면 어쩔 생각이야! 아이들은 지켜야 하는 존재 아닌가!"

마왕이 강림했다.

어느샌가 장비도 변해 흑룡왕 피막으로 만든 로브에 흑개룡 갑각으로 만든 브레스트 플레이트와 검은 모자를 쓰고 손에는 십자창이 연상되는 마법 지팡이를 들었다. 완전무장 섬멸자 모드로 돌입할 정도로 진노하였다.

칠흑의 성자인가, 아니면 흑의의 대사제인가, 뭐가 됐건 존재감이 폭발하는 공포가 휘몰아쳤다.

"죄를 지었으면 벌을 받아야 한다. 그 뒤틀린 만화 때문에 얼마나 많은 순수한 마음이 잘못된 길로 빠졌을지⋯⋯. 이것이 신의 소행이라면 신은 적이다. 흔적도 없이 없애야 하는 해악이다! 오물보다 더럽다⋯⋯. 그것은 경멸해야 마땅한 악행임을 알아라."

고작 만화로 엄청난 위압감을 내며 신관들에게 공포를 심어주는 흑의의 대현자.

그래도 만화는 문화. 그 표현 방법은 아이들의 교육에도 크나큰 영향을 주며, 만약 내용이 잘못됐다면 순수한 마음에 큰 타격을 준다. 오락이 적은 세계라면 더욱 그랬다.

"그 죄는 결코 용서받지 못한다. 이것은 전쟁이다. 우리에게 건 전쟁이다. 너희 때문에 수천, 수만의 비극이 막을 열었다. 종말을 알리는 종임을 마음에 새겨라. 너희가 시작한 일이다! 이제는 성전이다, 라그나로크의 시작이다!"

엄청나게 거들먹대며 화냈다.

"'당신, 얼마나 애니랑 라이트 노벨을 좋아하는 거야!'"

"신을 죽여서라도 지키고 싶은 마음의 바이블인데, 왜요?"

"'신을 죽인다는 말을 쉽게도 하네. 그냥 골수 오타쿠잖아!'"

"그게 뭐 잘못됐습니까? 악질적인 종교보다는 도움이 됩니다."

어떤 의미로는 맞는 말이었다. 다른 의미로는 위험한 사상이기도 했지만, 이 세계에서는 무의미한 문답이었다. 그도 그럴 것이 규제가 존재하지 않으니까.

"4신교가 지금 같은 상태라면 제 손으로 멸망시킬 겁니다. 이건 이미 결정된 사항이니 그런 줄 아십시오."

"언제 결정된 거야……. 위험한 인간을 적으로 돌리게 됐군. 그 나라는 애니와 라이트 노벨 때문에 망하는 건가……."

"레벨이 전혀 안 보여. 이 사람…… 얼마나 강한 거지?"

"레벨 500이라면 초 단위로 끝입니다. 서른 명이 덤벼도 애들 장난이죠. 용사? 그게 뭐죠? 먹는 건가요?"

""절대로 적으로 돌리기 싫어!""

용사들이 사신보다 악랄한 상대와 만난 순간이었다.

"다…… 당신은 대체 누구입니까? 그 방대한 마력, 우리 내정까지 들여다보는 지식, 신의 기술을 튕겨 내는 압도적인 힘까지……. 평범한 사람일 리 없습니다."

"게다가 그 장비…… 보통 소재가 아니야. 우리가 모르는 마물 같군……."

신관들이 의아해하는 것도 당연했다.

그런 그들 앞에서 아저씨는 담배에 불을 붙였다. 한 모금 빨고 무감정하게 연기를 뿜었다.

"예로부터 용사를 이끄는 마도사라고 하면 뻔하지 않습니까? 그냥 페인 같은 연구자입니다. 그나저나 용사 소환 마법…… 그건 위험해요. 이 세계도 슬슬 못 버티지 않을까요?"

"용사를 이끄는 마도사…… 설마 【현자】?! 그, 그럴 리가, 이런 자가 이 세계에 아직 있었다고?"

"글쎄요, 거기까지 알려줄 필요는 없어 보이네요. 게다가 지식의 탐구자는 속세를 등진 사람이니까 나라에 구애받을 생각은 없

습니다. 방해되면 없애 버리면 되기도 하고요. 대국이 하나 없어

진다고 생활이 힘들어지지는 않겠지만, 일단 비밀로 하십시오. 댁

들 나라가 지도에서 사라져도 된다면 위쪽에 보고해도 좋지만요.

크크크……."

""""""현자가 할 말이 아니야?!""""""

아저씨는 오타쿠 문화를 유린당해 분노의 극에 달했다.

그토록 세계관을 파괴하면 도저히 간과할 수 없었다.

무엇보다 만화로 출판하는 이상 아이들도 보게 된다. 확실히 말

하는데 교육에 좋지 않았다. 무엇보다 연령 제한이 없어서 19금

책조차 쉽게 살 수 있었다.

"애초에 마도사란 당신들 세계에서 말하는 매드 사이언티스트라

고요. 지식 탐구를 위해서라면 어떤 것이든 읽고 자기 마음대로

실험을 반복하는 방구석 오타쿠. 이야기에 나오는 성인군자가 아

닙니다. 상식적으로 그렇게 편리한 인간이 있을 리가 없죠."

"단언했어?!"

조금 억지스럽지만, 퍼뜩 이 세계 사람인 척 능청스럽게 용사들

의 추궁을 벗어났다.

지금은 전생자인 이세계인이라고 들키면 곤란하므로 그들의 착

각에 편승하기로 했다.

"으음, 잘 생각해 보면 당연할지도 몰라……. 마법의 정점을 찍

은 사람이 무명일 리가 없어. 만약 무명인 채로 남아 있다면 자기

연구에만 빠져 사는 은둔자가 자연스럽고."

"용사의 오타쿠 문화는 마법 연구에도 참고가 됩니다. 예를 들

면 과학이라는 기술은 제법 연구 의욕을 자극하더군요. 다만, 그토록 원작을 망가뜨리면 그걸 퍼뜨린 녀석들과 진심으로 전쟁을 벌이고 싶어져요."

""현자가 오타쿠 문화에 심취했어! 게다가 원작을 사랑하는 원리주의자?!""

"저는 현자라는 말은 한마디도 안 했는데요?"

본인은 말하지 않았지만, 적어도 여기 있는 용사와 신관들은 제로스를 현자라고 반신반의하기 시작했다.

보아하니 연구 중독에 오타쿠 문화에 심취한 환상을 깨는 인물이며, 그 분노 때문에 【메티스 성법신국】을 멸망시키겠다고 길길이 날뛰는 유치하고 괴팍한 성격의 소유자였다.

그러나 신성 마법을 다루고 자신들이 모르는 이야기를 들려주는 모습은 현자 그 자체였다. 용사들의 【감정】으로도 레벨이 보이지 않으니 그 힘은 상궤를 벗어났다고 예상됐다.

현자 발견— 그것은 경악스러운 역사적 대사건이었지만, 용사들은 묘한 두려움을 느꼈다.

다만, 그것도 아저씨에게는 잘된 일이었다. 있는 말 없는 말을 섞어 더 흔들어 놓았다.

"설마, 이 카레는……."

"그쪽 선배들이 퍼뜨린 요리 만화를 재현한 거죠. 심심풀이였지만요. 그래도 소환된 용사들이 속은 줄도 모르고 분위기에 휩쓸려서 기고만장해진 탓에 도와줄 생각이 안 들었어요. 약육강식은 세상의 이치기도 하고요."

아저씨는 시치미를 뚝 떼고 당당히 거짓말을 했다.

"즉, 현자는 용사가 어떻게 되든 정말로 관심이 없다는 건가요? 건방진 사람은 아무리 죽어도 상관없다고요?"

"현자가 아니라니까요? 오히려 제가 묻겠는데, 왜 도와야 하죠? 결국 민족 분쟁이자 종교 전쟁이잖아요? 엮이기 싫어요. 그렇게 할 일이 없는 줄 아나."

"우리랑은 상관없잖아요! 왜 우리가 싸워야 하냐고요!"

"그런 불평은 4신한테 하시고요. 소환한 건 그것들이니까요. 그리고 솔직히 소환됐을 때 내심 기쁘지 않았습니까? 『재미없는 현실에서 빠져나왔다』라는 해방감을 느끼지 않았다고는 하지 마십시오."

"그, 그건……."

용사 소녀—【이치죠 나기사】는 부인할 수 없었다.

이 세계에 소환됐을 때 자신을 둘러싼 환경이 변했다는 고양감을 느낀 것은 사실이었다. 던전에 들어가서 레벨을 올릴 때마다 강해지는 자신에게 쾌감을 느낀 것도 사실이었다.

그러나 현실은 비정했다. 동료가 전쟁에서 죽는 모습을 본 후로 원래 세계로 돌아가고 싶은 욕망이 강해졌다. 지금은 오직 그 이유만으로 싸운다고 해도 과언이 아니었다.

"아까 이야기에 나온, 카자마 군이라고 했었나요? 그는 바른 판단을 했군요. 아마 라이트 노벨이란 것에서 얻은 지식과 대조해서 수상하게 여기고 4신교의 이야기를 그대로 믿지 않았을 겁니다. 경계했겠죠. 그리고 여러분은 그의 이야기를 듣지 않아서 지금 이렇게 됐고……. 그 카자마 군은 어떻게 됐죠? 지금 태도로 추측하면 이미 죽은 것 같은데…….”

카자마에 관해 묻자 나기사는 순간 몸을 떨었다.

이세계에 오고 개방적으로 변해 처음에는 마음이 들떴었다.

그런 상황에서 갑자기 잔혹한 현실을 알았다.

그 사실에 크게 후회했을 것이다.

왜냐하면 두 사람의 낯빛이 무척 새파랬다.

그들의 알기 쉬운 태도로 제로스는 대략적인 사정을 파악했다.

“그건…… 그렇지만요…….”

“우리는 이세계를 즐겼어. 레벨이 오르고 강해지는 이 세상을…….
하지만 전쟁이 그렇게 비참할 줄은 몰랐어.”

“몸이 편하다고 생각하길 포기했군요. 죽음의 공포에서 도망치
기 위해 그들이 준 쾌락에 빠졌어요. 아무리 강해도 사람은 쉽게
죽어요……. 그런 현실에서 눈을 돌린 인간을, 길에서 우연히 마
주친 제가 도울 이유는 없어 보이는군요.”

“그, 그건…….”

“전쟁이 비참해? 살인입니다. 비참하지 않을 리가 없죠. 각오도
없으면서 무기를 휘두르고, 권력을 휘두르고, 타협만 해 온 인간
이 남에게 기대는 건 너무 속 편한 생각 아닙니까? 얼마나 세상을
얕잡아 봐야 속이 시원할는지……. 자업자득은 그쪽 세계 말 아니
었습니까?”

““…….””

용사 두 사람은 아무 말도 하지 못했다.

반박할 말조차 떠오르지 않았다.

"카자마 군은 만나보고 싶었군요. 제법 유익한 이야기를 나눌 수 있었겠죠. 하지만 너는 카자마 군을 어떻게 했죠? 무시했나요? 업신여겼나요? 어느 쪽이건 죽은 사람은 살아 돌아오지 않습니다. 사과해 봤자 의미 없어요. 이미 늦었으니까요…… 『현자니까 구해줘』라는 말은 안 들어줄 겁니다. 저는 그냥 마도사예요. 아주 이기적인 인간이죠. 아무 이익도 없는 이야기에 가담할 생각은 없어요. 그걸 감안하고 묻겠는데, 용사란 게 그렇게 대단합니까? 여러분은 용사다운 업적을 하나라도 남겼나요?"

두 사람은 용사가 이 세계 최강의 전사라고 들었지만, 눈앞에 있는 마도사의 힘은 자신들을 아득히 능가했다. 원래 마음에 걸리는 부분은 있었지만, 이제는 용사가 최강이라는 설명은 믿기 어려웠다.

게다가 그들은 어떤 위업을 세우지도 못했고 자신들의 존재 이유도 알 수 없게 됐다.

마침내 두 사람은 메티스 성법신국이 말하는 것처럼 현실이 쉽지 않다는 사실을 이해했다.

"적어도 이 캠핑 중에는 마음대로 하십시오. 다만, 우리에게 시비를 걸면 봐주지 않을 겁니다? 그것 때문에 나라가 하나 사라져도 내 알 바 아닙니다. 뭐, 기뻐할 사람은 많을 것 같지만요."

"당신이 우리를 도울 생각이 일절 없다는 건 알았어. ……하지만."

"응……. 하나 묻고 싶어요……."

"뭐죠?"

""저기 멍석말이 당한 사람은 누구?""

"그냥 악질적인 스토커입니다."

용사 두 명이 가리킨 곳에서는 아직 멍석에 말린 남자가 펄떡대고 있었다.

살의에 찬 눈빛을 보내면서…….

 ## 제16화 아저씨, 용사를 몰래 훔쳐보다

【타나베 카츠히코】는 이세계로 소환된 학생 중 한 명이었다.

중3 여름방학 전 홈룸 시간에 이 세계로 소환됐다. 4신의 손에 의해.

그는 처음에 아주 흥분했다. 자신이 라이트 노벨이나 게임으로 익숙한 용사가 되었다는 사실에 기쁨을 주체하지 못했고 융숭한 대접이 그의 콧대를 세워줬다. 아니, 다른 학생들도 사실 마찬가지였다.

단 한 명, 용사면서도 마도사였던 【카자마 타쿠미】는 반 아이들 모두에게 수상하다고 경고했으나, 한 명을 제외하고는 누구도 그 말에 귀를 기울이지 않았다.

용사인 그들의 행동은 모두 4신교의 총본산인 메티스 성법신국이 두둔하며, 돈을 물처럼 쓸 수 있고 여자는 마음대로 골라잡았다. 심지어 이교도라면 노예로 삼아 자기 뜻대로 부릴 수 있는 특전까지 딸려왔다.

그도 사춘기 소년이었고 성욕에 저항하지 못하고 빠진 사람 중 한 명이었다. 여자들은 경멸했지만, 그러건 말건 상관없었다.

그런 상황이 일변하게 된 것은 약 1년 전이었다.

산악 지대에 있는 【마족】의 나라를 없애라는 신탁이 내려왔다.

그곳은 유익인(有翼人)이 사는 【알톰 황국】이라는 나라였다. 아이들은 언제나 그랬듯이 욕망에 이끌려 행동에 나섰으나, 이게 웬걸, 최강이라고 믿었던 용사가 속수무책으로 죽어 나가는 것이 아닌가? 유익인종인 【마족】은 자신들보다 훨씬 강했다.

용사들은 처음 겪는 사태에 겁을 집어 먹었다. 그리고 도망가려고 했으나, 그마저도 실패했다.

하지만 아무리 【마족】이 강해도 수적으로는 메티스 성법신국이 우세였다. 전황은 유리하게 진행됐고 이윽고 용사들은 어떤 요새를 포위했다.

그러나 요새를 포위한 것이 잘못이었다.

그 거대한 요새 주위에는 통칭 【사신의 손톱자국】이라고 불리는 완곡한 계곡이 있었고 그 너머 숲에는 흉악한 마물이 다수 서식했다.

예고 없이 숲에서 나타난 마물 무리는 메티스 성법신국의 신성기사단에게 달려들어 마치 먹잇감처럼 무참하게 잡아먹혔다. 용사들도 몇 명 먹히고 전황은 단숨에 역전됐다.

그들은 사지로 끌어내는 함정에 보란 듯이 빠지고 말았다.

아비규환의 지옥이 펼쳐지고 요새에서는 무자비한 마법 공격이 쏟아졌다. 동료인 【카자마 타쿠미】의 활약 덕분에 절반은 살아남았지만, 그는 이 싸움에서 생사 불명이 됐다.

이로 인해 메티스 성법신국은 사상 첫 대패를 겪었다. 용사들의 마음에도 죽음의 공포가 깊이 뿌리내렸다.

카츠히코도 공포에 사로잡힌 사람 중 한 명이었다.

그는 사신의 흔적을 찾는다는 명목으로 전선에서 도망쳐 신관을 대동해 솔리스테어 마법 왕국까지 왔지만, 이번에는 아저씨 마도사에게 신랄한 질문을 받게 됐다.

이야기가 탈선하기도 했지만, 그중에는 중요한 정보도 있었다. 방금 이야기는 자신을 돌아보게 하는— 혹은 눈을 돌리고 싶었던 내용이 포함되어 있었다.

용사 일행은 경계병을 몇 명 세우고 야영을 시작했다. 그 앞에는 아이 두 명이 불을 지키며 경계를 서고 있었다.

사정을 들으니 모험가가 되기 위한 훈련이라고 했다. 이 세계에서는 딱히 드물지도 않은 광경이었다.

소환되기 전에 있던 세계, 【지구】에서는 볼 수 없는 광경이지만, 3년이나 지나면 익숙해질 만도 했다. 이제 와서 이상하다고는 생각하지 않았다.

"야, 이치죠……."

"왜……."

"어떻게 생각해? 용사 소환의 영향 말이야. 이 세계가 위험할지도 모른다는 이야기……."

"충분히 가능하다고 봐. 용사 소환은 시공에 구멍을 뚫는 짓이라고 하잖아. 당연히 다른 세계에서 구멍이 뚫리겠지. 그 상처가 아물지도 않았는데 다음 소환을 진행하면……."

"어떻게…… 되는데……?"

"예를 들면, 이 세계와 원래 우리가 있던 세계가 이어지고 부딪

쳐서 소멸……. 상전이한 순간 다른 세계도 같이 연쇄 붕괴를 일으킬지도 모르지."

"야, 그건…… 엄청 위험한 거 아니야?!"

가능성은 있을 수도 있었다. 하지만 확증이 있지도 않았다.

그래도 잘못됐다고 증명할 수 없다면 부주의한 이세계 소환은 위험했다. 그 가능성이 남아 있는 한 용사 소환은 가급적 피해야만 했다.

하지만 메티스 성법신국은 몇 차례나 용사를 소환했다. 어쩌면 이미 멸망의 카운트다운이 시작됐을 가능성도 충분히 있었다.

"이세계에 구멍을 내서 소환하니까 엄청난 에너지가 필요하겠지. ……왜 지금까지 생각하지 못했을까? 만약 카자마가 이걸 깨달았던 거라면?"

"신관들이 유독 싫어했었지. 마도사라서 그랬던 게 아니었어. 용사 소환 때문에 세계가 멸망할 가능성이 있다면 메티스 성법신국은 모든 나라의 적이 돼. 신의 신봉자가 사교 숭배자로 일변해."

"그래……. 마도사는 만물의 이치를 연구한다고 하잖아. 마도사인 카자마를 혐오한 이유도 거기 있다고 봐. 종교와는 대척점이 있어."

"너희는 그 점을 어떻게 생각해? 저 마도사가 하는 말에는 신빙성이 있어. 실제로 입을 막으려고 너희는 다짜고짜 저 사람을 죽이려고 했잖아. 오히려 반격당했지만."

카츠히코는 신관들에게 말을 걸었다.

"저희도 모릅니다. 저희에게 주어진 임무는 용사 여러분을 보조

하고 가르침에 반하는 사상을 불어넣으려는 자에게 대처하라는 것
이니까요. 그리고 마도사는 어떻게 보면 저희의 적입니다."

"하지만 말이 그럴싸하잖아? 소환에 얼마나 많은 에너지…… 마
력을 쓰는지는 모르지만, 몇 번이나 쓸 수 있을 정도로 이 세계에
는 마력이 흘러넘쳐? 이미 세상 어딘가에 영향이 나왔을지도 몰
라. 만약 그렇다면 세계가 파멸로 나아간다는 뜻 아니야?"

"터무니없는 망언입니다. 소환은 4신님의 힘으로 이루어집니다.
신의 힘은 인간의 지혜로 감히 헤아릴 수 없는 영역이지요……."

"당신들만 그렇게 생각하는 건 아니고? 실제로 4신은 사신에게
못 이기잖아. 만약 4신이 이 세계를 창조했다면 사신은 왜 태어났
어? 다른 세계에서 왔다? 돌연변이? 다른 세계에서 왔다면 차원
에 구멍을 낼 정도로 막대한 힘을 가졌다는 말이야. 그렇다면 이
세계는 진작 망했어. 어딘가에 봉인됐다고 생각하는 편이 자연스
럽지 않아?"

"그, 그럼 저희의 교의가 잘못됐다는 것인데…… 그럴 리는……."
신관들 사이에 동요가 퍼졌다.

용사 소환의 영향은 모르지만, 다른 세계에 구멍을 내는 행위가
어떤 영향도 주지 않을 리 없었다. 공간을, 하물며 외계(外界)와
이어지는 영향은 생각해 본 적도 없겠지.

그런 용사들의 상황을 살피기 위해서 아저씨 마도사가 기척을
지우고 그들의 배후로 다가갔다.

'으흐흐…… 용사와 만나게 될 줄은 몰랐지만, 확실하게 흔들어
놓은 것 같군. 내 혀도 제법 잘 돌아가. 그럼 불편한 사실을 알게

된 용사와 신관들은 어떻게 나오는지 볼까?'

4신에게 악감정이 있던 아저씨는 심술로 거짓말— 아니, 거짓과 진실이 뒤섞은 이야기로 용사 일행 내부에 균열을 만들려고 했다.

진실을 말하지는 않았지만, 거짓말도 하지 않은 것이 제로스의 악질적인 부분이었다.

문헌을 읽었을 뿐이므로 전대 용사들이 송환됐는지 처리당했는지는 모르지만, 4신교로서는 알리고 싶지 않은 정보였을 것이다.

원하는 정보만 얻을 수 있으면 용사와 신관들의 현재 상황이야 크게 중요하지 않았다.

하지만 신관들에게 마도사가 신성 마법을 쓴다는 건 문제였다. 이 시점에서 4신교가 말하는 교의에 의문이 드는 것은 당연했고 용사 소환의 대의도 신빙성을 잃었다.

4신교로서는 용사가 적으로 돌아서는 상황은 피하고 싶지만, 실제로 전에 소환한 용사들의 기록은 남지 않아 나기사와 타나베 전에 소환한 자들이 지금 어디서 뭘 하는지도 알 수 없었다.

적어도 33년 전에 소환된 용사는 아직 살아 있을 텐데 그 기록이 전혀 없어 그들이 어떤 삶을 살았는지 조사해도 자세한 내용은 나오지 않았다.

원래 세계로 돌아갔을까, 아니면 제거당했을까? 진실이 무엇이든 사실을 알게 된 지금은 용사들에게 주어진 환경이 대단히 수상하게 여겨졌다.

'이 중에 이단 심문관은 있으려나? 【신선인】 스킬 【만상은형】은…… 쓸 수 있군. 여기까지 접근해도 모르다니. 이건 범죄에도

쓸 수…… 아, 아니야! 다른 방향으로도 유용하겠어. 보통 잠복 스킬보다 우수하잖아.'

참고로 【만상은형】은 선술(仙術)이며 세상에서 자신의 모습을 감추는 이해하기 어려운 은신 기술이었다. 마법에 가까운 능력이며 과학적 지식으로 원리를 알 수 없었다.

"당신들은 어디까지 알아? 지금까지 우리에게 한 말이 모두 거짓이라면 우리는 뭘 믿어야 해?"

"그, 그건 저희도……. 용사들은 송환된다고 들었고 신성 마법도 신관만 쓸 수 있다고 아는 터라…….."

"그래……. 하지만 당신들은 신성 마법이 그냥 빛 마법이란 걸 알았어. 이걸 안 대사제님이 당신들을 가만히 둘까? 이거, 생각해 보면 엄청 큰일 아니야?"

"아…… 그러네. 어쩌면 마지막에는 우리랑 같이 제거당하는 거 아니야? 대규모 조직에서 흔히 하는 입막음으로…….."

신관들이 심각하게 당황했다. 신성 마법이 마도사가 쓰는 마법과 같다면 지금까지 설파한 신성 마법의 중요성이 모두 거짓이 된다.

알고 싶지도 않은 지식을 알게 되어 자신들의 목숨까지 위험해졌다.

'어라? 나도 모르게 한 말이었는데, 이건 예상 밖이야. 신관들은 정말로 위험하겠어. 이단 심문을 받고 소리 소문 없이 묻히는 거 아니야? 뭐, 회복 마법 전문 마도사가 늘면 어차피 다들 알 일이지만. 이거 원, 소란스러워졌군…….."

아저씨에게는 어차피 남 일이었다. 허실을 섞은 정보는 그들에게 상당한 충격을 준 것 같았다.

종교에 헌신하는 이들에게는 큰 문제였다. 믿음 속에 거짓이 있고, 심지어 짐작되는 바가 있다면 더욱 그럴 것이다.

진실을 안 신관이 어떻게 할지는 아직 미지수였다.

"큰일이군……. 잘못하면 이단 심문이야. 우리 목숨이 위험해……."

"차라리 그 마도사에게 신벌을 집행해서…… 아니야…… 승산이 없어."

"그 지식과 마력……. 말을 흐렸지만, 정말로 현자라면 우리 힘으로 대적할 상대가 아니오."

'에이, 그렇게 잘난 사람이 아니라니까요…….'

"제안할게. 우리는 아무것도 못 봤고 못 들었어. 이곳에서는 아무도 못 만난 거야. 지금은 그렇게 치자. 그 마도사의 이야기가 사실이면 사신의 정체는 4신교의 금기일 거야. 조사하려고 들면 이단자로 취급받을걸? 진실까지 알았다가는……."

"동의해. 조금 전 이야기를 들으니까 나도 그 나라를 못 믿겠어. 하지만 지금은 모르는 척하는 게 신상에 이롭겠어."

요컨대 문제를 미루겠다는 말이었다. 숨기지 못하게 되는 날이 오면 그때 진실을 추궁한다. 그러지 않으면 자신들이 위험하므로 지금은 골치 아픈 문제에서 눈을 돌린다.

"그것밖에 없겠군요……. 제게도 가족이 있습니다."

"어쩔 수 없군. 이단 심문관은 인정사정 봐주지 않아……. 일가족을 몰살하고도 남지."

"최근 놈들의 만행이 거슬려. 언젠가 놈들을 배척해야만 할 게야."

'얼마나 맹목적인 신자가 있길래? 왠지 중세 마녀사냥 같군. 아무 근거도 없이 사람을 죽여? 이 세계라면 있을 만도 한가…….'

아저씨는 위험한 조직이 존재한다는 사실을 알았다.

어쩌면 자폭 테러 같은 짓도 불사할지 모르는 것들은 빠르게 처리해야 한다고 생각했다.

하지만 이런 위험한 사상을 품은 자들은 대의명분만 주면 더러운 일도 맡아주는 편리한 도구가 되기도 했다.

"그런데 창생신을 신봉했다고? 그런 이야기는 들어본 적도 없어."

"아마 옛 문헌을 조사했겠지. 우리나라에서는 모두 분서했으니까 알 방법이 없어. 마도사는 역사에도 정통했나?"

"그렇다면 녀석들이 마음먹으면 우리나라는…….."

"교의를 모두 부정할 수도 있겠지. 무엇보다 이곳은 마도사의 나라야. 우리의 권위가 통할 리 없겠지."

"소문으로는 회복 마법을 판매할 거라고도 해. 그것도 다른 나라들이 공동으로 연구, 개발했다던가…….."

"잠깐! 그건 메티스 성법신국을 무너뜨리려는 속셈 아닌가? 주변 소국의 수를 종합하면 우리보다 군사력이 많아져. 게다가 그 소국 중에는 【알톰 황국】이 포함돼."

알톰 황국은 용사와 동등하게 싸우는 전사가 많았다. 만약 그들이 연합에 참가한다면 상황이 귀찮아진다.

신성함을 주장해 온 신성 마법이 단순한 마법이라는 이야기가 퍼지고, 용사에 필적하는 알톰 황국 전사들이 동맹을 얻으면 메티스 성법 신국은 우위성을 완전히 잃는다.

마도사가 회복 마법을 쓰게 된다면 신관의 지위도 저하한다. 게다가 약초 조합 지식은 마도사가 더 우수했다. 지금까지 했던 것처럼 치료비로 바가지를 씌우는 행위도 할 수 없었다.

그들의 뇌리에 완전 포위라는 불길한 단어가 떠올랐다.

'아…… 그러고 보니 델사시스 공작님과 그런 이야기를 했었지. 나야 4신이 곤란하면 그걸로 됐지만. 아마 다른 전생자도 마음대로 행동하고 있을 테니까 나는 나대로 찬찬히 복수해야지.'

아저씨는 아직 이세계 전생 때문에 마시지 못한 일본주의 원한을 잊지 않았다.

기대하던 비싼 술은 지구에, 이제는 손이 닿지 않는 곳에 있었다. 그 원인인 4신에게는 증오밖에 품지 않았다.

좀스러운 원한에 비해 하는 짓은 악독했다.

"지금까지 실컷 횡포를 부렸으니까 신관은 꽤 입장이 난처해지겠는데?"

"그, 그건 용사님들도 매한가지입니다! 개인적 용무로 소국에 가서 권력을 휘둘렀다는 이야기는 저희도 들었습니다."

"저희에게도 무리한 요구를 하지 않으셨습니까! 딸이 있다면 노예로 내놓으라고 하질 않나……."

"아…… 이와타 쪽 그룹이지? 다른 애들도 싫어하니까 지금은 그 녀석 혼자 있을 거야."

"히메지마는 죽을 생각인지도 몰라……. 왜 이렇게 된 거야……."

'그건 너희가 아무 생각도 없었으니까 그렇지. 『이세계다, 용사다! 야호~♪』 같은 생각이나 하니까 남한테 이용당한다고 보는데.'

아저씨는 사정을 모르지만, 대화에서 어느 정도 추측은 할 수 있었다.

목숨이 위험하다고 깨달은 그들은 싸우기 무서워졌다. 싸우지 못하는 용사에게 의미는 없었다.

그렇다면 전생자에게 어떤 지령을 내릴지도 몰랐다. 전생자 중에서는 용사를 아득히 초월하는 힘을 가진 사람도 있으니까 4신이 가만히 둘 리 없었다.

경우에 따라서는 스스로 부려먹기 위해 움직일 가능성도 컸다.

'또 그 웃긴 메일을 보낼 가능성이 크군…… 이걸 어쩐다…….'

전생자에게는 【메일】이라는 통신 수단이 있지만, 전생자끼리 이용할 수는 없었다.

딱 한 번 4신에게서 메일이 왔던 것을 생각하면 【신탁】에 가까운 능력인지도 모르겠다고 예상했다. 참고로 답장은 보낼 수 없으므로 4신의 일방 통보이었다.

어쩌면 다른 용도가 있을지도 모르지만, 지금은 사용처가 없는 기능이었다.

'이렇게 들어 보니 아직 건방지게 설치는 건 이와타라는 용사인가? 어디서 결정적인 패배를 맛보면 좋겠는데……. 욕망에 충직한 인간은 왠지 현상 유지를 고집한단 말이지.'

이곳에 있는 신관과 용사 두 명은 안전을 위해서 입단속을 하기로 결정한 듯했다.

언제 숙청하려고 들지 모르는 조직에 미련하게 불리한 정보를 전할 필요는 없었다. 어차피 상대는 믿을 수 없으니까 거짓말은 살아남기 위한 최적의 방안일 것이다.

"응? 잠깐만, 사신은 이미 해치웠다며? 그럼 이 나라에서 벌어진 사신의 공격은 뭐였어?"

"앗…… 그러고 보니 그러네. 그런 대규모 크레이터를 만든다면 상당히 흉악한 존재가 있었을 거야. 그 마도사가 하는 말도 어쩐지 의심스러워졌어."

"생긴 건 처음부터 수상쩍었어. 의외로 그 마도사가 마법을 날린 거 아니야?"

'크레이터……? 설마, 그거?'

전에 요정 부락을 날려 버릴 때 【폭식의 심연】을 쓴 영향으로 생긴 크레이터를 떠올렸다.

'그걸 사신의 공격이라고 판단했나? 그래서 조사하러 왔고? 그나저나 타나베, 의외로 날카롭네…….'

"마도사는 매드 사이언티스트라고 말했으니까 충분히 가능하다고 봐. 마도사 두 명이 마을을 지켜줬다고 했으니까 정말로 그 사람일 가능성도 있겠어. 솔직히 딱 봐도 사고치고 다니게 생겼잖아?"

"마법 실험으로 그런 짓을 벌였다는 거야? 그렇다면 우리는 절대 못 이기잖아. 한 방에 날아가겠어."

"그런 괴물 같은 짓이 가능한 마도사가 있다는 이야기는 들은 적이 없습니다. 사신에 필적하는 힘을 가졌다는 뜻이 아닙니까……. 마도사의 영역을 초월했습니다. 4신교에도 정보를 수집하는 조직이 있지만, 그런 이야기는 지금까지 없었습니다."

"하지만 은둔해 있었을 뿐이고 실제로 존재할지도 몰라."

"마법 연구를 한답시고 속세를 벗어나 살았다는 건가……. 그리고 그 마도사가 세상으로 나왔어."

신관들은 마도사의 위험성을 재인식했다.

"무슨 목적으로? 아니, 어쩌면 우리에게 경고하기 위해서인지도 몰라. 현자라면 세상이 멸망하길 바라지는 않겠지. 연구자라면 더욱 그럴 테고. 그렇다면 이곳에서 우리가 만난 것도, 소환의 위험성을 알린 것도 우연이 아닐지 몰라."

"그럴 수도 있겠군. 세계의 위기를 알았기에 우리에게 에둘러 전한 건지도……."

"어쩌면 용사 소환은 4신님의 지시가 아니라 법황님의 독단인지도 몰라."

신관들이 저마다 억측을 늘어놓고 정체불명의 마도사가 벌인 소행의 의미를 고찰했다.

참고로 그 크레이터를 만든 장본인은—.

'죄송합니다. 생각 없이 썼습니다……. 딱히 깊은 뜻은 없어요. 게다가 댁들도 우연히 만났을 뿐이라니까요? 치켜세우지 마세요. 제발 그만해!'

자기혐오에 빠졌다.

사람은 믿어지지 않은 사태가 일어났을 때 거기서 의미를 찾아내려는 동물이었다. 설령 깊은 의미가 없어도 그 흉악한 흔적을 일종의 경고로 받아들여도 어쩔 수 없을 것이다.

이야기를 듣는 본인에게는 흑역사지만…….

심지어 억측이지만, 실제 범인인 제로스를 맞춰 버렸다.

제로스도 잘못했다고는 생각하지만, 더 듣고 싶지 않았다.

사디스트 성향이 있는 만큼 자신을 향한 말에는 약했다. 아저씨는 마조히스트가 아니었다.

이야기를 훔쳐 듣던 아저씨는 수치심을 이기지 못하고 그곳에서 철수했다.

더 평가가 오르면 아저씨의 정신이 수치심과 죄책감으로 즉사할 것 같았다.

그 후 아이들이 있는 마차로 몰래 돌아온 아저씨는 모포로 몸을 돌돌 감쌌다.

그 옆에는 지쳐 쓰러진 스토커가 있었지만, 굳이 길게 언급하지는 않겠다.

시간은 한 달 전으로 거슬러 오른다.

이사라스 왕국 첩보부 소속 기사 자자는 마도사 세 명을 거느리고 어떤 나라에 와 있었다.

아니, 나라라고 해도 될지 모르겠다. 그곳은 수인들이 사는 광대한 땅이었다.

이 지역에서는 각 부족이 광범위한 토지를 자기 영역으로 삼아 생활하며 가까운 부족과 교류하는 독특한 생활 방식을 가졌다. 왕은 없으며 부족장들이 대표로 한 달에 한 번 부족 회의에 출석하는 것 외에는 비교적 자유롭게 살아갔다.

이 광대한 토지는 【르다 이루루 평원】이라고 불리며 대부분 농업이나 방목지로 이용되기 때문에 이사라스 왕국은 이곳을 반드시 얻고 싶었다.

"이쪽으로 가면 그들의 부족장이 모이는 곳이다. ……교섭이 잘 풀리면 좋겠군."

"그건 상황에 따라서 다르겠지. 얌전히 이야기를 들어주면 좋겠지만, 이 나라는 인간족을 미워하는 게 문제야~."

"아도 공…… 왜 그렇게 긴장감이 없나? 잘못하면 죽을 수도 있어!"

"그걸 막는 게 우리 일이잖아? 국왕에게 직접 부탁받았으니까 할 수밖에 없지."

아도라고 불린 검은 옷을 입은 마도사는 맥 빠지는 말투로 대꾸하며 풀이 울창한 평원을 걸었다.

오래 걸었을 텐데도 얼굴에 피로한 기색은 보이지 않았다. 비상식적인 체력이었다.

그 뒤로 두 여성 마도사가 따라왔지만, 그녀들은 상당히 지루해 보였다.

일주일 가까이 숲과 초원을 계속 걸었으니까 사실 질릴 만도 했다. 그러나 이 두 사람도 앞을 걷는 검은 옷의 마도사처럼 상식적으로 이해하기 힘든 체력의 소유자였다.

안내를 맡은 자자는 이 세 사람에게 뒤처지지 않도록 무거운 다리를 채찍질해서 길을 인도했다. 솔직히 말하면 빨리 나라로 돌아가고 싶었다.

"그나저나…… 아도 공의 장비는 도무지 마도사 같지 않군. 게다가…… 화려하지는 않지만, 제법 실력 좋은 장인의 솜씨가 느껴져. 그런 걸 어디서 구했지?"

"비밀. 그런데 내가 그렇게 마도사 같지 않아? 우리가 있던 곳에서는 평범한 장비인데. 왜 마도사는 로브만 입어? 전쟁터에 나가면 죽기 십상이야."

"마도사라고 하면 로브와 지팡이가 주류 아닌가? 무장한 마도사는 본 적이 없어."

"눈앞에 있잖아. 마법만으로 싸워서 어떻게 살아남아!"

자자는 이 검은 옷 마도사를 경이적인 실력자로 보고 있었다.

무언가의 비늘 같은 소재와 희귀 금속으로 만든 브레스트 플레이트, 건틀릿과 그리브. 허리에는 시미터를 장비해 마도사면서도 근접 전투를 한다는 사실을 유추할 수 있었다.

다른 두 여성 마도사도 마찬가지였다. 한 명은 활을 장비한 전사 같았고, 다른 한 명은 글레이브에 가까운 창(흔히 【나기나타】라고 부르는 것)에 마도사 특유의 로브를 입었다. 브레스트 플레이트도 여성 전용으로 조정한 디자인이었다.

균형 있게 전열과 후열로 나뉜 장비로 각자의 역할이 무엇인지 알아보기 쉬웠다.

"……소문으로 들은 그 영웅이 우리가 찾는 사람이 맞을까? 정보에 따르면 무슨 뼈로 만든 장비를 쓴다고 했지? 본 계열 장비는 인기가 없었을 텐데, 꽤 특이한 사람인가?"

"내가 아는 사람 중에는 없었어. 아도 씨는 알아?"

"한 명 짚이는 사람이 있어. 설마 그 사람은 아니겠지…… 【야만인】."

'【야만인】…… 누구지?'

자자의 역할에는 이 마도사들의 감시도 포함되었다.

지금까지 조국에 적의를 보이지는 않았지만, 반기를 들면 곤란했다.

그래서 칙명을 받아 세 사람을 안내하는 겸 감시하고 있었다.

"직접 이야기한 적은 없지만, 상당히 강한 유저였어. 솔로로 【임계 돌파】까지 도달한 실력자, 게다가 중증 수인 팬이라고 해."

"퍼리 좋아해? 마음이 잘 맞을 거 같아."

'아아…… 리사 공. 그런 얼굴을 보이면 내 마음이 찢어질 것 같소. 결혼하고 싶어……. 아니, 그러기에는 아직 너무 이르지. 우선 서로를 알아 가는 게 중요해.'

자자는 리사라는 마도사에게 연심을 품었다.

흔히 말하는 【연애 증후군】이 아니라 진짜 한눈에 반한 것이었다.

퍼리가 무슨 말인지는 몰라도 젊은 여성 특유의 어른스러운 표정에 간혹 보이는 아이 같은 순수함이 그를 한 번에 함락했다.

쉽게 말하면 의외성에 넘어갔다고도 할 수 있었다.

'샤크티 공은 뭔가…… 물장사를 할 것 같아. 등쳐 먹힐까 봐 무서워.'

리사의 동료인 샤크티는 상당한 미인이었다.

어깨까지 오는 웨이브 진 머리와 조금 처진 눈매를 가진 부드러운 얼굴이지만, 때때로 날카로운 부분이 있었다. 그럴 때면 방심할 수 없는 교활함이 엿보였다.

게다가 전투에서는 전열로 나가 귀기 서린 듯 싸우므로 절대로 적이 되고 싶지 않았다.

지근거리로 육박해 강력한 마법을 주문도 없이 쓰는가 하면, 창 솜씨는 나라에 있는 전사보다 뛰어났다.

자자는 강한 여성이 껄끄러웠다.

"자자 씨…… 지금 무례한 생각 하지 않았어?"

"다, 당치도 않습니다. 든든하고 기쁘기 그지없습니다. 여러분 과 함께라면 수인족의 땅에서도 살아서 돌아갈 수 있을 테니까 요.(깜짝이야……. 어떻게 알았지? 감이 너무 좋잖아.)"

"흐음…… 그래, 그렇다고 칠게."

'들켰어——?! 어떻게 된 거야? 얼굴에 티가 나지는 않았을 텐 데…….'

자자는 첩보원이라서 감정을 드러내지 않는 훈련을 받았다.

그런데 샤크티 앞에서는 아무 소용도 없었다.

"그거 알아? 아무리 표정으로 드러내지 않아도 눈을 보면 어느 정도 감정이 읽혀."

"""무서워?!"""

"뭐야, 리사랑 아도 씨까지?! 왜 두 사람도 도망가? 너무하네."

얼굴을 마주하고 이야기하는 것만으로 마음이 들킨다면 관계를 다시 돌아보고 싶기도 할 것이다.

첩보원에게도 무시하지 못할 위협이었다. 게다가 마도사 여성이 라면 약점을 잡혀 무슨 짓을 당할지 몰랐다.

"자자 씨, 리사는 포기해……. 저래 보여도 일편단심이니까."

"넷?!"

의도하지 않은 조언이었다. 그것은 다시 말해…… 자자의 마음을 꿰고 있다는 뜻─.

'……나, 첩보부에서 다른 부서로 옮겨달라고 할까…….'

첩보원의 자존심이 완전히 짓밟혔다.

옆에 있는 리사는 어리둥절한 얼굴이었다. 아마도 그녀는 자자의 속마음을 깨닫지 못한 모양이지만, 샤크티의 말을 해석하면 이미 좋아하는 사람이 있을 것이다.

속마음을 들키고 실연까지 한 순간이었다.

자자는 낙심했다. 당분간 아물지 않을 마음의 상처를 입고서.

그런 그에게 냉혹한 진실을 알리고 시작도 하지 못한 사랑을 가로막은 샤크티는 한결 즐거워진 표정으로 초원을 걸었다.

뒤에서 자자의 원망스러운 눈길을 받으며…….

아라포 현자의 이세계 생활 일기6

초판 1쇄 발행 2020년 1월 10일

지은이_ Kotobuki Yasukiyo
일러스트_ JohnDee
옮긴이_ 김장준

발행인_ 신현호
편집국장_ 김은주
편집진행_ 최은진 · 김기준 · 김승신 · 원현선 · 권세라
편집디자인_ 양우연
국제업무_ 정아라 · 전은지
관리 · 영업_ 김민원 · 조인희

펴낸곳_ (주)디앤씨미디어
등록_ 2002년 4월 25일 제20-260호
주소_ 서울시 구로구 디지털로 26길 111 JnK디지털타워 503호
전화_ 02-333-2513(대표)
팩시밀리_ 02-333-2514
이메일_ lnovelpiya@naver.com
L노벨 공식 카페_ http://cafe.naver.com/lnovel11

ARAFO KENJA NO ISEKAI SEIKATSU NIKKI Vol 6
©Kotobuki Yasukiyo 2018
First published in Japan in 2018 by KADOKAWA CORPORATION, Tokyo.
Korean translation rights arranged with KADOKAWA CORPORATION, Tokyo.

ISBN 979-11-278-5392-1 04830
ISBN 979-11-278-4453-0 (세트)

값 9,000원

© Taro Hitsuji, Kiyotaka Haimura 2018
KADOKAWA CORPORATION

라스트 라운드 아서스 1권

히츠지 타로 지음 | 하이무라 키요타카 일러스트 | 최승원 옮김

모든 면에서 타고난 능력이 지나치게 뛰어났던 탓에
공허한 나날을 보내고 있던 마가미 린타로.
무료함을 달래기 위해 일부러 『최약』이라 불리는
루나 아르투르의 진영에 가세해, 다가오는 위기에서 세계를 구할
진정한 아서 왕을 정하는 《아서 왕 계승전》에 참가하게 되지만…….
"내 엑스칼리버는…… 팔아서 돈으로 바꿨으니까."
루나는 성검을 팔아치우거나, 소환한 《기사》 케이 경을 코스프레시켜서
이용해먹기까지 하는 문제아였다!
그러나 절망적인 위기에 처했을 때
루나는 린타로조차 인정할 수밖에 없는 강함을 보여주는데—.

새로운 아서 왕 전설이 여기서 시작된다!

라이트노벨의 새로운 빛! ㄴ노벨의 신간은 매월 10일에 발매됩니다. http://cafe.naver.com/lnovel11

곰 곰 곰 베어 1~8권

쿠마나노 지음 | 029 일러스트 | 김보라 옮김

게임이 현실보다 재밌습니까?—YES
현실 세계에 소중한 사람이 있습니까?—NO

……온라인 게임 설문 조사에 대답했을 뿐인데
말도 안 되는 이세계(아마도)로 내던져진 나, 유나.
은톨이 경력 3년의 폐인 게이머.
맨 처음 장착하게 된 장비템이 『곰 세트』라니…….
이게 무어야—!?
하지만 세고 편하니까 뭐, 괜찮으려나?
울프를 쓰러뜨리고, 고블린을 쓰러뜨리고
극강 곰 모험가로서 일단 해볼까요.

은둔형 외톨이 소녀, 이세계에서 무적의 곰 모험가가 되다!

데스마치에서 시작되는 이세계 광상곡 1~16권, EX

아이나나 히로 지음 | shri 일러스트 | 박경용 옮김

한창 데스마치를 치르던 프로그래머 스즈키 이치로(29).
『사토』란 닉네임을 쓰는 그가 잠시 잠들었다 깨어나 보니
듣도 보도 못한 이세계에 방치되어 있었다!
혼란에 빠질 틈도 없이 눈앞에는 처음 보는 괴물의 대군이 다가오고,
하늘에서는 유성우가 쏟아진다.
정신을 차리고 보니, 최강 레벨의 힘과 막대한 부를 손에 넣었는데……?!
이렇게 사토의 「유유자적, 가끔 시리어스, 그리고 하렘」인
이세계 모험담이 시작된다!!

**최강 레벨과 막대한 재보를 가지고
시작되는 유유자적 이세계 관광!!**

세븐스 1~5권

미시마 요무 지음 | 토모조 일러스트 | 이경인 옮김

여신을 숭배하고, 검과 마법이 존재하는 세계에서
영주 귀족의 장남으로 태어난 라이엘은 15세에 집에서 쫓겨난다.
이유는— 여동생 세레스에게 패했기 때문에.
과거에는 천재, 기린아라 칭송을 받던 라이엘은
세레스의 영향으로 서서히 냉대를 받으며 연금 생활을 보냈다.
상처 받은 라이엘은 저택 뜰에 살던 노인에게
구조를 받아 보옥이 달린 목걸이를 받는다.
노인이 선대— 라이엘의 조부에게서 맡아놓은,
【아츠】가 기록된 푸른 옥은 월트가의 가보라고 할 수 있는 것이었다.
역대 당주 7인의 아츠가 기록된 보옥을 받은 라이엘은
그것을 갖고 저택을 나서는데—.

라이트노벨의 새로운 빛! ㄴ노벨의 신간은 매월 10일에 발매됩니다. http://cafe.naver.com/lnovel11

©Aiatsushi 2018
Illustration : Katsurai Yoshiaki
KADOKAWA CORPORATION

백수, 마왕의 모습으로 이세계에 1~6권

아이아츠시 지음 | 카츠라이 요시아키 일러스트 | 김장준 옮김

한창 즐겼던 게임이 서비스 종료를 맞이한 날.
홀로 대보스를 토벌하고 사기급 능력을 입수한 요시키는
낯선 장소에서 눈을 떴다.
마왕으로 착각할 만할 중2병 장비를 걸친
자신의 캐릭터, 카이본의 모습으로!
심지어 갈피를 잡지 못하는 그의 앞에
요시키의 세컨드 캐릭터, 엘프 류에가 나타나고⋯⋯?!
그녀와 둘이서 생활하는 동안 그는 알게 된다.
자신이 이 세계에서 신화 수준의 영웅으로 전해져 내려온다는 것을—!

마왕의 모습으로 세계를 누비는
유유자적 여행기, 개막!!

피학의 노엘 1~2권

원작 카나오 | 저자 모로쿠치 마사미 | 옮긴이 안수지

노엘 체르퀘티는 항상, 언제나 1등이어야만 한다.
명가의 딸로서 장래를 촉망 받으며 피아노 콩쿠르에 도전하지만,
친구 질리안에게 패하며 우승을 놓친 노엘.
실의에 빠진 노엘은 시장 버로우즈의 유혹에 넘어가
인생을 바꾸고 싶다며, 악마를 소환한다.
"대악마 카론. 소환의식에 따라 찾아왔다."
소원을 들어준 《대가》로 팔다리를 빼앗기며
노엘은 시장에게 속았다는 것을 깨닫는다.
"구해줘."
절망의 늪에서 죽어가는 노엘의「제2의 소원」을 들어준 카론은,
노엘에게 버로우즈에 대한 복수를 제안하는데—.

대인기 호러게임 『피학의 노엘』 대망의 소설화!